CESARE BATTISTI
MINHA FUGA SEM FIM

CESARE BATTISTI
MINHA FUGA SEM FIM

Tradução
Dorothée de Bruchard

Martins Fontes

O original desta obra foi publicado com o título *Ma cavale*.
© 2006, Editions Grasset & Fasquelle.
© 2007, Martins Editora Livraria Ltda., São Paulo, para a presente edição.

Preparação: Laura G. Rivas
Revisão: Simone Zaccarias
Projeto gráfico e capa: Renata Miyabe Ueda
Produção gráfica: Demétrio Zanin
Produção editorial: Eliane de Abreu Santoro

Dados Internacionais de Catalogação na Publicação (CIP)
(Câmara Brasileira do Livro, SP, Brasil)

Battisti, Cesare
    Minha fuga sem fim / Cesare Battisti ; tradução Dorothée de Bruchard. – São Paulo : Martins, 2007.

    Título original: Ma cavale
    ISBN 978-85-7707-005-3

    1. Battisti, Cesare, 1954- 2. Italianos – França Biografia 3. Memórias autobiográficas 4. Refugiados – França – Biografia 5. Terrorismo – Itália – Estudo de casos I. Título.

07-9628   CDD-352.2109450944

Índices para catálogo sistemático:
    1. Refugiados italianos na França : Memórias
       autobiográficas   352.2109450944

Todos os direitos desta edição reservados à
MARTINS EDITORA LIVRARIA LTDA.
R. Prof. Laerte Ramos de Carvalho, 163
01325-030   São Paulo SP Brasil
Tel.: (11) 3116 0000   Fax: (11) 3115 1072
info@martinseditora.com.br
www.martinseditora.com.br

SUMÁRIO

Prefácio à edição brasileira, 7

Por que o defendo *Bernard-Henri Lévy*, 11

O SILÊNCIO DAS SOMBRAS, 25

I. SERÁ ASSIM QUE OS HOMENS JULGAM?, 29
    1. *O adeus às armas*, 31
    2. *A captura*, 59
    3. *A prisão*, 75
    4. *O cerco*, 107
    5. *A evasão*, 141

II. DIÁRIO DE UM CÃO ERRANTE, 145
    Prólogo, 147
    1. *Cláudia*, 151
    2. *Quem pára está perdido*, 163
    3. *Igouf Ernest*, 171
    4. *Karine*, 183
    5. *O talismã*, 219
    Não aprendi a dizer adeus, 265

Posfácio *Fred Vargas*, 271

Prefácio à edição brasileira

Culpado ou inocente?

Curiosamente, *Minha fuga sem fim*, o mais recente livro de Cesare Battisti, ex-militante italiano do grupo subversivo PAC – Proletários Armados para o Comunismo, conta como seu autor conseguiu ser ambas as coisas, ao mesmo tempo.

Culpado de conspiração, mas jamais de crimes de sangue – escreve ele –, e vítima de uma série de erros e abusos judiciários, tanto da Itália quanto da França, onde ele primeiramente se exilou, Battisti foi transformado em bode expiatório, segundo o prefaciador do livro, Bernard-Henri Lévy.

Hoje, detido no cárcere da Polícia Federal em Brasília, espera que o Supremo julgue o pedido de extradição apresentado pela Itália.

Os "anos de chumbo" da Itália da década de 1970, também chamados "o Movimento", são o reflexo prolongado e ampliado do 1968 francês. Nele se juntam movimentos estudantis (um de seus lemas mais conhecidos era "Imaginação no poder"), antipsiquiatria, feminismo, ocupações de sem-teto, enfrentamentos com a polícia, com a Igreja, com o Comunismo italiano "fossilizado". Nele acabaram se infiltrando, entre outras, uma série de organizações criminosas como a máfia, grupos terroristas da Europa e do Oriente Médio, saudosistas do *Fascio* e agentes mais ou menos secretos.

Cesare Battisti é uma figura típica dos "anos de chumbo". Nascido em 1954 num subúrbio de Roma, de uma família de condições modestas, de filiação comunista de um lado e católica do outro, envolveu-se, na primeira juventude, com pequenos furtos e assaltos à mão armada, o que lhe rendeu dois anos de prisão, em meados da década de 1970. Ao ser solto, foi morar num prédio ocupado por jovens do Movimento, no qual passou a atuar a partir de 1977. Aí começou seu envolvimento com o PAC. Conheceu Pietro Mutti, um de seus fundadores. Battisti e Mutti ficaram mais do que amigos e participaram juntos de pequenas delinqüências que tinham a finalidade de levantar dinheiro para os militantes clandestinos. Militantes por quê? *Minha fuga sem fim* explica bem o panorama pós-68 na Itália: vagas de migrantes que vêm do sul para o norte em busca de trabalho; desemprego; industrialização tardia; economia claudicante; ranço fascista.

Nesse meio ocorrem quatro homicídios pelos quais, numa operação antiterrorista realizada em 1979, Battisti é considerado responsável e é preso no cárcere de Frosinone. De lá é retirado em 1981 pelo amigo Mutti e seu grupo, evade para Paris, onde permanece um ano como clandestino, e de lá vai para o México, onde ficará oito anos e começará a escrever (hoje ele já tem 15 livros publicados, inclusive por editoras francesas de primeira plana).

Em 1990, sempre como clandestino, volta para Paris, onde já estavam a mulher e a filha. Continua a escrever e a traduzir romances do gênero *noir*. Apesar de a Itália pedir sua extradição (o amigo Mutti, "arrependido", o havia delatado à polícia italiana, atribuindo-lhe a execução dos quatro assassinatos), a "Doutrina Mitterrand" o protege como ex-terrorista que havia renunciado à violência. Ele se torna livre. Entretanto, em 2004, no governo Chirac, a extradição é concedida. Cesare Battisti tem que fugir novamente.

Para onde? Em que circunstâncias?

Tudo isso está em *Minha fuga sem fim*.

POR QUE O DEFENDO
Bernard-Henri Lévy

Cruzei, algumas vezes, com Cesare Battisti.

Gosto dos seus livros – a começar por *Le cargo sentimental* [O cargueiro sentimental], ou *Dernières cartouches* [Últimos cartuchos].

Mas será preciso esclarecer?

Não tenho particular simpatia ou antipatia pela figura que ele se tornou.

Não tenho uma idéia formada sobre o seu envolvimento, ou não, nos dois crimes de que foi julgado culpado e que ele nega.

Quanto ao terrorismo, dizer que me causa horror é muito pouco: nunca existe para ele, a meu ver, qualquer desculpa ou circunstância atenuante; nunca existe, em lugar nenhum, uma situação que justifique matar, a sangue frio, um civil; isso é verdade no Paquistão; é verdade no Oriente Próximo; e era igualmente verdade na Itália dos anos de chumbo, quando eu já dizia, ao ver assembléias de "autônomos", em Milão, ou de "extraparlamentares", em Bolonha, tentados a balançar, que a opção pela "luta armada" era uma opção infame, inscrita na história infame dos fascismos, e que só um vínculo muito remoto ainda a ligava aos ideais de libertação.

Isso significa que se há alguns meses posicionei-me firmemente contra a decisão de extraditar o antigo militante dos Proletários Armados pelo Comunismo [PAC] e se, hoje, não contente com persistir e assinar, assumo a responsabilidade de apresentar ao leitor francês este novo livro que ele nos oferece, agora em sua fuga sem fim, faço-o por razões, tanto de forma como de conteúdo, que nada têm a ver com qualquer espécie de complacência, quer pelo que ele tem a reputação de ser, quer, evidentemente, pelo que o acusam de ter feito.

Existem, em primeiro lugar, razões que concernem ao estado do Estado de direito na França.

François Mitterrand talvez tenha cometido um erro ao dar asilo a todos os ex-terroristas – ou considerados como tal – condenados na Itália, mas que haviam renunciado à violência.

E talvez tivesse sido mais sensato ater-se à primeira versão da sua famosa "doutrina" – a que ele formulou, em 22 de fevereiro de 1985, diante do então primeiro-ministro italiano, Bettino Craxi, e que excluía do princípio desse asilo todos os ex-brigadistas que um "dossiê fundamentado com seriedade" apontasse como culpados de "crimes de sangue".

Mas enfim.

As coisas são o que são.

E nove governos sucessivos, tanto de direita como de esquerda, ratificaram a decisão de acolher, sem exceção, desde que tivessem deposto as armas, todos os ex-adeptos da "guerra revolucionária" italiana.

O problema, visto por este ângulo, é simples.

Não se pode, quando se é um Estado de direito, instaurar uma regra, confirmá-la por décadas a fio e, um belo dia, declarar sem aviso prévio que ela não está mais valendo.

Não se pode dizer a um homem: "Confie em nós, porque as leis, a jurisprudência, a tradição francesa o protegem", não se pode oferecer-lhe hospitalidade, permitir que ele se instale, se case, tenha filhos, inclua seu nome na lista telefônica, viva de rosto descoberto, não se pode fornecer-lhe um visto de permanência, permitir que publique seus romances, que participe dos Salões do Livro, dos programas de televisão, de rádio – e então, de repente, sem que surja qualquer elemento novo, comunicar-lhe que nos enganamos e que ele terá simplesmente de retornar à estaca zero, à prisão.

Tivesse Battisti traído o seu compromisso de renunciar ao terror, e a situação, naturalmente, seria outra.

Tivéssemos a prova de que, por trás das aparências de homem pacato, autor de romances policiais, ele ainda estivesse praticando assaltos à mão armada, mantendo uma rede clandestina ou uma ligação com o grupo tal, reatando com o terrorismo – eu compreenderia a reviravolta.

Mas não é esse o caso.

Ninguém, na Itália ou na França, afirma qualquer coisa nesse sentido.

Ninguém, em lugar nenhum, contesta o fato de que ele, se não mudou a própria alma (o que ocorre no recesso dos corações não diz respeito aos tribunais), pelo menos modificou sua conduta e virou a página (única coisa que, numa democracia, compete à justiça saber).

E por isso é chocante dizer-lhe, da noite para o dia, que nós é que mudamos de idéia e que o lugar dele é na Itália.

Questão de princípio.

Primeira questão de princípio que – perdoem-me, amigos italianos, que criticam os intelectuais franceses por se "meterem no que não lhes diz respeito", querendo, portanto, "ensinar-lhes o que devem fazer" – diz respeito justamente a nós, franceses, cidadãos de um Estado de direito cujas regras seria impensável que variassem ao sabor dos governos.

Compreendo que um ex-Ministro da Justiça, partidário da extradição, possa se sentir "emocionado" – *sic* – toda vez que lhe vêm à consciência as imagens das vítimas dos PAC.

A justiça, porém, faz-se com regras, não com emoções.

Fundamenta-se em jurisprudência, não nos estados de ânimo de fulano ou sicrano, mesmo que seja um ministro.

E essas regras e jurisprudências existem exatamente para arrefecer as paixões – mesmo as virtuosas e compassionais.

Existem, além disso, razões relacionadas à Itália e às particularidades da sua justiça penal.

Jamais afirmei que a Itália não era um país democrático.

Acho apenas que erros acontecem em todas as boas justiças, e o risco é dobrado quando existem, num código penal, falhas que, expostas a uma situação excepcional, produzem efeitos igualmente excepcionais.

No caso de Battisti, vejo duas falhas desse tipo.

Primeiro, o estatuto dos arrependidos, ou seja, desses criminosos que, não contentes de romper com seu passado, resolvem confessar e, em troca das informações que detêm, ou afirmam deter, em recompensa pelo nome de antigos cúmplices que eles entregam à justiça e que permitirão o avanço da investigação, obtêm, para si próprios, redução ou suspensão de pena.

Não que o princípio seja incompreensível.

E tanto melhor se, por esse viés, quebra-se a lei do silêncio que está no cerne de todas as intrigas mafiosas, especialmente das intrigas terroristas.

Mas será lícito edificar um requisitório sobre depoimentos que, por preciosos que sejam, possuem fidedignidade relativa?

Será lícito condenar um homem a acabar seus dias na prisão com base na palavra de um criminoso cujo castigo, sabe-se, será inversamente proporcional à quantidade de crimes que conseguir lhe imputar?

Foi exatamente o que ocorreu no caso de Battisti, como, aliás, viria a ocorrer, posteriormente, no caso de Adriano Sofri.

O dossiê contém outros elementos, sem dúvida. Inclui o testemunho de pessoas que, encontrando-se nas proximidades dos locais onde foram assassinados Antonio Santoro e Andrea Campagna, juram tê-lo reconhecido, sem ter realmente certeza, embora mesmo assim o declarem. Mas são testemunhos frágeis. São testemunhos de menores ou de desequilibrados. De modo que o único elemento de peso, o único depoimento claramente acusatório, a única peça do dossiê com base na qual pôde ser pronunciado o decreto de extradição, é a palavra desse famoso Pietro Mutti, do qual vai se ler, aqui, nestas páginas, o talentoso e edificante retrato – e que, repito, está comprando sua própria salvação ao incriminar o antigo companheiro...

Isso é justo?

Será lícito aceitar tal negócio sem, no mínimo, certas ressalvas e precauções?

E a primeira dessas precauções não seria ouvir, apenas ouvir, primeiro através deste livro, depois no recinto de um tribunal ante o qual ele comparecesse em pessoa, as palavras daquele que, diante dessas terríveis acusações, não cessa de repetir: "pois então, aí é que está... eu fui membro de um grupo armado... recorri à violência... mas acontece que, matar, matar mesmo com as minhas próprias mãos, isso não, isso eu nunca fiz..."?

Pois aí é que aparece a segunda falha – aí é que o direito italiano revela seu segundo ponto problemático e, nesta circunstância, catastrófico: o regime da contumácia e o fato de um indivíduo condenado à revelia, como Battisti, não ter, caso venha a se entregar ou ser capturado, direito a um novo processo em que possa afinal se explicar.

Sei, evidentemente, que se trata de uma regra antiga, que nada tem a ver com as leis de exceção promulgadas nos anos 1970.

Sei que ela resulta de uma tradição que, ao oposto da França – onde, se preciso for, são arrastados à força perante um tribunal –, deixa aos acusados a opção, se assim desejarem, de não se defenderem pessoalmente.

E, sobretudo, sei de que maneira – em resposta a um decreto da Corte Européia dos Direitos do Homem que estigmatizava esse princípio antigo, porém considerado, com razão, não-conforme à prática judiciária em vigor nos outros países da União – um decreto-lei de fevereiro de 2005 propôs que a citada regra só fosse válida desde que o condenado: 1. tivesse "conhecimento das acusações que pesam contra ele"; 2. tivesse "renunciado de modo claro ao seu direito de comparecer"; e 3. tivesse sido "representado por um advogado de sua escolha".

Mas, justamente.

Esse decreto, além de provar que o regime italiano da contumácia não estava conforme às normas da Corte dos Direitos do Homem de Estrasburgo, além de dar razão àqueles adversários da extradição – como François Bayrou, a quem preocupava que um homem pudesse, na Europa, passar o resto da vida na prisão sem ter a oportunidade de responder pelos fatos que lhe imputam –, explicita ainda mais claramente a questão de fundo.

Com Cesare Battisti declarando desde sempre que não havia sido informado dos processos abertos contra ele, com seu advogado Giuseppe Pelazza testemunhando, perante a Câmara de Instrução de Paris, que não mantivera nenhum contato com ele entre 1982 e 1991, com seus advogados franceses afirmando, por fim, não sem argumentos, que eram falsos os documentos apresentados pelos juízes e que supostamente deveriam demonstrar como ele, do México, nomeara os seus defensores, o que teria acontecido se ele tivesse sido extraditado? O que aconteceria, agora, se fosse capturado e entregue? Cairia na bem-aventurada categoria dos condenados com direito a um novo processo? Ou iriam achar que ele está mentindo, que teve conhecimento de tudo, que definiu pessoalmente, a distância, sua linha de defesa e continua não se encaixando no quadro da lei revista e corrigida? Enquanto não é oferecida uma resposta clara a essas perguntas, folgo em saber que Cesare Battisti escapou aos seus juízes.

Porque, arrependido somado a contumácia...

Um homem acusado exclusivamente pela palavra de um ex-cúmplice que, ao acusá-lo, compra a sua própria liberdade – e um homem que, caso venha a ser pego, não terá o direito elementar de ser confrontado com seu delator...

Há nisso algo que não soa bem.

Há nisso uma ofensa ao senso comum a que não é fácil conformar-se.

Não peço o perdão para Battisti: esses crimes, caso os tenha cometido (o que, repito, ainda resta provar), seriam crimes terríveis; e apenas os sobreviventes, ou os representantes legais das vítimas, estariam autorizados a perdoar.

Eu não pediria nem sequer, nesta hipótese, a anistia – embora, trinta anos depois... Será que uma democracia não pode, trinta anos depois, quando um homem já refez sua vida, considerar a hipótese da anistia? Será que a França, que, depois de quatro anos – quatro! –, anistiou os criminosos da OAS, pode mesmo, neste quesito, se arvorar na postura da intransigência?

Defendo tão-somente um processo imparcial, desapaixonado, conforme aos princípios do direito europeu e do bom senso – defendo, e é este o sentido deste prefácio, que se assegure a Cesare Battisti o direito de confrontar, pessoalmente, o seu passado e o seu destino.

E existem, por fim, as questões ligadas à história do terrorismo.

Pois dizer que o terrorismo não tem desculpa não quer dizer que ele não tenha história.

E todos os observadores da cena italiana, todas as testemunhas, os sobreviventes, todos os que, como Alberto Franceschini em suas conversas com Giovanni Fasanella[1], começaram a nos revelar sua parte de verdade sabem que esta foi, sim, uma tremenda de uma história: pesada; complexa; cheia, não só de barulho e fúria, como de ambigüidades, vaivéns de homens e idéias, cumplicidades vertiginosas – todos sabem que houve aí um emaranhado de causalidades e sobredeterminações que, mesmo não alterando em nada a natureza do que foi produzido, mesmo não atenuando, em absoluto, a responsabilidade pessoal dos que pegaram em armas ou exortaram outros a fazê-lo, faz parte, queira-se ou não, do quadro como um todo, e precisa ser levado em conta se quisermos, de fato, mudar de época.

O papel dos serviços secretos na expansão daquilo que se denominou estratégia da tensão...

A função, por parte do Estado, da condenação e da provocação, da resistência democrática à violência e da decisão, por vezes, de deixá-la crescer para melhor reduzi-la...

Os mistérios do caso Moro...

Os da *Piazza Fontana*...

A atuação duvidosa, do início ao fim desta aventura, de determinados elementos do Partido Comunista italiano...

O mito – de que, infelizmente, estamos longe de nos termos livrado – do "verdadeiro" comunismo e da Revolução traída, mas ressuscitada...

O outro grande mito, tão estranho, de que tivemos uma versão francesa com a Esquerda proletária, da Resistência in-

---

[1] *Brigades rouges – Les revelations du foundateur* (Paris, Les éditions du Panama, 2005).

terrompida, abortada, retomada – a alucinação, quase delírio, que viu tantos jovens, nascidos demasiado tarde num mundo que não tinha tido tempo de envelhecer (ou seja, falando claramente, de renunciar, por completo, às próprias ilusões, aos sonhos irrealizados, às expectativas de redenção, aos próprios crimes também), essa alucinação que os levou, a partir dos anos 1960, a se instituírem herdeiros dos resistentes de 1940 e do seu ato inacabado...

Essas histórias de pais culpados e filhos penitentes...

Esses esconderijos de armas, nas montanhas, para onde antigos Partidários conduziam jovens êmulos que ainda iriam – mas quem o sabia? – tão cruelmente desprezá-los...

Também esses cristãos – o veterano da Ação Católica, o embaixador itinerante do Vaticano na América do Sul – que, na época em que Cesare Battisti e os seus se entusiasmam com Guevara, descobrem, por sua vez, Camillo Torres, o padre guerrilheiro colombiano...

Os vínculos com a extrema direita...

O emaranhado, sim, mesclando conivência e rivalidade, com grupelhos fascistantes no estilo da *Avanguardia nazionale*: acaso não há, ainda hoje, magistrados que acreditam na existência de uma tecnoestrutura oculta, jamais desmantelada, que teria manipulado os dois terrorismos, o negro e o vermelho?

Quem instrumentalizou quem?

Quem, nesta cacofonia, soprou o quê?

De onde vinha o dinheiro?

Quais eram os vínculos com os serviços do Leste?

Com as organizações palestinas radicais?

Com a RAF alemã? Com o IRA irlandês? Com o ETA basco?

E Silvano Girotto, aliás, Irmão Metralhadora? E Siminoni, o pau-para-toda-obra das Brigadas Vermelhas? E Cesare Mondini? E Vanni Mulinaris – aliás, seu Luís? E Feltrinelli, aliás Osvaldo, o agente de Havana e o homem dos contatos com o que então ainda se denominava (outros tempos! outro mundo!) o campo socialista? E não é Giangiacomo Feltrinelli uma das personagens mais dúbias, enigmáticas, decisivas daqueles anos? E o que dizer de Günter, o misterioso fogueteiro Günter, que provavelmente estava lá, nas imediações da torre de eletricidade, quando o editor milionário se eletrocutou, e sobre o qual, estranhamente, ninguém nunca mais ouviu falar? E Paris? Não cansam de nos martelar os ouvidos com a Paris da Doutrina Mitterrand e da época em que o terrorismo já iniciara o seu refluxo: mas por que não nos falam sobre a encruzilhada do mundo que foi Paris no auge dos anos de chumbo? Por que, em vez do subalterno Battisti, não se processa o Instituto Hyperion, pretensa escola de línguas oficialmente sediada em Paris, que o general Della Chiesa, ao morrer, acreditava ser o verdadeiro e estratégico QG clandestino das organizações terroristas que operavam na Itália? Esses homens todos estão desaparecidos. Mortos, ou só desaparecidos. Mas como, sem eles, contar essa aventura? Como, sem redescobrir sua pista, oferecer uma imagem precisa daqueles anos? De que valeria uma história do terrorismo na qual Cesare Battisti ficasse com o papel principal e da qual estivesse ausente um Giangiacomo Feltrinelli?

É claro, então, que nada, em tese, deveria impedir que as duas fossem feitas.

O ideal é que se criassem condições para julgar tanto os papéis principais quanto os secundários.

Mas não é isso que se faz.

E observo que a maneira como se vem procedendo, essa maneira de pegar um homem, transformá-lo numa espécie de monstro, costurar-lhe no corpo todo o pacote de crimes da sua organização e, pouco a pouco, do terrorismo em geral, é o expediente mais seguro para não contar, realmente, toda essa história – trágica, complexa, cheia de fundos falsos, logros, esqueletos no armário, evidências forjadas, culpados verdadeiros e profissionais inocentes permutando crimes e motivos.

Que o enforquem e não se fale mais nisso, diziam, segundo Gershom Scholem em correspondência com Hannah Arendt, aqueles que queriam transformar um grande e famoso processo dos anos 1960 no ponto final do trabalho de rememoração e de luto.

Os crimes atribuídos a Battisti não constituem, nem de longe, crimes contra a humanidade. E mesmo desses crimes – os assassinatos do guarda penitenciário Santoro e do policial Campana – é perfeitamente possível, repito uma última vez, que ele seja inocente. Mas, na demonização de que ele tem sido objeto, no tom com que nos dizem "Que o extraditem e se acabe logo com isso! Que o ponham na cadeia e se vire enfim esta página!", há algo desta mesma lógica esquecidiça e perversa.

Também eu acredito que um homem que errou deva pagar sua dívida para com a sociedade (embora esse tipo de regra não devesse conter nenhuma exceção e é com surpresa que vemos os assassinos – membros de um grupo de extrema direita – da *Piazza Fontana* se beneficiarem, por sua vez, de uma clemência nem sequer cogitada para Battisti).

Mas acredito que essa dívida não pode, nem deve, ser saldada em detrimento de outra dívida, não menos essencial, não menos impagável, que é a dívida para com a verdade (a qual vem sendo, como todos percebemos, na Itália e também na França, incluída entre as perdas e danos disso que já é apresentado como o saldo dos anos de chumbo).

É outro princípio.

E é mais outra razão, a última, para prefaciar um livro que, este sim, pelo relato minucioso que nos oferece da história dos Proletários Armados para o Comunismo, traz sua contribuição a este trabalho pela verdade.

São esses, dirão, muitos princípios para um homem só?

E um homem que além de tudo não é, como o "pessoal legal" da grande imprensa não cessa de repisar, especialmente simpático?

Pois, então.

Precisamente.

Já que os princípios não se dividem.

E, sobretudo, não fazem distinção de pessoa.

Digo até, para ser totalmente franco, que tivesse eu duvidado, tivesse hesitado em prefaciar estas páginas, tivesse ficado tentado a me furtar, a passar discretamente a vez, tivesse sido, muito simplesmente, solicitado por outras urgências, digo que existe na própria maneira como ficam me repetindo, o tempo todo, "Está certo, princípios! Mas não neste caso! Não com ele! Não com a cara feia deste cara horrível!" algo de francamente nauseabundo que, acho, teria acabado por me convencer.

Defender um princípio quando o caso é incontestável e o herói, propício, isso eu fiz muitas vezes e é fácil.

Defender o mesmo princípio quando a causa é difícil, quando o herói não tem "boa cara" e nem uma "boa mídia", e que a gente sente, ainda por cima, que a visão dele de mundo e a nossa são diametralmente opostas, é mais difícil, porém não menos necessário.

De que valeriam os princípios de coerência do Direito (na França), de presunção de inocência e responsabilidade pessoal de um condenado por contumácia (na Itália), de que valeria (em ambos os países e, portanto, na Europa) o princípio de historização necessária das grandes demências coletivas, de que valeria a lei, infelizmente jamais desmentida, que reza que nesses assuntos a amnésia é a mãe da repetição, e que a produção de um bode expiatório sempre abre, necessariamente, caminho para o retorno compulsivo dos erros de que nos livramos ao jogá-los para ele, de que valeriam essas regularidades e regras se não resistissem à prova do espelho que esse sarnento, esse rapado*, esse infreqüentável Battisti lhes apresenta – de que valeriam princípios que, numa palavra, se revelassem incapazes de sustentar o fulgor do preocupante, horripilante, mas apaixonante, relato que se vai ler?

---

* "... o maldito animal / esse rapado, esse sarnento do qual lhes vinha todo o mal" [... *ce maudit animal, / Ce pelé, ce galeux, d'où venait tout leur mal*], trecho de "Os animais doentes da peste" [*Les animaux malades de la peste*], fábula cruel de La Fontaine acerca do bode expiatório. (N. de T.)

O SILÊNCIO DAS SOMBRAS

A fuga é um excesso de liberdade que a gente não sabe como usar. É andar pé ante pé pelas ruas atulhadas ou respirar devagar em meio à natureza, de medo de acordar os insetos. A fuga é o tempo que passa sem tocar no fugitivo, que vê tudo e não põe a mão em nada. O fugitivo então fala sozinho para escutar o som da própria voz, vai fazer compras sem precisar. Só para fazer fila como todo o mundo e poder dizer à moça do caixa: bom dia, quanto é, obrigado, até logo. Não tendo nenhum santo a quem telefonar, o fugitivo cultiva sem trégua o amor pelo medo.

Assim é que, através da vidraça embaçada da minha janela, eu via passar as semanas e os meses, sem nunca conseguir apanhar nem um instante sequer, arrancá-lo ao tempo da fuga e dele me apropriar. Até a noite em que a sombra que eu era, assustada com os batimentos de um coração, desperta e descobre que tem um corpo, apalpa a sua consistência dolorosa e densa. Densa do peso dos sentimentos que eu tinha deixado em Paris. No dia seguinte, fui comprar um caderno e uma caneta.

Escrever para não me perder na névoa dos dias intermináveis, a cabeça enfiada numa almofada, repetindo para mim mesmo que não é verdade. Que não sou eu, este homem que a mídia transformou em monstro e depois reduziu ao silêncio das sombras. Que só pode se tratar de um personagem de romance, um desses obstinados que ficam tentando se impor e destruir a história que a gente está escrevendo. Personagens que arrastam o autor para longe dos seus propósitos, que adquirem vida autônoma, que querem se apropriar da história. Vezes demais corri atrás deles ao longo dos meus livros para não reconhecê-los. E sei que não é fácil alcançá-los. Refaço, portanto, o caminho inverso, volto para Paris, e conto a mim mesmo.

Houve e haverá outros momentos em minha fuga. Há rostos e acontecimentos que quero arrancar à inconsistência brumosa desses dias longos, e guardar para sempre dentro de mim. Por isso é que escrevo. Isso tudo parece um diário íntimo. Sempre tive horror a diários íntimos.

Súbito, percebo que estou escrevendo em francês, pela primeira vez. Já me aconteceu redigir textos pequenos em outra língua que não o italiano, mas sempre se tratava de alguma obrigação, papeladas administrativas, ou de uma carta a um amigo. Nunca tinha me passado pela cabeça começar uma narrativa em francês. A explicação talvez venha mais tarde. Ou então não há nada a explicar, tudo tem mesmo uma primeira vez.

Se relato a minha fuga sem fim, é por pura necessidade. É o único meio que tenho para agüentar o tranco. Como fazer? Não quero pensar nisso e penso antes em Hemingway quando ele diz – cito grosseiramente –: "A prosa é arquitetura. Como é possível encontrar a geometria certa para um romance, se o melhor da escrita rejeita a construção?".

Isso não deve ser tomado como promessa. Vou parafrasear as palavras do inigualável Hemingway, substituindo "o melhor da escrita" por "o melhor dos sentimentos".

I
Será assim que os homens julgam?

1. O ADEUS ÀS ARMAS

Hoje já não estou em Paris, e escrevo com essa languidez própria das boas recordações. Mas se coço um pouco a casca – ainda delicada – dos últimos meses tenho a sensação de poder voltar para lá a qualquer momento, de descer de manhã para tomar meu café expresso no bar-tabacaria em frente. Queria tanto me demorar nesta imagem, deixar de lado, por um instante, a desesperança da minha fuga sem fim e me sentar naquele bar, recuperar Paris contando-a de novo. Mas me parece indispensável dizer, primeiro, como cheguei a isso, mais uma vez refugiado e em fuga, 25 anos depois dos "anos de chumbo" italianos. Explicar o meu engajamento na luta armada dos anos 70, no grupo dos PAC, os Proletários Armados para o Comunismo. Mas, também, explorar as relações políticas e os laços amistosos que mantive com um dos chefes e fundadores desse grupo, Pietro Mutti. Esse homem, que foi meu companheiro e se tornou meu carrasco, esse homem cujo falso testemunho, prestado em minha ausência, custou-me uma pena de prisão perpétua. Pietro Mutti, a personagem chave do meu drama.

Eu nunca matei.
Sou culpado, como já disse muitas vezes, de ter participado de um grupo armado com fins subversivos e de ter portado armas. Nunca atirei em ninguém.

Os meus primeiros contatos com esse grupo de luta armada se deram em 1977, um ano após sua fundação. Eu vinha da Juventude Comunista. Numa família como a minha, era inevitável. O meu avô festejara o nascimento do Partido Comunista italiano. O meu pai, que todo domingo saía com o seu cravo na lapela, nos atraía a inimizade de todos os notáveis num raio de cinqüenta quilômetros. Quanto ao meu irmão mais velho, provido de um estoque inesgotável de camisas russas, acabara sendo eleito, na lista do Partido, ao cargo, me parece, de adjunto de obras públicas. Eu não tinha ainda dez anos e já berrava, no alto-falante do carro dele: "Governo ladrão ou ratos fascistas, o lugar de vocês é no esgoto". Quando criança, gostava daquilo tudo. Mas o que eu não suportava era o retrato do "Bigodudo", Stálin, pendurado na parede da sala de jantar. Pequeno ainda, achava que se tratava da efígie de um santo, e desconfiava. Com a minha mãe, tão religiosa, essa concessão não era de se descartar. Quando cheguei à idade de comparar os comportamentos da minha família, não muito comunistas, com o tal Stálin presente em todas as refeições, resolvi despendurar a carranca e despachá-la janela afora. É de crer que esse tenha sido um gesto capital, mas, em vez de pensar em suas terríveis conseqüências, lembro-me principalmente de minha surpresa ao descobrir que, por trás de Stálin, a parede era bem branquinha, e não cinzenta como todo o resto.

Ratifiquei minha ruptura com o Partido Comunista e com a teimosia staliniana da minha família participando das manifestações do *Lotta Continua*. Essa organização de extrema esquerda já era tão poderosa na época, que seu jornal diário tinha tiragem de 50 mil exemplares. Era moda, entre os jovens, enfiá-lo no bolso de trás da calça tomando o cuidado de deixar o título à mostra. Eu era, então, estudante numa pequena cidade do interior distante meia hora de Roma, uma cidadezinha fundada pelo próprio Mussolini em 1934. Naquela cidade pequeno-burguesa que brotara aceleradamente no meio da Planície Pontina, a tímida oposição de esquerda não poderia deixar de seguir as diretivas do Comitê Central do PCI.

Os comunistas, cegos para a profunda mudança de era que o Maio de 68 italiano expressava, haviam transformado o Partido numa ilha dentro do Estado, ele próprio entregue a uma intensa corrupção. Era o PC à italiana que, ante a impossibilidade de tomar parte no governo, aceitara comprometer-se a fim de partilhar o poder. Essa escolha só fez aumentar o dilaceramento de um povo esmagado pelo jugo de poderosas organizações criminosas. Essas organizações de caráter mafioso, presentes nos próprios enclaves das instituições, não hesitaram em organizar tentativas de golpes de Estado a fim de esmagar a rebelião crescente, com a cumplicidade do antigo fascismo, jamais banido do poder. Quanto à reação dos comunistas à explosão dos anos 1970, não poderia ter sido pior. Suas intervenções agressivas assumiam proporções dramáticas e caricaturais. Conheci ex-militantes comunistas – e houve muitos outros – que, ao ouvir seu Partido se expressar daquela maneira, desenterraram as armas da Resistência para entregá-las aos grupos que vinham se equipando. Enquanto escrevo, ainda posso ouvir as exclamações desses imperecíveis stalinistas reciclados na atual centro-esquerda italiana. Foi assim que surgiram, em massa, os novos deserdados do PCI, que prepararam o terreno para uma "nova via revolucionária". Juntaram-se às hordas de contestatários, jovens miseráveis do campo recém-chegados às cidades e jovens burgueses rompendo com sua própria classe. Desse tríplice encontro iria surgir a onda de violência política que submergiria a Itália, e o círculo vicioso das respostas do Estado, da CIA, do Partido Comunista, da extrema esquerda, da extrema direita, das organizações mafiosas. É a anomalia italiana. Bombas lançadas sobre os manifestantes, exército nas ruas, tiros à queima-roupa, organizações secretas, golpes de Estado fracassados, atentados, execuções sumárias. Esse drama sangrento são os anos 1970, assim chamados "de chumbo". Anos que fizeram centenas de mortos, tanto de um lado como do outro da "trincheira".

Mas, antes dessa fase dramática do conflito, o ambiente era estimulante e alegre, e a escalada rumo à grande violência não era perceptível. Éramos muitos, incluindo um bom número de mulheres, e quando por acaso aparecia um dia sem nenhuma manifestação, imediatamente inventávamos um motivo para improvisar alguma. Revoltado não armado, eu ainda me divertia. Aprendia mais em um dia na rua do que em dez anos de escola. Além disso, nossos professores não estavam do nosso lado? Situação curiosa, aquela, que nos levava a brigar com o serviço de ordem da Juventude Comunista. Certa vez, me vi frente a frente com um ex-companheiro, de quem tinha sido muito próximo. Nos encaramos por um instante, prestes a nos lançar um em cima do outro. Então, ele jogou para o lado o seu cabo de enxada e nos abraçamos como dois velhos irmãos.

Depois da rua, foi a vez dos *squats*. Desde que tinha jogado às favas o retrato do Bigodudo, voltar para casa já não era conveniente. Lá nos encontrávamos todos, ainda não havia muitas diferenças políticas no seio da revolta. Pelo menos durante o dia. A minha primeira namorada, meu primeiro petardo, meu primeiro panfleto, minha primeira casa, o *squat* era tudo isso. Mas, quando as discussões intermináveis perdiam o fôlego, quando cessava o barulho das rotativas e os flertes iam se concluir debaixo dos pórticos das ruas vizinhas, a noite escura e silenciosa virava o domínio dos militantes da "Autonomia Operária". Uma sigla que percorria o país de ponta a ponta, e que pouquíssima gente sabia no que consistia. Só uma coisa nos parecia clara sobre eles: em vez de agir e se calar, como era o costume, reivindicavam alto e bom som o direito à ilegalidade. Já que, nessas organizações sem recursos, eram obrigados a conseguir dinheiro para a máquina de escrever, o papel, o telefone, a alimentação. A minha namorada era um deles. Descobri então que os Autônomos não eram exatamente iguais aos outros. Eram cabeças delinquentes – como a minha, aliás – mas com um discurso coerente, argumentações inteligentes. Eram jovens e velhos, ricos e pobres, héteros e homos, pés-rapados e intelectuais. Para eles, esquerda e direita pertenciam ao passado, pareciam ser os protótipos de um mundo que acabava de nascer. Loucos, um assunto novo, terrível e fascinante. Gostava deles. Com eles, participei das "reapropriações proletárias": uma definição que nos permitia enfeitar com uma conotação política os roubos e pequenos assaltos, esse autofinanciamento não reivindicado, mas maciçamente praticado pelos milhares de jovens insurretos, autônomos ou não, que se espalhavam então pelas ruas da Itália. Esses roubos me levaram à prisão. Lá, encontrei outros militantes que já tinham feito, havia tempos, a opção pelas armas.

O objetivo deste relato não é desfiar o *curriculum vitae* de um militante. Só me pareceu importante falar sobre os meus sentimentos no momento em que conheci os Autônomos. Momento que marcou minha vida para sempre, e que explica, por si só, meu engajamento subseqüente nos PAC[2].

Não me lembro de quando conheci Pietro Mutti, nem do lugar. O contato com um membro desse novo grupo se fez certamente na prisão. Depois de jogar o retrato de Stálin pela janela, eu já havia amargado mais de dois anos de cadeia por "reapropriações proletárias". No decorrer desse período, conheci muitos prisioneiros políticos de diversas organizações. Éramos solidários, mas o discurso deles estava a léguas de distância do que nos motivava em nosso pequeno *squat*. Às vezes, nas conversas durante os banhos de sol, aqueles "prisioneiros de guerra" e suas doutrinas me lembravam desagradavelmen-

---

[2] O grupo dos PAC, Proletários Armados para o Comunismo, foi fundado em 1976 e dissolvido em 1979. Com mais outras centenas de assembléias, siglas ou organizações criadas no decorrer dos anos 1970, faz parte da galáxia informal da "Autonomia Operária", muito diferente, em suas estruturas e objetivos, da organização armada das Brigadas Vermelhas. (Nota do editor francês.)

te o quadrado de parede branca deixado por Stálin na sala de jantar de meus pais.

Ao ser transferido para outra prisão, conheci um militante que falava outra linguagem. Era meio alambicado o sujeito, mas percebi no seu discurso coisas que meus amigos também diziam, de um modo muito mais claro. Eu não gostava muito desse cara. Parecia um padre exaltado, um missionário iluminado, ao mesmo tempo febril e gelado. Mas ele parecia ter compreendido algumas coisas e, principalmente, não estava sozinho. A coisa lá fora estava esquentando para valer, eu ia sair em breve, e tinha vontade de lutar.

Quando voltei, o *squat* já não existia. Tinha sido detonado, e os amigos também. Dois ou três tinham caído sob as balas dos fascistas e dos policiais, muitos estavam presos, e outros, entre eles minha antiga namorada, tinham passado para a clandestinidade. Os que ainda sobravam estavam minados pela droga. "Sabia", disse-me um amigo de braços machucados, "que durante muito tempo não se achava por aqui nem um farelo de maconha, mesmo a preço de ouro? Aí uns caras do Sul apareceram pelos bairros, nas escolas e centros sociais, e foram distribuindo heroína aos montes. Deixa para lá, cara", ele suspirou, depois de me pedir dinheiro", dizem que está assim em todo lugar. Em Roma, em Milão, está um horror." Eu tinha voltado para casa, e encontrei um deserto. Fui-me embora.

Nevava em Milão, e os que vieram me buscar na estação ainda tinham todos os dentes e um ar simpático. Não falavam como um dicionário, não tinham nenhuma missão a cumprir, a não ser, diziam, "manter distante a canalha que os impedia de viver". Senti-me renascendo, teria gostado que os meus companheiros do *squat* ainda estivessem ali para escutá-los.

Aos poucos, fui conhecendo os outros membros do grupo dos PAC. A maioria tinha dado um salto direto da Autonomia Operária para a luta armada. Aquele grupo que, entre uma centena de outros, fizera a opção pelas armas na segunda metade dos anos 1970, integrava essa constelação de rebeldes mais ou menos organizados que se negavam a ficar prensados entre um Estado não raro assassino, dilacerado por conflitos internos, e a esmagadora oposição stalinista. Fiquei fascinado pelos discursos dos membros dos PAC sobre uma "nova composição social", em que o centralismo operário já não era o incontornável motor revolucionário. Alguns já tinham alguma experiência de outras organizações armadas, que abandonaram por recusarem os princípios mao-leninistas dominantes. E também porque contestavam a hierarquia vertical dos partidos e o distanciamento entre teoria e ação. Para eles, a linha divisória entre trabalho manual e trabalho intelectual não tinha razão de ser, e quem não sujava as mãos não tinha direito à palavra. Seus gurus já não eram os intocáveis da Revolução de Outubro, e sim Horkheimer, Marcuse, Sartre, Foucault, Deleuze, Guattari, Baudrillard. Eu ainda não conhecia esses textos, mas compreendi rapidamente que tudo aquilo combinava com a minha recusa da ordem e da hierarquia, herança da minha educação familiar religiosamente stalinista.

Com essas novas bases teóricas, os PAC queriam se diferenciar dos outros grupos rejeitando o nome de "organização". Eram apenas uma sigla, representativa dos "novos" princípios. Qualquer desconhecido podia agir em nome dessa sigla, sem limites geográficos e com total autonomia. Éramos uma palavra de ordem, que podia ser apropriada por qualquer sujeito revolucionário que recusasse a doutrina da tomada do poder, tal como era entendida na época. De modo que uma ação assinada "PAC" podia perfeitamente ocorrer a centenas de quilômetros de Milão sem que jamais viéssemos a saber quem eram seus autores. Núcleos, desconhecidos entre si, formavam-se aqui e ali usando o seu nome. Em pouquíssimo tempo, os PAC se tornaram a referência das assembléias de bairro e dos trabalhadores do terciário. Em contrapartida, as organizações clássicas, de linguagem militar, nos chamavam ironicamente de "bicho-foucaultianos"*.

Pietro Mutti era uma figura eminente do grupo mas, de início, não cruzava muito com ele e ele pouco me dirigia a palavra. Raramente participava das reuniões. Trabalhava por turnos de oito horas na Alfa Romeo, onde era um dos líderes do comitê sindical autônomo. Esse *status* o expunha à vigilância da polícia e à animosidade do sindicato comunista. Pietro Mutti tinha, portanto, boas razões para limitar ao indispensável os seus contatos conosco, mas esse não era o seu único motivo para se manter à parte. Eu sentia que ele me evitava. Sempre que nos encontrávamos, ficava algo no ar. Como entre a garota e o garoto que sabem que vão acabar juntos, mas adiam ao máximo o momento. Não estou aludindo à homossexualidade, mas não encontro comparação mais ilustrativa para explicar esse embaraço que gerava um clima insólito. Embaraço que, por outro lado, atiçava o senso de humor que decerto não faltava ao grupo dos PAC.

---

* No original, *baba-foucaldiens*, referência à expressão em inglês *baba cool*, "bicho-grilo". (N. de T.)

Todos eles já se conheciam, e eu, que acabava de chegar, não captava os seus códigos. Não que eles quisessem caçoar de mim, ou ironizar o novatozinho recém-chegado do Sul, mas eles tinham vivido a vida deles, e eu, a minha; eram iguais as palavras, mas eram outros os costumes. As incompreensões políticas se discutiam, estávamos ali também para isso; as diferenças culturais se respeitavam, o que não era simples, mas possível; os caprichos da intimidade também nos ocupavam bastante, mas só a intimidade pode compreendê-los. E a intimidade certamente não era o assunto predileto de Pietro Mutti. Ele falava em redução do tempo de trabalho, participação das empresas na criação de espaços culturais, desmantelamento dos antros de trabalho ilegal, em quebrar a cara do diretor do sistema de moradias populares, e assim por diante. Pois não, tudo bem, todos de acordo. Também havia a questão do dinheiro, que alguém levantou certa noite. Silêncio. Cada vez que se tocava no assunto das finanças, acabavam as risadas. Teriam de bom grado atacado a delegacia, mas sair à cata de dinheiro era uma verdadeira chatice para eles, e para mim mais ainda. Afinal, por causa desse maldito dinheiro é que eu tinha passado dois anos em cana. Só de pensar em entrar de novo nessa, me dava um frio na espinha. Pietro Mutti farejou meu medo, o cretino. Pela primeira vez, levantou os olhos para mim.

Naquela noite, fomos a um restaurante e depois passamos um bom tempo num bar de vinhos. Pietro Mutti era bom de copo, eu fazia o possível. Falamos sobre tudo, menos sobre dinheiro. No dia seguinte, acordei na cama dele. Ele tinha saído para trabalhar, os lençóis estavam com o cheiro de uma mulher.

Depois de algum tempo, passamos a partilhar as noitadas

no bar, mas também, às vezes, a mesma cama e a mesma garota. Nos anos 1970, isso não tinha nada de extraordinário, e esse já nem era, aparentemente, um assunto merecedor de conversa. Quem se chocasse com isso passaria por retrógrado. Eu não tinha nada contra, para passar da teoria à prática só precisei dar um passo. O vinho abolia as minhas reticências e a cama era suficientemente grande para três. Ela era a mulher dele, estavam casados havia dois anos. Ele queria um filho, mas ela não, nem pensar, era uma anarquista, das legítimas, imagine colocar uma vítima no mundo, só um comunista como ele poderia, pobre querido, ter uma idéia dessas. Ela era determinada, na voz como na cama. Exatamente o contrário do marido. Essas partilhas na cama foram ocasionais, o fato não ocorreu mais que duas ou três vezes. Afora essas circunstâncias pontuais, ela e eu poderíamos ter passado um dia inteiro no mesmo cômodo sem que a idéia de sexo nem sequer nos passasse pela cabeça. Era estranho, mas sem constrangimento, límpido de ambas as partes.

Mas, naturalmente, eu ficava imaginando coisas, procurava explicações menos teóricas e menos nobres para o estranho comportamento deles. Estavam apaixonados, disso não havia dúvida. Eu compreendia, inclusive, por que motivo ela às vezes adotava um tom agressivo. Não suportava que o marido a afastasse das suas atividades clandestinas. Sua reação de militante feminista bastaria para explicar a cama partilhada? Não, não se tratava de vingança, e não era ela, mas ele, quem tinha provocado. A bissexualidade não era, afinal, mais uma reconquista a ser feita depois de dois mil anos de obscurantismo religioso? Bem, eles certamente tinham seus motivos para agir daquela forma, mas o essencial para mim é que, afora alguns sinais incertos, nem uma única vez Pietro Mutti manifestou abertamente a intenção de me comer. Cheguei a me perguntar se deveria admirá-lo ou me sentir culpado. Mas era um pensamento apenas, que não me impediu de fazer amor com a mulher dele na presença dele. Claro, sua absoluta falta de ciúmes não deixava de me intrigar mas, repito, aquela era a época e eu estava tentando, antes de tudo, estar à altura.

"Estar à altura" não foi brincadeira de criança. Antes de chegar à cama da mulher dele, foi preciso que nos encarássemos, olhos nos olhos, até explodir. Foi preciso eu abrir para ele até minha última gaveta, para que ele pudesse explorar, uma a uma, todas aquelas caras de *squatters* que eu guardava na alma. E eu não sabia como dizer que, para mim, e até nos olhos dele, ainda era aquilo mesmo, os PAC, e ele que fosse se danar com toda aquela conversa sobre violência e aquelas teorias nebulosas segundo as quais só o Estado podia ser culpado pela violência, já que detinha seu monopólio, ao passo que a nossa não seria de fato "violência", apenas "resistência". Talvez estivesse certo, mas ele que guardasse aquilo para o seu comitê porque, de minha parte, não era o que eu decifrava nos seus olhos grandes de filho da puta.

Tamanho era o esforço de Pietro Mutti para se transformar no militante responsável que ele tinha escolhido ser, que gaguejava nas reuniões. Era um fato, Gilberto era manco e Mutti gaguejava, era essa a vontade da natureza e não havia o que fazer. Mas, quando Pietro Mutti se libertava da sua máscara, suas palavras viravam um fluxo de doçura. Era outra pessoa.

Pietro Mutti foi se tornando meu amigo, e também minha referência dentro do grupo. Vinha, como eu, de uma família modesta, conhecera a dureza, a rua, as brigas, o ódio e a impotência. Graças ao ativismo político, tinha superado a toxicomania. Queria lutar, mas o poder só lhe inspirava desprezo. Isso merecia um trago.

O primeiro de uma longa série. A ação não nos desviava do nosso objetivo, que era, primeiro, que cada qual pudesse viver em harmonia no seu próprio meio social. Num primeiro momento, os membros dos PAC foram os queridinhos das mamães dos bairros mais carentes. Quanto às armas, permaneciam nos esconderijos. Só as pegávamos quando nos provocavam ao extremo. Duas em cada três não funcionavam, era uma sorte os tiras não desconfiarem.

Então as coisas se precipitaram. Estávamos em 1978, militantes de todas as tendências afluíam e se radicalizavam; lá fora, havia gente morrendo. Minhas divergências com certos membros dos PAC rebentaram na segunda metade daquele ano.

Quando nos anunciaram o assassinato de Aldo Moro, em 9 de maio de 1978, não acreditei. Ninguém queria acreditar, aquilo nos parecia impossível. Foi um choque enorme. Com aquela pavorosa execução, as Brigadas Vermelhas declaravam guerra ao Estado, expondo assim o movimento, em todas as suas expressões de luta, a uma repressão indiscriminada que viria a resultar em dezenas de mortes e várias dezenas de milhares de prisões. Atordoados com tal cegueira política e preocupados em escapar ao torniquete Brigadas Vermelhas/Estado, os militantes pertencentes às outras formações engajaram-se imediatamente num debate acirrado sobre que seguimento dar à luta armada. Os PAC, já em profundo desacordo com estratégias do tipo "Tomada do Palácio de Inverno", não foram exceção. Mesmo que a estrutura específica do nosso agrupamento não facilitasse uma tomada de posição firme e una – a sigla tendo surgido a partir da recusa do formato "Partido" e do centralismo democrático –, chegamos a um acordo de princípio entre os diferentes núcleos: *Sim à defesa armada, não aos atentados que acarretassem morte humana.*

Visto com distanciamento, parece-me evidente que um compromisso desse tipo era demasiado frágil para evitar as derrapagens. Mas, dado o clima de violência repressiva e a corrupção generalizada das instituições, não sei se, na época, tínhamos como chegar a algo melhor. Pensei, naquele momento, que essa palavra de ordem protegeria o grupo como um escudo.

Clandestino entre tantos outros, persisti. O que não era para ter acontecido sobreveio no verão de 1978, quando um núcleo dos PAC reivindicou o assassinato de um comandante de prisão[3], "acusado de torturas e desvio de fundos públicos". Esse acontecimento brutal, que associava de repente a sigla dos PAC, até então sem mácula, à ação homicida, causou uma profunda dissensão no grupo. Dividiu-nos em dois campos. Uns aceitavam o sangue derramado como fatalidade decorrente do combate, outros recusavam-no, qualquer que fosse sua causa. Minha decisão estava tomada. Já tivera muito tempo para refletir sobre a evolução da luta armada. Em plena Guerra Fria, a Itália permanecia um satélite americano. Os agentes da CIA, principalmente depois do assassinato de Aldo Moro, assistiam aos interrogatórios dos acusados e participavam ativamente das sessões de tortura. Mas não foi o medo de cair nas mãos deles que me fez mudar de idéia. Foi a visão clara de uma via sem saída. Foi o sangue derramado que eu nunca

---

[3] Antonio Santoro, 6 de junho de 1978, em Udine. (Nota do editor francês.)

tinha desejado, nem de um lado e nem de outro. E, já que a palavra de ordem protetora – *Não aos atentados que acarretassem morte humana* – não protegera contra nada, então havia de ser um puro e simples não às armas.

Juntamente com parte dos militantes da primeira hora, naquele momento decidi virar a página e renunciar definitivamente à luta armada. Não queríamos apenas deixar o grupo, queríamos também lhe dar um fim. Começaram, então, os problemas com meu antigo companheiro Pietro Mutti.

Acabávamos de abrir uma garrafa de vinho branco quando comuniquei-lhe o meu desejo de dissolver os PAC. Não era a primeira vez que eu abordava o assunto, e não imaginei que iria desencadear tamanha cena. Talvez eu estivesse, naquele dia, com um ar mais solene. Ele reagiu com uma fúria incrível. Parecia realmente um desses casais que falam todo dia em separação, mas que, chegada a hora do verdadeiro rompimento, reage como se fosse a última coisa que estivesse esperando. Pietro Mutti quedou-se um bom tempo parado, imóvel. Então jogou o copo no chão e, cobrindo o rosto com as mãos, me acusou de traição. Eu, ele, o que tínhamos vivido juntos, como é que eu podia falar daquele jeito? Como é que eu podia abandonar à própria sorte os outros companheiros, caídos na clandestinidade e sem possibilidade de retorno à vida normal?

Retruquei que a minha situação não era diferente da deles, e que isso não era motivo para dar continuidade a uma luta que já tinha amplamente passado dos limites. Aquele dia marcou o fim da nossa cumplicidade. Cumplicidade que talvez tenha impedido militantes mais virulentos, que vinham se multiplicando por toda parte, de cometerem o pior. Nossos caminhos se separaram e eu deixei os PAC.

Apesar de tudo, uma verdadeira dissolução dos PAC era impossível de realizar, em função de sua própria estrutura. Como já disse, não se tratava de uma organização clássica, e sim de uma sigla de que todo o mundo podia se apropriar. E não se pode dissolver uma sigla, a não ser com o desgaste progressivo de pequenos grupos e abandonos individuais. A sigla continuou existindo, acho, até a primavera de 1979. Com várias ações cometidas em seu nome, três das quais homicidas. Nesse período, eu e muitos outros que tínhamos saído dos PAC no final de 1978 tentávamos sobreviver escondidos num apartamento. Para os antigos militantes dos grupos, armados ou não, que começavam a vagar aos milhares por toda a Itália, era impossível voltar à vida normal sob pena de serem imediatamente detidos. Não tínhamos alternativa além da clandestinidade ou da prisão, e não sabíamos por quanto tempo. Não quero dar uma de anjinho já que, depois de largar os PAC, continuei forçosamente a ser um clandestino armado, sem organização, e precisava sobreviver, junto com os outros que, como eu, subsistiam nas condições do fugitivo sem logística.

Caí no início de junho de 1979, durante uma vasta operação antiterrorista efetuada no norte da Itália. Não lembro quantos ex-PAC foram apanhados naquela rede. Éramos algumas dezenas, me parece, todos havia muito tempo inativos. No apartamento onde morávamos na época, a polícia não encontrou nenhum documento de reivindicação ou incitação à luta armada. A balística demonstrou que, entre as armas confiscadas, nenhuma fora utilizada para um crime de sangue. Nenhuma delas, aliás, jamais tinha dado um tiro, para cima que fosse. Estavam virgens. Diga o que disser certo procurador, que se obstinou e se ridicularizou com declarações capazes de constranger um leitor de ficção científica. Durante esse tempo todo, não tive mais oportunidade de cruzar com Pietro Mutti. Corria o boato de que, com um punhado de fiéis, ele integrara a *Prima Linea*, imensa organização armada presente em todo o território nacional.

Eu estava preso num desses estabelecimentos ditos "prisões especiais", onde o Estado trancafiara diversos milhares de militantes. Eles nos chamavam de "terroristas". Estava ainda preso quando, em 1980, Giorgio, meu irmão mais velho, morreu num acidente de trabalho. Soube da sua morte com três meses de atraso, pois o promotor – sempre o mesmo – havia bloqueado os telegramas enviados pela minha família, assim como o direito de visita. O mesmo promotor que, 25 anos mais tarde, iria tomar conta da imprensa francesa no caso da minha extradição e ser tão escutado pelos jornalistas. Quando afinal obtive o direito a visita, vi chegar minha irmã. Havia um vidro entre nós, e os interfones não funcionavam. As visitas eram tão raras e difíceis que eu sempre tentava brincar, a fim de tranqüilizá-la a meu respeito e para que ela fosse embora sem preocupação. Em geral, conseguia. Mas, desta vez, ela rompeu em prantos, perguntando como é que eu podia falar tanta bobagem depois do que tinha acontecido com o Giorgio. Ela não sabia que eu ignorava a notícia, que o promotor não tinha julgado importante me comunicar. Foi um choque terrível. Se tivessem, naquele momento, me enfiado uma faca no corpo, não teria saído nenhuma gota de sangue. Durante a tal visita é que fui levado à força e transferido para mil quilômetros de distância dali. Então amadureceu dentro de mim a certeza de que, para nós, a lei estava suspensa, e não havia mais nada a esperar dela. A morte do meu irmão, que me foi roubada, marcou-me para todo o sempre. Foi o elemento desencadeador do meu projeto de evasão. Posteriormente, outros episódios viriam consolidar minha decisão.

No final de 1980, abateu-se sobre a Itália a mais violenta repressão. Não vou repisar o estado de emergência, a suspensão de alguns artigos da Constituição, as execuções sumárias. Tudo isso é conhecido. Mas, nesse período, o pânico tomara conta do nosso meio carcerário e corroía o coração e a cabeça dos detentos, inclusive dos irredutíveis que não ousavam confessá-lo. Quanto a mim, estava apavorado com os súbitos sumiços de prisioneiros. Aquele novo achado espalhava o medo entre nós. Era aterrador. Não havia nenhuma lógica aparente naquela seleção. Poderia ser qualquer um. Não era o comportamento do detento, nem a gravidade do caso, que determinavam a escolha do sujeito. Ontem, ele estava no banho de sol e, no dia seguinte, de repente, tinha sumido.

Alguns reapareciam dois, três meses depois, em condições psíquicas assustadoras. Outros nunca mais eram vistos. Até o dia em que ressurgiam por alguns minutos numa sala de tribunal, já no seu novo papel de "arrependidos". Depois, concluída a sua tarefa, não se sabia mais deles.

Pela primeira vez na vida, soube o que era sentir medo de verdade: medo de acabar encapuzado num desses casarões com o porão fervilhando de *carabinieri*[4].

---

[4] Policiais italianos. (Nota do editor francês.)

* * *

Eu não dormia mais à noite. Tinha conseguido transmitir minha preocupação aos meus amigos que ainda estavam em liberdade. Um punhado de indivíduos isolados, afastados havia muito tempo da luta armada. Não dispunham, portanto, de nenhum meio de me ajudar a fugir. Como fugir, aliás, de uma prisão especial controlada pelo exército, ocupada por blindados equipados com metralhadoras?

A oportunidade de ser transferido para uma prisão mais comum, de onde a fuga se tornava possível, foi oferecida por um juiz de aplicação de penas. Uma mulher que, apesar de todos os obstáculos ministeriais, ainda ousava realizar seu trabalho de magistrada, mesmo dentro das prisões especiais. Eu estava em Cuneo, num estabelecimento que em princípio só deveria abrigar terroristas acusados de assassinato. Não sei por que essa magistrada se deu ao trabalho de folhear os registros, mas o fato é que descobriu que eu não tinha nenhum motivo para estar ali. Fora condenado por "pertencer a um grupo armado", e nunca havia sido suspeito dos homicídios dos PAC. Os policiais sabiam disso perfeitamente, e nunca tinham me interrogado sobre esse ponto. Essa magistrada me convocou. Conversamos, ela verificou, e efetuou um pedido de transferência a que o ministério nem sequer se dignou de responder.

A magistrada teimou, e obteve a aplicação de uma lei que todos, inclusive os advogados, consideravam abolida por uma situação jurídica de exceção que já se tornara ordinária. A determinação daquela mulher resultaria na minha "desclassificação". Isso significa que passei do escritório 12, controlado pelo Ministério da Defesa, para o escritório 3, subordinado à competência comum do Ministério da Justiça. Com esse ato, as autoridades certificavam que eu não era um detento perigoso e não havia "causado nenhuma morte com atos de terrorismo". O documento que o atesta deve datar, ao que me lembro, de maio ou junho de 1981. Meu incansável promotor, evidentemente, jurou que faria de tudo para que aquela decisão fosse revogada. Eu tinha, portanto, que agir depressa. O presídio de Frosinone, onde fui parar, também não era nenhuma casa de repouso. Os meus amigos, desprovidos de recursos e preocupados com o que acontecia aos prisioneiros, tomaram então a decisão de pedir ajuda ao meu antigo companheiro e futuro acusador, Pietro Mutti.

Àquela altura, a organização *Prima Linea* já não existia. Pietro Mutti se tornara o chefe dos últimos efetivos da organização, que adotara o nome de COLP. Nunca vim a saber o que significava essa nova sigla. Soube posteriormente que haviam sido muito difíceis as negociações entre os meus amigos, que recusavam qualquer compromisso com a luta armada, e o irredutível Pietro Mutti. Por fim, ele acabou aceitando, depois de consultar seus antigos chefes. Na época, estavam todos presos e eram, igualmente, contrários à insana prolongação da luta armada.

Eu sabia que, do interior das prisões, os antigos da *Prima Linea* aprovavam a minha evasão, na expectativa de que, uma vez lá fora, eu convenceria Mutti e os seus COLP a deporem a armas. Esse não era, evidentemente, o plano de Pietro Mutti. Ele queria, com essa ação, reconstruir sua credibilidade política a fim de reativar a luta. Apostava na minha dívida de gratidão para que eu ficasse ao seu lado até o último cartucho.

* * *

Veio o 4 de outubro de 1981. Nesse dia, um grupo constituído por um número igual de amigos meus e militantes dos COLP, conduzido pelo próprio Pietro Mutti, tirou-me da prisão sem cometer nenhuma violência física contra o pessoal da vigilância. A tal ponto que a imprensa nacional teve de reconhecer a ponderação demonstrada pelos assaltantes numa operação que era, afinal, arriscada.

Durante a semana que se seguiu à minha evasão, fiquei escondido no porão de um prédio em Roma. Os COLP é que dispunham da logística, e decidiam, portanto, meus movimentos num curto prazo. Passava o tempo remoendo o discurso que eu pretendia fazer para Pietro Mutti, afinando os argumentos que os detentos tinham incansavelmente me repetido na prisão – antigos membros do PAC e de outras organizações que queriam dar um fim à ação política armada. Era a minha "missão", e para isso é que tinham me oferecido aquela grande chance de liberdade.

Uma vez por dia, alguém aparecia para cuidar da minha alimentação e da minha roupa. Eram jovens, homens ou mulheres, que raramente tinham mais de vinte anos. Guardo a nítida lembrança de um deles, que me confessou ter apenas dezessete. Ainda hoje, toda vez que me lembro dele, fico com lágrimas nos olhos. Alguns meses depois, seria preso e selvagemente torturado. Acreditava profundamente na revolução, não considerava nada além dela, e talvez enxergasse em mim um dos que poderiam levá-lo até o final do seu sonho.

O meu penúltimo contato com Pietro Mutti se deu naquele porão. Ele chegou certo dia, sozinho, com um ar exausto. Antes mesmo de se sentar, pediu que eu participasse de uma ação prevista para aquela mesma tarde. Não me lembro do que se tratava, decerto algum absurdo. Dei-me um tempo para respirar e comecei o meu discurso. Citei todos os argumentos dos homens que encontrara na prisão e que ele conhecia. Falei sobre mim, sobre ele, sobre nós todos, sobre a razão que precisávamos recuperar para salvar vidas e salvar a honra daqueles que já estavam presos, condenados a dezenas de anos. Quando não tinha mais palavras, qual não foi minha surpresa ao ler aprovação em seu olhar. Não acreditei. Banhado em lágrimas, ele me disse que tudo aquilo era verdade, que era o fim, que tínhamos sido enganados pela via das armas. "Mas, você viu?" – ele acrescentou, antes de guardar as armas no bolso – "Eles não têm mais que vinte anos, e acreditaram em nós. E agora está me pedindo para deixá-los mais uma vez na mão, depois de eles tirarem você da cadeia? E o que eu faço com eles, puxa? Você, e esses outros que já entenderam tudo, saberiam me dizer?" Ele jogou um maço de cigarros em cima do meu colchão e foi-se embora.

Voltou algumas horas mais tarde. E foi a última vez que o vi. Dessa vez, vinha acompanhado de cinco ou seis garotos e garotas. Pareciam um soviete em expedição punitiva. Pietro Mutti deitou-se no chão, deixando a palavra aos demais.

Não vou me estender sobre esse triste momento. Segundo eles, os meus argumentos eram heresias, o meu comportamento merecia ser "realinhado" e a minha sorte era o fato de "não serem fascistas". Eu era um canalha traidor, e pronto. Em resposta às minhas réplicas, uma garota especialmente virulenta me jogou um cinzeiro na cara. Pietro Mutti, esse tempo todo, não proferiu nem uma palavra sequer. Antes de ir embora, comunicou-me que no dia seguinte alguém viria me buscar para me levar até a estação. Ao sair, cuspiu no chão.

É evidente que Pietro Mutti tinha sérios motivos para sentir raiva de mim. Eu já o tinha abandonado em 1978 e, agora, estava simplesmente traindo as expectativas que ele alimentara ao me livrar da prisão. Mas acho também que Pietro Mutti estava, antes de mais nada, exausto. Talvez não estivesse procurando em mim um cúmplice de armas, e sim um ombro para chorar seus problemas e, principalmente, com o tempo, um responsável pela dissolução do grupo, porque a ele próprio faltava coragem para tanto.

Quando foi detido, vários meses depois, em 1982, eu estava longe. Ao sair do meu esconderijo romano, tinha atravessado os Alpes a pé, no outono de 1981, e chegado à França. Aquele país era, na época, uma Terra Prometida onde centenas de nós já tinham encontrado asilo. Soubemos da prisão de Mutti através da imprensa. Ele caíra junto com todo o seu núcleo. Foram todos torturados, inclusive o tal garoto de dezessete anos.

Que certos departamentos especiais da polícia praticavam a tortura já era fato reconhecido por organismos internacionais. Era um recurso muito freqüente durante os interrogatórios. Mas, dessa vez, as conseqüências para os inculpados foram tais que até os que não queriam saber denunciaram o horror. Devem decerto existir documentos sobre aquele episódio específico, quando se comprovou pela primeira vez, me parece, o uso da tortura química.

E Pietro Mutti, o irredutível, transformou-se num dos mais famosos "arrependidos". O que se denominou "arrependido" nos processos italianos dos anos 1980 não tem nada em comum com o "arrependimento" de um cristão que vai à igreja confessar-se. Esse *status* jurídico foi criado pelas leis especiais do período, para os "tribunais de exceção" encarregados de acabar, a qualquer preço, com a insurreição da extrema esquerda. Os famosos "arrependidos" eram acusados que negociavam sua pena em troca de denúncias, em acordo com a magistratura desejosa de liquidar seus milhares de dossiês mediante todos os meios e de apontar culpados, verdadeiros ou falsos. Assinalo aqui rapidamente que os tribunais da época eram dominados por homens do PCI, que teorizaram e aplicaram uma repressão terrível, em acordo com o governo dirigido pela Democracia Cristã. A implicação dos comunistas nos impressionantes desvios jurídicos dos anos de chumbo permite compreender por que o "centro-esquerda" italiano, oriundo diretamente do antigo PCI, é hoje um dos partidos mais encarniçados contra os antigos refugiados.

Esses arrependidos, uma vez entregues ao Estado, eram paradoxalmente recrutados entre os irredutíveis mais encarniçados de ontem. No mais das vezes, eram torturados até renegarem sua causa política e prometerem colaborar. Em troca, e dependendo do número de denúncias e serviços prestados, obtinham uma redução de pena ou a liberdade, uma nova identidade e alguns milhões no bolso para recomeçar a vida em outro lugar. Quanto mais nomes os arrependidos forneciam, mais chances eles tinham de conseguir a liberdade. Num sistema assim, imagina-se facilmente a montanha de mentiras que os arrependidos tentavam inventar, às vezes tão pouco plausíveis que os próprios juízes tinham de lhes chamar a atenção. Eles foram realmente as peças-chave da quantidade de processos caudalosos daquela época, construídos sobre suas espantosas declarações e tantas vezes conduzidos sem defesa. As penas perpétuas desabavam então feito chuva sobre os ausentes, e não havia abrigo possível.

Pietro Mutti, que estava ameaçado de prisão perpétua, foi um arrependido temível. Incriminou a torto e a direito, e foi quem me acusou dos quatro homicídios dos PAC. Nessa época, os tribunais condenavam sem provas. Foram tão-somente as palavras de Mutti, e as dos seus amigos "dissociados", que me valeram a condenação à prisão perpétua durante minha ausência. Os "dissociados" eram acusados que também ganhavam um bom abatimento de pena caso aceitassem confirmar as declarações de um arrependido. Muitos ex-PAC corroboraram, desse modo, as acusações de Pietro Mutti. Quanto a mim, depois de passar um ano na França, tinha deixado o país e fora parar no México em 1982. Durante todo o período do meu exílio, não tive o menor contato com a Itália, o menor contato com a minha família ou com meu advogado. Privado de qualquer informação – que, aliás, eu nem procurava –, estava longe de imaginar que havia processos correndo contra mim na Itália[5]. Só vim a saber disso nove anos depois, ao voltar para a França no final da década de 1990, quando soube também que Pietro Mutti, depois de anos de serviço prestado aos tribunais, havia sido solto e desaparecera.

O que me interessa aqui é o estranho comportamento de Pietro Mutti em seu "arrependimento" e em suas acusações contra mim. Seria preciso ter tempo e vontade para ler a tonelada de autos de processos a fim de avaliar a quantidade de versões distintas e contraditórias que ele oferece, sempre ao mesmo incansável promotor. Em primeiro lugar, devo enfatizar que Pietro Mutti, mesmo entregue às exigências maquiavé-

---

[5] Entre 1982 e 1990. (Nota do editor francês.)

licas desse promotor, tentou de algum modo respeitar duas regras básicas do militante: dar tempo para os que estavam livres fugirem, acusando os que não faziam parte dos COLP, o que era o meu caso. Depois, poupar na medida do possível os mais jovens e os mais próximos, acusando os que já estavam fora da Itália. Também nesse caso eu era o sujeito ideal.

Havia, porém, uma multidão de arrependidos, todos tentando obter redução de pena a qualquer custo. A tal ponto que as sucessivas declarações de uns e de outros não concordavam entre si. Pietro Mutti me acusava de tal fato, sendo depois desmentido por outro arrependido, que acusava a si próprio ou então denunciava um terceiro. Foi assim, por exemplo, que, durante a instrução criminal, e por vários meses, fui acusado da execução material de dois assassinatos cometidos, na mesma hora, a quinhentos quilômetros de distância um do outro! O bom promotor faria obviamente a faxina e colocaria ordem nas coisas: transformou-me no organizador do primeiro e executor do segundo.

Desse duplo assassinato[6], um deles executado em Milão e o outro numa cidade do Vêneto que eu nem sabia existir, na verdade vim a saber pela imprensa. Foi um choque tremendo ler que o filho de Torregiani, um garoto, tinha sido ferido durante o ataque. Soube-se que o menino fora atingido por uma bala do pai, e não dos agressores, mas isso não alterou grande coisa para mim. Era, de qualquer forma, o resultado de uma ação, empreendida por um grupo de bairro autônomo que assinara "PAC", e fiquei consternado. Não tinha nada a ver com

---

[6] Lino Sabbadin, 16 de fevereiro de 1979, em Caltana Santa Maria de Sala; Pierluigi Torregiani, no mesmo dia, em Milão. (Nota do editor francês.)

aquela tragédia, mas ela ainda é uma das minhas lembranças mais sombrias. Foi também pelos jornais que eu soube, junto com meus companheiros, do atentado contra o policial[7] de Milão, o quarto homicídio reivindicado pelos PAC. Isso foi pouco antes da minha prisão, e lembro que um policial me disse, rindo, que só usando saltos de vinte centímetros eu alcançaria a altura do agressor.

Pietro Mutti forneceu aos magistrados tantas versões, constantemente contraditas por outros arrependidos, que chegaram a ameaçar retirar-lhe a proteção e mandá-lo para a cadeia junto com os ex-companheiros que ele havia denunciado. O que equivalia a uma condenação à morte. Pietro Mutti me acusou de tantas coisas que nenhum magistrado honesto, que dedicasse algum tempo para examinar suas declarações, acreditaria, nem um instante sequer, naquele fabuloso amontoado de mentiras.

Se eu pudesse ser julgado, teria como expor todos esses fatos e me defender. Em todos os países da Europa, a lei prevê que os condenados à revelia – julgados "por contumácia" –, caso sejam apanhados ou caso se entreguem, têm direito a um novo processo, de modo a poderem se explicar pessoalmente perante os juízes. Mas não na Itália, onde o "contumaz" é levado diretamente à prisão para cumprir sua pena, sem nenhuma via de recurso. Caso a França concordasse em me extraditar para a Itália, eu estaria automaticamente condenado a cumprir uma pena de prisão perpétua, fundamentada tão-somente nas loucas acusações de Pietro Mutti. Por isso é que

---

[7] Andrea Campagna, 19 de abril de 1979, em Milão. (Nota do editor francês.)

a justiça francesa não podia ter me extraditado, sendo sua lei de proteção aos contumazes incompatível com a lei italiana. No entanto, a França me extraditou, compelindo-me à fuga sem fim.

2. A CAPTURA

A minha relação com Paris durou quatorze anos. E é muito estranho ter de falar nela no pretérito. Começou no dia em que conheci a mãe dos meus filhos e foi até o momento em que tive de ir embora a contragosto. É tão pouco para esta cidade universal, tão pouco que minha relação com ela mais parece peregrinação.

Paris sempre foi para mim pedras sobre pedras incrustadas de história, vielas e jardins para se olhar de um jeito sempre diferente. Era maravilhoso morar em Paris e admirá-la sob suas luzes diversas, com os olhos do eterno estrangeiro que eu era. Era duro, também, às vezes, aceitar seus preços, seus ritmos, seu céu não raro cinzento. Mas era Paris e eu amava aquela cidade que fizera de mim um homem inteiro. Em Paris, até quando eu me juntava à reclamação geral sentia-me, no fundo, um privilegiado. Eu era ali um peregrino vitalício, mas com a sorte de ter um endereço, um trabalho caído do céu, uma família e amigos. Acreditei realmente que aquela era a minha cidade.

Paris era também meus vizinhos de porta. Como a senhora e o senhor C. Ele era um homem idoso, um grande andarilho que não suportava a necessidade, bem recente, de uma bengala, e fumava cachimbo no elevador. O prédio inteiro cheirava a fumo, mas ninguém reclamava, pois eu era o zelador, e o senhor C., com a sua vasta cultura, bem que merecia uma pequena exceção à regra. Trago esse homem no coração. Ele conhecia a história do 9º *arrondissement* e de toda a cidade. Conversávamos muito, os dois. Ele nunca contestava as minhas argumentações recheadas de idealismo. Assistia à minha inabilidade com um sorriso bondoso, certamente mais eficaz que as respostas afiadas que reservava para os outros. Minhas argumentações, aliás, não passavam de pequenas provocações, destinadas apenas a encetar a discussão. Eu gostava de ouvi-lo. Falava sempre com aquele tom modesto que faz a diferença entre quem viveu a vida e quem pretende saber mais. Ele nos ensinava, a mim e a M., o percurso complicado dessas pequenas vielas que vão de um bairro até outro, permitindo descobrir belezas passadas ao longe dos canos de descarga. Muito tempo depois de ele morrer, minha amiga e eu refazíamos aqueles trajetos. Parávamos diante de cada vitrine para olhar as mercadorias de uma Paris que se acreditava finda e que ainda resistia. Tal como o senhor C., sempre ali, com seu charuto e sua bengala que ele não aceitava. Olá, meu amigo, nunca se está longe quando há coração.

Paris era os rostos ofegantes e o prazer no olhar dos meus filhos subindo até o sexto andar pela escada de serviço. Era o nosso andar, o último antes do zinco do telhado. Um labirinto de cômodos minúsculos, outrora reservados às empregadas exaustas, hoje enclave de um punhado de amigos, co-locatários indiferentes ao tapete vermelho da escada social. Lembro-me todos os dias daquele patamar com "as portas todas abertas", como a gente gostava de dizer. Cada um de nós tinha uma cópia das chaves do outro. No fundo do corredor, junto com o nosso amigo teatrólogo, vizinho da frente, improvisamos uma minúscula biblioteca coletiva que incluía os títulos mais curiosos que a senhora C. nos autorizara a escolher entre as pilhas de livros que seu marido lhe tinha deixado.

Recordações daquele mundinho do sexto andar, onde minhas filhas corriam atrás do gato, passando de um apartamento para o outro sem precisar bater às portas. Era assim que eu via Paris. Mesmo nas atuais circunstâncias, não a imagino de outro modo. Minha filha mais velha, aliás, ocupa minha antiga morada. Quanto à senhora C., não a imagino se mudando para outro lugar. O teatrólogo, como muitos outros amigos, perdeu necessariamente meu rastro e lhe peço desculpas por isso. Mas tenho certeza de que os livros do senhor C. continuam no mesmo lugar, e que os vasos de tomilho e manjericão, que M. espalhara em vários cantos, nunca irão ficar sem água.

Essa cidade está em mim. Eu poderia contá-la para mim mesmo dilatando os seus contornos de um extremo ao outro da França. Mas não consigo situar nela os refugiados italianos. E olhe que eles moram lá há tanto tempo que, se tentassem arrancá-los, as muralhas da cidade viriam junto com eles. Já estão, agora, misturados à história, incrustados nas pedras de Paris.

Mas, afora três ou quatro refugiados aos quais estou ligado por uma amizade que ultrapassa de longe a antiga militância, senti subitamente uma certa reticência em falar sobre eles de coração aberto, como fiz naturalmente até aqui. Talvez isso aconteça mais tarde. Quando eu tiver certeza de não estar transformando esta narrativa em mais uma biografia dos anos 1970.

Eu ia tomar o meu café, na terça-feira 10 de fevereiro de 2004, quando os policiais da *Direction Nationale Antiterroriste* me apontaram uma arma no *hall* de entrada do meu prédio.

De início, pensei tratar-se de um engano de pessoa. Mesmo depois que me algemaram e disseram que era eu mesmo que estavam procurando, continuei sem acreditar.

Tinha deixado o meu computador ligado. Eu nunca descia sem reler a página da véspera e acrescentar rapidamente alguma linha que me servisse de gancho para a seguinte. Sempre fazia isso, para o caso de cruzar com algum inquilino que me distraísse com um problema de lâmpada queimada ou outra coisa qualquer. Hábitos de um meio zelador, meio escritor. A ironia do destino era que naquele momento eu estava escrevendo um romance sobre o encarceramento.

Eles eram muitos, e grandalhões. De início, pensei que fossem atletas vindo buscar um colega residente no prédio. Aparentemente, não me conheciam. Interrogamo-nos mutuamente com os olhos. Eu fazia o meu trabalho de zelador, eles estavam ali para executar o deles.

– Os senhores estão procurando alguém?

Essas palavras ainda ressoam nos meus ouvidos cada vez que sinto vontade de tomar um café. Não posso evitar de pensar que se, em vez de fazer essa pergunta, eu tivesse ido diretamente para a rua, eles teriam arrombado a porta do cubículo do zelador antes de subir ao sexto andar. Isso não mudaria em nada os acontecimentos que se seguiram, mas eu teria tido o prazer de tomar o meu último expresso em paz.

Minha pergunta não deixava dúvida, o tom era mesmo o de um zelador. No entanto, eles ainda hesitavam. Depois, neutralizaram-me com a firmeza exigida para a prisão de um terrorista. Fui dócil, e eles abandonaram os modos duros. Subimos até o sexto andar. Eles queriam ver os meus documentos, ainda não tinham certeza de não terem errado o alvo. Na hora de sair, olhei angustiado para a minha página exibida na tela. Não tinha certeza de ter salvado o meu texto e pedi ao chefe licença para fazê-lo. Ele entendia do assunto e efetuou rapidamente todas as operações necessárias antes de desligar o computador. Também fez uma pequena gentileza. Tirou o meu paletó, que estava pendurado na porta de entrada, e o pôs nos meus ombros para que os inquilinos não vissem as algemas.

Durante o trajeto, que o o comboio de carros realizava em alta velocidade, minha Paris desabou inteirinha.

Eu já tinha passado pela mesma experiência, 25 anos antes, na Itália. Uma prisão se parece muito com uma agonia. A morte não está longe, dá para vê-la se aproximando direto sobre nós, e nos esforçamos desesperadamente para rechaçá-la. Então pensamos em detalhes sem sentido, bem distantes desses elevados últimos pensamentos que se atribuem aos moribundos. Não há arrependimento e nem lágrimas para a dor, somente a sensação de corrida que vai acabar, e de milhões de rostos desfilando e com os quais não se sabe o que fazer.

Mas isso fora muito tempo atrás, e em circunstâncias diferentes. Agora estávamos em Paris. O que eles estavam fazendo, outros policiais tinham feito antes, do mesmo jeito e pelos mesmos motivos, 14 anos antes. E a justiça francesa negara então a minha extradição para a Itália, com dois decretos definitivos. De lá para cá, não havia nenhum fato novo. Essa segunda viagem com algemas não poderia, portanto, ser mais uma corrida contra a morte.

Convencido de que era vítima de algum engano, mantive a calma enquanto refletia sobre a página que eu teria escrito não fosse aquele impedimento. Enquanto atravessávamos o 9º *arrondissement*, lembro-me de ter pensado que o que estava acontecendo até poderia, quem sabe, dar um novo impulso à minha prosa, que eu certamente iria retomar no dia seguinte. O tema do encarceramento vinha a calhar.

Comecei a desconfiar quando o comboio, em vez de se dirigir para a *Cité*, virou para o 8º *arrondissement*. Aquele não era o caminho para o *Quai des Orfèvres**, onde eu esperava passar algumas horas, tempo de esclarecer o equívoco. Chegamos à Praça Beauvau, no Ministério do Interior. Meu coração parou de bater. Acabava de me lembrar, de repente, do que acontecera com Paolo Persichetti.

Esse italiano, refugiado na França havia muitos anos, professor na Universidade de Saint-Denis, fora literalmente seqüestrado na rua dois anos antes e deportado para a Itália em poucas horas. Estava preso desde então.

Os policiais, que até ali pareciam executar um serviço de rotina, observaram a minha palidez e chegaram mais perto. Já não era a mesma viagem. Ao subir a escadaria do Ministério, olhei por uma janela para os telhados do outro lado da rua. Estava dizendo adeus a Paris.

---

* A principal sede da polícia judiciária parisiense situa-se no *Quai des Orfèvres*, 36, em frente à *Ile de la Cité*. (N. de T.)

* * *

A morte é o extremo, como podem ser, às vezes, o calor e o frio. Se aceitarmos o clima extremo em vez de combatê-lo, ele pode passar por nosso corpo sem deixar vestígios. No escritório, onde vários homens de rosto consternado olhavam para mim como se velassem um morto, eu lembrava essas palavras proferidas por um velho amigo mexicano. Pensava nisso, e em mais um bocado de coisas. Só me chegavam belas imagens. Um monte de amor que me acompanhava por toda parte, até na mais infame das celas italianas, tinha me ajudado a amar mais e, principalmente, a não baixar a cabeça.

Preocupados com a minha calma recuperada, os homens que velavam o morto chamaram seu chefe. Era um bigodudo corpulento, com um jeito não muito mau. Sem entender por que seus subalternos o tinham chamado, aproveitou para me dar um aviso:

– Vai ficar menos esperto quando estiver na Itália. Prisão perpétua, isso lhe diz alguma coisa?

Não respondi. "Perpétua." Até então, essa palavra me causara mais incredulidade que medo. Quando soube da minha condenação, 14 anos antes, confesso não ter lhe dado muita importância. Não imaginava que algum juiz, ou qualquer homem da lei dotado de um pouco de bom senso, pudesse levar a sério aqueles processos e aquela sentença. Melhor ainda, 25 anos depois dos acontecimentos e o estado de emergência já encerrado havia muito, me parecia impensável que as autoridades italianas tivessem a audácia de afirmar a legitimidade dos inacreditáveis julgamentos daquele período.

O tempo transcorria nos escritórios da Praça Beauvau, mas nem tão devagar como se pode supor. Cada minuto a mais passado na França era para mim uma migalha de esperança. Se eu conseguisse informar algum amigo lá fora sobre o que estava acontecendo, haveria uma chance de ele conseguir jogar um grão de areia na engrenagem. Ganhar tempo. Migalha depois de migalha, as horas passavam, e certo nervosismo começava a se instalar, num ambiente de olhadelas e passos silenciosos. De repente, houve movimentação de um escritório para outro. Havia agitação no ar. Algo errado, eu podia sentir, alguma coisa não estava batendo com o previsto.

Um cara trajando um terno Armani entrou na sala. Rosto lívido, até perguntou se eu estava bem. Eu queria responder que sim, mas as migalhas de esperança tinham se aglomerado num grande nó que me obstruía a garganta. Com a esperança, voltou o medo. Talvez não fosse o fim. Mas eu precisava lutar para me tirar do caixão, correndo o risco de tornar a cair nele, já sem fôlego suficiente para conseguir aceitar o extremo, como dizia o amigo mexicano.

Eu não podia impedir Paris de voltar pouco a pouco para o meu coração. Pus-me a pensar no meu gato, na tigela da manhã que ele não tinha recebido. Na minha filha Charlène, que, às 16h30, sairia da escola olhando para um lado e para o outro, porque eu tinha prometido ir buscá-la. Na entrevista marcada, em minha casa, com uma jornalista; na louça suja, na minha cama desarrumada. Pensa-se em tudo o que há de mais bobo quando se está com as mãos algemadas nas costas e a prisão perpétua pela frente.

Mesmo nesse momento em que conto a mim mesmo, ainda não tenho certeza de nada. Arrisco, portanto, a dizer uma bobagem, mas guardo a impressão de que o político de altíssimo escalão que organizara aquela operação policial, totalmente comprometido com a Itália, entendia tanto de direito quanto eu. Posteriormente, ele compensou o seu atraso, ao custo de inúmeros malabarismos para torcer a lei.

Por volta de duas horas da tarde, o chefe da equipe que tinha me detido voltou. Com um dossiê debaixo do braço e uma expressão contrariada, anunciou aos seus colegas: "Pronto, vamos lá". Olhei para eles, um por um, procurando em suas fisionomias uma resposta para as batidas do meu coração. Sem esperança de resposta, me atrevi mesmo assim a perguntar:

– Para onde?

O chefe se virou lentamente para mim. Olhou-me com atenção e, naquele instante, tive a impressão de que estava mais zangado com seus superiores do que comigo.

– Para a carceragem – respondeu, voltando-me as costas.

Eu estava no sétimo céu. Um jovem policial percebeu e, enquanto me empurrava para a saída, apressou-se em esclarecer as coisas.

– Não tem motivo para ficar contente. Não sabe o que é a carceragem, nem o que o espera.

Eu estava imerso demais no meu sonho parisiense para prestar atenção àquela ameaça. Acabava de sair do caixão. Os meus pés mal tocavam o chão enquanto descia a escadaria, atravessava o pátio e me deixava mais uma vez empurrar para dentro do carro. Carceragem ou não, eu ainda estava em casa. Além disso, já conhecia a "ratoeira". Um lugar sórdido, fedorento e tão repleto de baratas que era impossível fechar os olhos. Baratas ou não, ainda era Paris, com um promotor, um advogado, talvez também a prisão. Mas prisão significava processo, o que para mim tinha uma importância vital. O jovem tira podia dizer o que quisesse. Eu não estava deixando Paris. Por enquanto.

O trajeto até o *Quai des Orfèvres* não foi propriamente um passeio. A companhia não era ideal, mas eu estava com as costas bem apoiadas no banco, com um sorriso lacônico que não agradava ao motorista. Ele me fulminava com os olhos pelo espelho retrovisor e dirigia feito um doido só para me chacoalhar, sabendo que a cada freada e cada guinada as algemas apertavam um pouco mais os meus pulsos. Não era nada. Pelo contrário, me confirmava a impressão de que eles estavam longe de se verem livres de mim.

Com exceção dos mendigos que se deixam prender de propósito só para ficar num lugar aquecido, acho que sou a única pessoa que já entrou com passo triunfante no porão nauseabundo da carceragem. Quando se sabe que atitude tomar, as formalidades de hospedagem são rápidas. Mas os homens do Antiterrorismo exigiam uma vigilância ininterrupta em frente à minha cela. Aquilo rendeu quase meia hora de discussão, não havia pessoal disponível para isso. Finalmente, acharam dois grandalhões que se colocaram diante da minha grade. E pude então massagear os pulsos, enfim livre das algemas.

A espera dilata o tempo, desbloqueia os pensamentos. Idéias e imagens se movem de uma parede para outra e voltam para a cabeça misturadas com o sofrimento de milhares de outros hóspedes que, antes de mim, arranharam com as unhas as paredes da cela, escrevendo seus nomes e, às vezes, os dos filhos. A carceragem é feita para isso mesmo, para atordoar o acusado, deixá-lo prostrado ante um promotor substituto que, sabe Deus quando, virá por fim interrogá-lo.

Por mais que se diga "já conheço isso tudo", basta passar umas poucas horas ali e ninguém escapa ao vertiginoso efeito da incerteza e à falta de energia que aniquila qualquer concentração. Resta apenas a apatia e, com ela, começam os momentos mais lúgubres.

Na minha espera, passei da euforia de ter escapado de uma deportação imediata para uma nova preocupação. Será que o plano deles tinha mesmo dado errado, ou existia um contrato político organizado cuja primeira etapa apenas começara? Até ali, pensara somente em mim. Mas o que estava acontecendo com os outros refugiados? Alguns dentre nós se achavam numa situação juridicamente muito pior que a minha. Estariam ali perto, em outras celas?

Levantei subitamente do banco e estiquei o ouvido para captar alguma palavra em italiano no silêncio asfixiante da galeria. Meus dois plantões se levantaram num só movimento e voltei placidamente para o lugar. Tentava me convencer de que uma varredura generalizada era impossível. Eu teria notado outras movimentações no Ministério, e mais agitação quando da minha chegada à carceragem. Não tinha visto nada. Mas, então, por que eu?

Coloquei os punhos nas têmporas e apertei com força, para deter o turbilhão dos meus pensamentos. Não cair na armadilha do caos e me agarrar às conseqüências palpáveis e mais imediatas da minha detenção. Pensei nos jornais do dia seguinte. Será que iriam publicar a minha foto nas páginas de variedades? Valentine, minha filha mais velha, não ia gostar. Ela tinha horror a fotos. Quando os amigos dela mostravam meu retrato nas páginas culturais, ela não suportava.

Valentine é parecida comigo. Herdou meu temperamento, e nem sempre no que ele tem de melhor. É pudica a ponto de preferir, na escola, dizer que o pai era R-emista* a dizer que era escritor. Lembro que uma das professoras um dia me chamou, desconcertada ao descobrir, pelos jornais, que o pai da sua aluna era romancista. Valentine havia passado anos esquecendo os motivos que a levaram a deixar o seu país natal, o México, a ponto de não querer mais nem ouvir falar neles. E agora, às vésperas de completar vinte anos, o pai "terrorista" ia desabar novamente em cima dela. Para Charlène, era diferente. Era menina demais para sofrer as conseqüências. Para ela, tudo isso era apenas pré-história.

Chorei quando abriram a grade. O juiz me aguardava na sua sala.

O promotor substituto até que tinha uma cara simpática. Já num primeiro olhar, compreendemos que nada podíamos um pelo outro. Eu talvez esteja enganado, mas ele parecia não acreditar numa só palavra do que tinham lhe falado sobre o terrível terrorista cujo pedido de prisão deveria assinar. Ficamos um bom tempo em silêncio e então, antes que um dos dois corresse o risco de cair na risada, ele pôs a mão sobre o meu dossiê, suspirando.

– Francamente, gastei muitas horas nisso aqui e não entendi nada.

– E então?

– E então, só o que posso fazer é mandá-lo para a *Santé**. Depois, o seu advogado é quem vai cuidar do caso.

---

* Que recebe do Estado o R.M.I., *Revenu Minimum d'Insertion* (Renda Mínima de Inserção), subsídio para pessoas destituídas de qualquer tipo de renda e condicionado a iniciativas visando a sua inserção profissional. (N. de T.)

* *Maison d'arrêt de la Santé*, ou *Prison de la Santé*, penitenciária situada desde 1867 no 14º *arrondissement*. (N. de T.)

– Posso chamá-lo?
– Vou tratar disso. É o dr. De Felice, não é?
– E a dra. Irène Terrel, por favor.
– Está certo. Não se preocupe.
Estava encerrada a conversa. Mas, no mínimo, para retardar em alguns segundos meu retorno para a cela fétida, eu tinha algumas perguntas.
– Então – disse, apontando para o dossiê – o senhor diz que não entendeu nada mas, mesmo assim, está me mandando para o presídio?
Divertido e surpreso que eu não pudesse compreender, ele fez um sinal afirmativo com a cabeça. Eu insisti.
– Na sua opinião, é possível, na França, julgar duas vezes o mesmo homem pelos mesmos fatos?
– Aparentemente, sim. Lamento, sr. Battisti.
Tive realmente a impressão de que aquele homem estava sendo sincero. O fato de ele não ter nada a ver com o caso e seu papel semiconfesso de mero executor não contribuíam para me tranqüilizar. Naquele momento, não era tanto a prisão que me preocupava, pelo contrário. Eu talvez ficasse preso o tempo necessário para que um verdadeiro processo fosse instaurado. Mas continuava sem ter certeza de estar a salvo de uma deportação-relâmpago à Persichetti.
O magistrado estava para me despachar quando, olhando nos olhos dele, arrisquei uma cartada.
– Por favor, que horas são?
– 17h50.
– Meu senhor, sou zelador de um prédio no 9º *arrondissement*.

– Eu sei. É a única coisa clara, nisso tudo – ele respondeu, batendo na pasta que não tinha aberto.

– Pois então. A esta hora, uns cinqüenta carros estão esperando para sair do estacionamento e a grade do portão está fechada. O senhor dá licença de eu telefonar para a minha companheira, para ela tomar o meu lugar?

Ele olhou para mim, espantado.

– Caramba, queria que o meu porteiro tivesse a sua consciência profissional.

Empurrou o telefone na minha direção.

Eu tinha uma única oportunidade e não podia desperdiçá-la de jeito nenhum. Para ter certeza de encontrar alguém do outro lado da linha, eu tinha de ligar para um celular. O único número que eu sabia de cor era o de M.

M. e eu tínhamos partilhado anos de amor e conflitos. A nossa união estava, desde algum tempo, em crise. Ela tinha se mudado, dando um tempo para pensar, como se diz. Estávamos no fim da linha, mas fazíamos de conta que ainda acreditávamos.

Ela atendeu. O seu alô cansado cheirava a depressão. Em poucas palavras eu a coloquei a par da situação. M. não gosta de vozes nervosas, autoritárias, principalmente a minha. Corria o risco de ela desligar na minha cara, se eu não me desse tempo de respirar. Repeti tudo num tom mais calmo. De início, ela achou que era uma brincadeira de mau gosto. O magistrado estava escutando, percebia meu desespero, parecia achar divertido. Talvez lhe lembrasse suas próprias complicações familiares. Encontrei, afinal, as palavras mágicas. Era preciso, imediatamente, tomar meu lugar no quartinho do zelador, abrir a grade do portão. Desta vez, M. não teve mais dúvida. Pois sabia que eu não morava no quartinho do zelador, sabia que não existia grade nenhuma e, principalmente, depois da terrível extradição de Persichetti, ela tinha consciência do perigo. Compreendeu que cada minuto era precioso.

Duvido que aquele magistrado não tenha entendido o sentido do meu recado. Seu sorriso, no final do telefonema, parecia uma piscadela. Voltei para a minha cela imaginando M. com o celular numa das mãos, o telefone na outra, correndo para a internet.

Não fosse o pulular das baratas, eu até teria conseguido fechar os olhos um instante.

3. A PRISÃO

Num primeiro contato, todas as prisões se parecem. Deviam ser umas dez horas da noite quando o meu furgão transpôs o portão principal da *Santé* para descarregar sua última mercadoria. Em poucos minutos, eu estava registrado, revistado, banhado e trancafiado numa cela do andar térreo, setor dos recém-chegados. Antes de prender os lençóis em volta do colchão, hábito de presidiário, olhei pelo visor para situar a localização da minha cela. Na porta da frente, vi a placa do comandante na chefia.

Deitei-me e puxei as cobertas até o queixo. Paris ainda estava ali, apenas a poucas grades de distância. Nada de irreparável. Eu dizia Paris, mas pensava França. Tinha amigos espalhados por toda parte. Claude, com sua formidável capacidade aglutinadora, àquela hora já devia estar a par da situação.

Os seus e-mails já estariam percorrendo o país de ponta a ponta, alertando uma quantidade enorme de pessoas, escritores em sua maioria, mas também muito engajadas politicamente. Era o nosso meio, autores de romances policiais que punham o dedo e a pena onde quer que surgisse uma injustiça.

Pensava em tudo o que poderia ser mobilizado, lá fora, para me tirar daquela encrenca. Mas tinha consciência dos nossos limites. Não passávamos de um bando de "autores policiais", autores de série B, como somos veladamente taxados. Pensei também nos meus advogados, em quem tinha total confiança. Mas o sono não vinha.

Claro, aquela não era a minha primeira experiência de detenção, mas não conseguia controlar aquele sentimento de espoliação, de vulnerabilidade absoluta que aflige a alma do detento. Quando o cansaço levava a melhor, eu tornava rapidamente a abrir os olhos para expulsar um ronco surdo, o de um avião me levando para a Itália. Depois, lembrava que Persichetti tinha sido transportado de carro. Então, eram as curvas dos Alpes que me causavam enjôos. Para manter os olhos bem abertos, já que dizem que é preciso ficar olhando para a estrada para evitar a náusea, eu encontrava diversas maneiras de me ocupar durante a vigília.

Pensava no dia em que me vi, pela primeira vez, animador de uma oficina de criação literária, com um grupo de adultos experientes. Revivia aqueles momentos de terrível acanhamento frente àquela dúzia de pessoas inscritas num concurso de contos e que esperavam de mim palavras mágicas. O escritor se mantinha em silêncio. O que eu tinha aprendido, as minhas convicções pessoais sobre o ato de escrever, os jogos astuciosos de Perec, tudo aquilo ia desabando na espera. Aquelas pessoas não estavam ali para ter uma aula de redação. Sobre isso sabiam mais que eu. O que elas queriam era a minha alma. Meia hora já se passara daquele constrangimento geral quando, já prestes a desistir do encontro, meu olhar bateu num pano de chão amassado debaixo de uma pia. Sem pensar, levantei-me, fui pegar o esfregão molhado e o estiquei no meio da sala. Ele tinha um cheiro ruim. O que eu possa ter dito em seguida vinha de outro lugar. De um lugar desconhecido onde a palavra fora se refugiar. Com voz trêmula, eu me ouvia dizer que, para escrever, era preciso antes de mais nada se tornar um pano de chão. Um pano bem gasto, como aquele, grudado no piso. Só então sairiam as palavras que, pouco a pouco, uma acima da outra, nos levantariam do chão para subir ao céu. A escrita que fala a verdade é um coração de pano de chão. É assim que me sinto hoje, aqui com vocês. Nós temos sorte, não vamos desperdiçá-la.

Vi uma lágrima correndo. Depois, cada um pegou sua caneta e, parando de olhar para mim, olhou para a folha branca.

Os panos de chão têm um sono profundo.

O *Ricoré** das sete da manhã a gente é obrigado a tomar. É quentinho, e o estômago está vazio demais para ficar especulando sobre as condições de higiene em que ele foi preparado. Não quero me estender sobre o modo de vida na prisão. Fiquei lá três semanas apenas, e num estado de espírito pouco comum. A solidariedade em torno do meu caso me protegeu do sentimento de infinito abandono que corrói pouco a pouco

---

* Tradicional marca de café solúvel. (N. de T.)

um detento. É esse o verdadeiro castigo. Além disso, são tantos os que já escreveram sobre o inferno da prisão, inclusive eu, que não quero aborrecer mais meus leitores com essa calamidade. Algumas palavras apenas, para os que vão deparar por acaso com meu texto e gostariam de saber um pouco mais sobre a rotina seguida pelo recém-chegado.

Entre nove horas e meio-dia, somos escoltados de um consultório médico a outro. As consultas raramente ultrapassam um ou dois minutos. Só o tempo de propor ao sujeito uma terapia à base de psicotrópicos caso ele apresente sinais de nervosismo ou receie poder vir a senti-los. Em suma, pegue aqui estes comprimidos e vá vegetar plenamente confiante. A presença do pessoal médico consiste, no fundo, em nunca perder o detento de vista e dar um jeito para que ele não incomode demais. Entre uma sala e outra, eu ia aspirando os eflúvios de sopa estragada e carne morta. Aquele cheiro é encontrado em todo lugar, em qualquer país. Não existem fronteiras para as prisões.

A última visita é reservada ao guarda-chefe. Uma vice-diretora se deslocara especialmente. Ostentava um ar amável, mas o sorrisinho era excessivo. Indicou-me a cadeira à sua frente. Ao meu lado, suficientemente recuado para que eu não pudesse vê-lo sem me virar, quedava-se um negro alto, que eu supunha ser o chefe dos guardas.

Era uma tática policial não desconhecida para mim. Aquela disposição lhes permitia me observar por todos os ângulos sem que eu pudesse perceber suas impressões. Eles tinham uma decisão a tomar sobre o regime de segurança a que eu seria submetido, e queriam ter certeza de estarem fazendo a escolha certa. Não havia dúvida de que estavam informados sobre uma parte bem precisa do meu dossiê, a que fazia de mim um monstro, a que seria repetida pela mídia, palavra por palavra, depois de eu ser posto em liberdade. Enrolado no meu pano de chão, eu tinha dormido um sono de criança. Sentia-me sereno e respondia às perguntas sem reticências.

Passado algum tempo, percebi, pelos olhares que lançava por cima do meu ombro, que a vice-diretora estava desconcertada com a minha atitude. Não devia combinar com a imagem padrão do detento perigoso que lhe tinham supostamente confiado. Após um longo silêncio e uma troca de olhares, ouvi pela primeira vez a voz do guarda-chefe.

– O senhor foi condenado pelo assassinato do comandante de uma prisão na Itália. Quero saber se isso aconteceu dentro do estabelecimento.

Aquela não era hora de brincar. Mas não consegui conter um sorriso, que pretendia ser tranqüilizador. Virei-me na cadeira para olhar para ele. Era um homem bastante jovem e bem musculoso, com um olhar duro por detrás das sobrancelhas. Fiquei imaginando quantos detentos ele poderia arrebentar com uma só mão.

– Segundo fui informado – disse eu –, aconteceu na rua, há cerca de trinta anos. Além disso, nunca matei ninguém e não tenho a menor intenção de começar agora. Não há motivo para se preocupar.

– Não estou nem um pouco preocupado. O senhor é que tem motivo para isso.

Sem encostar em mim, fez com que eu retomasse a minha posição de frente para a vice-diretora.

– Pode ir – disse ela, num tom gélido.

Sob boa escolta, atravessei parte da *Santé*, para um destino ignorado. Ao longo dos corredores, de grade em grade, ia lançando olhares apavorados nos blocos reservados para os presos de direito comum. A sujeira estava incrustada em tudo. A tal ponto, pensei, que, se tentassem arrancá-la da *Santé*, só sobraria o muro externo. Mas o que mais me apavorava era a barulheira vinda das celas em que, por falta de espaço, amontoavam-se três vezes mais detentos do que elas poderiam conter. De um bloco para outro, os pontapés ecoavam nas portas blindadas, supostamente para chamar a atenção dos guardas. Eles, acostumados com a zoeira, batiam papo em frente ao posto de guarda.

A cada grade, à menor diminuição no passo da minha escolta, temia ter chegado, ser empurrado para dentro de uma cela superlotada, suplício por tempo indeterminado. Mas ganhei um canto tranqüilo, só para mim.

A cadeira, ao fundo, quebrada, a pia manchada de matérias duvidosas e a mesa minúscula que grudava nas mãos indicavam que a cela estava desabitada havia muito tempo. Sentado na enxerga, evitando qualquer contato direto com a pele, olhava para aquilo tudo, aflito. Para recuperar um pouco de coragem, rememorei o ambiente asséptico das "prisões especiais" que a Itália construiu especificamente para nós nos anos 1970. Tornava a ver as paredes de tinta brilhosa, a luz branca acesa 24 horas, o chuveiro e vaso sanitário separados, mas onde os carcereiros podiam nos vigiar o tempo todo. A abertura das portas comandada a distância, a absoluta falta de contato entre detentos e funcionários, o silêncio maquinal, as meias horas de banho de sol a sós, ou em três no máximo, nunca os mesmos, para que não pudéssemos estabelecer vínculos.

Pensando bem, eu preferia de longe arregaçar as mangas para tornar viável aquela toca imunda de humanidade.

Troquei minhas primeiras palavras com outro detento pouco depois da minha chegada. H. ocupava a cela ao lado. Bateu na parede que nos separava para que eu chegasse perto da janela. Subi pelos canos da calefação e, agarrado nas grades, estiquei o ouvido. Ele me cumprimentou numa voz calma e educada.

– Não se preocupe com a sujeira. Essa cela sempre foi um lugar de passagem. Os detentos ficam aí um ou dois dias, o tempo de serem transferidos para outro lugar, de modo que ninguém se preocupa em limpar.

Ao ouvi-lo falar, compreendi que se tratava provavelmente de um antigo detento. É preciso ter experiência para se fazer ouvir do outro lado da parede com tanta clareza, e sem gritar.

– Vou lhe passar o necessário para a limpeza, e um fogareiro elétrico. Está precisando de alguma outra coisa em especial?

Agradeci, perguntando como ele ia fazer para me passar o material.

– O guarda do setor não é má pessoa. Vou tentar. Você está em todos os jornais, está dando na televisão também. Estão todos do seu lado, menos o ministro, evidentemente. Você vai sair dessa. Coragem, e desça para o banho de sol amanhã de manhã.

Desta vez, deitei sem hesitar no colchão descoberto. O calor daquelas poucas palavras me imunizava. Pensei nos telefonemas de M., na rapidez da reação dos meus amigos. Era surpreendente que tivessem conseguido tamanha mobilização em tão pouco tempo. Eu sentia a esperança voltando. Continuava em Paris, bem agarrado.

Algo, no entanto, me atormentava. Um sentimento de alarme, inexplicável depois das boas notícias que acabava de ouvir. Contudo, ele estava ali.

Fechei os olhos por um instante, deixei desfilarem as imagens dos meus amigos se movimentando freneticamente para me tirar dali. No instante em que estalou a fechadura da minha porta, a mesma pergunta lancinante escapava dos meus lábios: por que eu?

H. tinha sido rápido. Um jovem guarda me estendeu uma sacola plástica bem cheia. Demorou-se na soleira antes de tornar a fechar a porta, surpreso que aquele homenzinho com jeito perdido pudesse interessar a tanta gente. Eu não ia tardar a partilhar seu sentimento. Ao fim de uma semana na *Santé*, seria completamente atropelado pelos acontecimentos.

Na sacola de H., encontrei o necessário para me instalar, e um rádio pequeno.

Na manhã seguinte, fui para o banho de sol tremendo de frio. Vestia apenas um pulôver fino. O meu casaco tinha sido confiscado, por ser de couro. H. veio apertar a minha mão. Achou-a gelada e me passou suas próprias luvas. Nem pensar em agradecer, a ajuda mútua era norma. O frio seco nos obrigava a caminhar depressa. Ele preferia andar em círculos a efetuar o clássico vaivém.

As primeiras palavras trocadas com um recém-chegado sempre giram em torno de alguma banalidade. Nenhuma pergunta direta, discrição em primeiro lugar. É preciso sondar o outro, saber o que ele tem na cabeça. Falamos sobre o clima, a comida ruim, o governo. H. era rechonchudo e sereno, tal como sua voz me fizera supor.

Entrementes, o pátio ia se enchendo. Era mais espaçoso do que eu imaginara. Os detentos desciam por ondas. Lançavam olhares em volta, depois cada qual ia se juntar ao seu grupo de pertencimento político ou profissional. Os bascos eram numerosos, jovens em sua maioria. Cumprimentavam educadamente a todos, mas não se misturavam muito com os demais. Os assaltantes, não raro os mais velhos, eu reconhecia pelo modo de andar. Faziam seu vaivém em dois ou três. Calados, olhar fixo em frente, como quem não tem satisfação a dar para ninguém. As muralhas não passavam, para eles, de um acidente de percurso, de ossos do ofício. Não havia por que fazer drama. Andando. Os barbudos muçulmanos formavam um grupo à parte. Não sei como se viravam para chegar ao banho de sol todos juntos, já que suas celas ficavam em andares distintos. Umas quinze barbas compridas e pretas atravessavam o pátio sem dar bom-dia a ninguém, corriam direto para um canto separado, onde formavam um círculo. Pelo que eu conseguia observar de longe, com a cara que eles faziam ninguém ousava se aproximar. Só um deles tinha o direito à palavra. Que ele ia buscar a cada pausa em alguma interpretação do Alcorão.

Para minha grande surpresa, durante uma das nossas voltas, H. afastou-se de mim e foi juntar-se a esse grupo. Mais surpreendente ainda foi a acolhida calorosa que lhe reservavam. H. era o único entre nós a ser respeitado por aqueles homens. No entanto, não tinha um único fio de barba e não vestia, como os barbudos, abrigos vistosos da Nike.

Continuei a dar minhas voltas sozinho, sob os olhares furtivos dos que tinham me visto no telejornal da noite anterior. Olhei para os muros em volta e para as janelas dos prédios vizinhos. Quem morava ali devia estar tão acostumado com aquele pátio que já nem via mais a gente. Não dava para dizer o mesmo de quem acaba de chegar, lá dentro.

* * *

A prisão, a gente está lá, bem dentro dela, e ainda não acredita. Os acontecimentos que nos levam até ela se dão a uma velocidade tal que o pensamento fica para trás. A cabeça se nega a aceitar, e nos deixa o tempo de passar do pesadelo para a dura realidade, limitando os estragos do choque. A prisão é também como uma bicicleta. Depois que se aprende a andar, a gente não esquece, nem depois de vinte anos. Monta e pedala como se fosse ontem. Só é bom tentar evitar as subidas.

Caminhar sozinho me fazia bem. Não tivera tempo de me virar na cama para sair do pesadelo. Os meus amigos lá fora não tinham demorado, eu precisava pular para dentro da realidade. Pensar, prever, agir. Antes era assim. Mas antes era tanto tempo atrás e éramos milhares com uma única vontade. Aqui, eu não passava de um fantasma perdido na *Santé*, sem inimigo aparente.

Acelerei o passo, rememorando o K. de Kafka. Personagem anônima, sozinha e desamparada diante de portas que se abriam sobre o nada.

Eu era, aparentemente, o primeiro de uma longa lista de extraditáveis. Mas qual o sentido de aquilo começar por mim? Ou seja, por um dos processos mais complicados que há? Devia certamente haver um plano. Eles talvez tivessem fracassado no começo, mas a escolha do alvo devia decorrer de um cálculo bem pensado que continuava me escapando. Entre o medo abstrato de que eles estivessem querendo a minha pele e a hipótese racional de uma onda coletiva de extradições, eu me inclinava claramente para a segunda suposição. Seguindo essa idéia, ficava satisfeito por terem começado comigo. Eu era, com efeito, o único refugiado que podia contar com amplo apoio do meio cultural. Aquele movimento poderia nos tirar do gueto político para o qual a questão dos italianos exilados vinha sendo rechaçada desde muitos anos. Àquela altura, segundo o noticiário que H. acabava de me relatar, a França estava descobrindo que uma boa centena de refugiados italianos dos anos 1970 vivia em seu solo na mais perfeita legalidade desde muito tempo. A tal ponto que muitos deles já tinham se tornado parte integrante do país, já eram pais, mães, alguns até avós. Foi um Presidente da República quem quis assim, estava enunciado na "Doutrina Mitterrand", como era chamada. Tratava-se, portanto, de um compromisso de Estado, não de um qualquer. O compromisso da França.

A satisfação, na prisão, nunca dura mais que um instante. Continuei andando em círculos na companhia do pretenso compromisso de Estado que, de tanto ricochetear de um muro para o outro, já não continha mais que o sopro de um morto.

Sempre foi difícil, para mim, estabelecer a diferença entre a tremedeira que nasce do frio e a que nasce do medo. As duas, juntas, doem no corpo todo. O abraço sincero de R. e de S. me tirou de minhas idéias sombrias. A jaqueta que R. tinha achado para mim completou o trabalho, aquecendo-me a alma e o corpo. R. e S. tinham 25 anos de diferença entre si. Estavam entre os bretões que rejeitavam Paris e sua "colonização cultural" e que, de tanto repetir essa idéia, acabaram sendo promovidos a terroristas. Já tinham amargado quatro anos de preventiva, mas a data do julgamento se aproximava. De R., mais moço, porém mais politizado e leitor incansável, ainda guardo na memória o sorriso largo feito fatia de melancia. De S., o seu olhar molhado, a bondade em estado puro. R. e

S. me falavam de política dura, com algum atenuante nos bigodes. R. era particularmente hábil em forjar uma espécie de mescla entre separatismo e comunismo, uma teoria militante inteiramente inédita para mim. Eu tinha dificuldade em acompanhar o discurso de S. e, aliás, ele também. Mas aqueles dois homens transbordavam uma humanidade inesquecível.

R. e S. foram a minha calefação durante aquelas três semanas que passei na *Santé*.

– Como é que você sabia que eu estava mal agasalhado? – perguntei, naquela primeira manhã.

R. me brindou com um dos seus sorrisos.

– Vi você na tevê, estava usando uma jaqueta de couro. Achei que, se eles tinham te prendido com aquilo, iam te deixar só com a camisa.

S. ria. Quatro anos de xadrez, eles tinham experiência para dar e vender. Vira e mexe ainda me lembro desses dois, eu me identificava muito com eles. Juntos, dávamos risadas entre aqueles muros. Eram doces e belos, como são às vezes os militantes das causas perdidas.

Aquela divisão era, em boa parte, reservada aos presos políticos e alguns assaltantes da velha guarda. Esses últimos tinham desprezo pelos traficantes de drogas e, em vez de matar o tempo com os psicotrópicos, preferiam cultivar a vida, mesmo no pior. Havia entre eles um homem já bem passado dos sessenta, que fora ligado a Mesrine[*] e estava ali "pagando pela bílis de um tira rancoroso".

O isolamento não era tão ruim. Cada qual na sua cela,

---

[*] Jacques Mesrine, psicopata, assassino confesso de cerca de trinta pessoas, célebre "inimigo público número um" cuja vida foi levada para as telas, morto pela polícia parisiense em 1979. (N. de T.)

mas o banho de sol era em comum. O nível médio de educação era bastante alto, nunca havia brigas ou ameaças, de modo que os guardas se mostravam mais humanos. Isso quer dizer que eles respeitavam as regras, mas não precisavam ir além. Apesar da deterioração geral, notava-se um certo esforço no sentido de melhorar as condições de higiene.

Nos dias seguintes, também continuei a conversar com H. Apesar de tudo o que nos separava, apesar de nossas visões inconciliáveis de mundo, ele nunca deixou de ser um colega de prisão sempre atento às necessidades dos outros. De origem tunisiana, era muçulmano integrista. Ele me falou sobre a esposa bretã e o filho, que moravam na Bélgica. Antes de encontrar a Fé, levava uma vida dissoluta. Mulheres, álcool, andava imerso no vício, dizia, indiferente às injustiças sofridas pelo seu povo. Atualmente já não bebia, não fumava, nem cigarro. O seu maior prazer era a oração.

– Sim, mas você está na cadeia.

– Deus está em toda parte – ele retrucava, sem fervor.

Ele também era anticomunista, como são os que sofreram as devastações soviéticas. Constituíamos dois universos à parte, sem dúvida nenhuma. Mas ele sabia escutar e falar, e comigo nunca se mostrou fanático.

H. era acusado de ter organizado o assassinato do comandante Massoud. Resistente contra o regime talibã num enclave no Norte do Afeganistão, Massoud havia sido morto por dois *kamikazes*, pouco antes do massacre de 11 de setembro. Não sei se H. era culpado ou não, e isso não me interessava particularmente. Mas o certo é que ele não era contra o atentado. Como militante, assumia aquela ação sem hesitar. Um dos dois *kamikazes* era o seu melhor amigo. A idéia de que um homem sensível como ele pudesse ter mandado o melhor amigo para o túmulo só para matar um desconhecido me era insuportável.

Mais tarde, depois de alguns milhares de caminhadas em círculo, ele me deu o dossiê do seu processo para ler. Era um tijolão, mas eu o li do início ao fim, por pura curiosidade. Queria compreender o mistério dos mártires e como um homem podia chegar a uma decisão tão extremada. Al Qaeda: o que H., com sua bonomia, estaria fazendo ali?

Pois bem, naquelas centenas de autos, não encontrei nada disso. Apesar de todo o empenho de um promotor parisiense, H., fosse ele culpado ou não, corria quando muito o risco de ser condenado por facilitar a imigração clandestina dos magrebinos na Europa. Mas, já que tínhamos conquistado certa confiança mútua, arrisquei umas perguntas.

– Esse Massoud merecia mesmo a morte?

– Só Deus sabe – ele respondeu, tranqüilamente. – Mas era um corrompido a serviço dos russos e, ainda por cima, autorizava o plantio da papoula.

Outra pergunta o deixou mais perturbado.

– Me diga, aqueles seus irmãos, naquele cantinho do pátio, estão prontos a tudo para combater o "grande Satã", e supostamente salvar o mundo árabe, mas estão usando roupas da Nike. Eles não se incomodam de saber que uns garotinhos, muitas vezes muçulmanos também, são explorados para fabricar essas roupas bonitas?

– Não é culpa deles. As famílias é que ficam comprando essas coisas.

– Certo. Com que então vocês pretendem transformar o mundo de todas as maneiras, e eles nem cuidam da educação dos familiares?

– O Profeta não está nem aí para as grifes. O que você está falando é ideologia. É comunismo, de novo.

Essa última crítica o deixara aborrecido. Ele deu uma volta completa no pátio antes de responder. Se eu tivesse alguma dúvida, ele acabava de me dar mais um motivo para continuar comunista, um sonho de liberdade diametralmente oposto às selvagerias stalinistas e PC-istas. Mas os choques entre os nossos universos tão contrários nunca alteraram em nada a relação humana que se estabelecera entre nós. A prisão é isso.

A rotina, mesmo restrita a nove metros quadrados, nunca deteve o tempo. Os dias passavam e a imprensa continuava tratando do meu caso. Das revistas de moda aos jornais de mais prestígio, não passava um dia sem que eu fosse mencionado. Os comentários, em geral, me eram favoráveis, quando não denunciavam claramente o escândalo, o fim do Estado de direito, e por aí afora. Enquanto isso, chegava até mim o eco das incontáveis manifestações de apoio organizadas de um extremo ao outro da França. Eu nem acreditava.

Quatorze anos! Todos esses anos vividos na França tinham-se apagado de repente no instante exato em que os tiras me enfiaram as algemas. Fechava-se o parêntese do exilado, eu estava de volta ao ponto de partida. Quatorze anos, um reles intervalo. No instante exato em que me dei conta disso, senti-me terrivelmente culpado. Bastava, então, um par de algemas e três politicozinhos graduados para eu esquecer que, naquele meio-tempo, eu havia construído uma vida, uma família, um ofício, tinha centenas de amigos com quem havia partilhado esta vida.

Naquela noite, fiquei me revirando na cama, o coração transbordava de emoção, e agradeci a todos aqueles indomáveis, lá fora, por terem sacudido os meus neurônios, ou pelo menos o que restava deles.

Sem nenhum dinheiro comigo e com a direção da prisão bloqueando minhas operações bancárias, eu não podia alugar uma tevê ou comprar os jornais para acompanhar os acontecimentos. Mas isso não era realmente um problema. Durante o banho de sol, todo o mundo, com exceção dos barbudos, me repassava as matérias sobre o meu caso. H., R. e S. me mantinham informado sobre as notícias da televisão.

Enquanto isso, eu recebia milhares de cartas vindas de todos os cantos do país. Incomodada com aquela quantidade de correspondência, a direção resolveu só me entregar cem envelopes por dia. Depois da minha libertação, me mandaram por volta de dez quilos de cartas que não me haviam sido repassadas. Na minha cela, eu guardava a correspondência por ordem de chegada e passava as horas abrindo um envelope após o outro. Mas, mesmo que me forçasse a ficar acordado até tarde, não conseguia ler tudo, e ainda menos responder. Faltavam tempo e selos. Os amigos da divisão faziam o possível para me fornecer alguns, mas eles também estavam racionados. Tudo, na prisão, é racionado.

Os drs. Terrel e De Felice, meus dois advogados, sempre fizeram da defesa dos refugiados italianos na França uma prioridade. Também eles estavam maravilhados com aquele imenso movimento de opinião em torno do meu caso. Esperavam, graças à amplitude daquela reação, às vozes retumbantes que se erguiam, que fosse enfim chegada a hora de resolver definitivamente a questão de todos os refugiados.

Eles já tinham me safado em 1991, quando a Corte de Apelação de Paris negou a minha extradição, pedida pela Itália. Esse mesmo pedido tornava a ser feito hoje. Por seu empenho profissional, pela honestidade e generosidade de que deram provas nesses anos todos para defender o direito de exílio de dezenas de outros refugiados, sempre conservo por eles o mais profundo respeito.

Eles vinham me visitar com freqüência e estavam otimistas, algo raro. Eu gostava de vê-los assim, o que permitia quebrar o formalismo que sempre se estabelece entre um advogado e o seu cliente. Aquela talvez fosse a primeira vez que nos falávamos de coração aberto. Confessei minha preocupação diante da enorme dimensão que o caso vinha adquirindo. Não me sentia à altura para sustentar tal nível de popularidade, nem capaz de corresponder à expectativa de todas aquelas pessoas. Estava com medo. Como se estivessem me pedindo para ser o que eu não era. Eu era metade zelador, metade escritor. Para achar um símbolo político, teriam que procurar em outro lugar.

Eles me escutavam, sorrindo. Talvez não compreendessem o meu "fritaliano"[8], ou também estivessem sendo atropelados pelos acontecimentos.

Em breve a Corte iria decidir sobre minha provisória liberdade, enquanto não resolvia a minha extradição. O movimento de apoio permanecia mobilizado. Os advogados estavam confiantes, e eu supunha que meus atacantes do alto escalão não desejariam aumentar a tensão segurando-me preso. Mantive, portanto, a esperança. Eu continuava em Paris, e a França, esta que eu amo, estava comigo.

---

[8] No original: *fritalien*. Neologismo do autor para designar a mescla de francês e italiano. (Nota do editor francês.)

Injustiça inaceitável. É o que, resumindo, diziam os editoriais da grande imprensa nacional, com uma exceção. Enquanto isso, um núcleo de choque abrigado na embaixada da Itália preparava um terrível contra-ataque. Mas isso eu só vim a saber mais tarde.

Sempre informado pelos amigos do pátio, acompanhei a evolução dos fatos. Os comitês de apoio se multiplicavam. Nesse meio-tempo, o Ministério da Justiça não parava de se expor ao ridículo com ataques sem fundamento. De quebra, eu ainda tinha o prazer de estar com a extrema direita contra mim.

Estava tudo indo bem, talvez até bem demais. Esse demais era justamente o que me atormentava quando, entre mim e o mundo todo, só restavam os muros e as grades. Mas eu ainda estava longe de imaginar o objeto midiático em que eu viria a me tornar em breve. Para não falar no assédio insuspeitado de alguns dos meus ex-companheiros, de quem esperava, ao contrário, uma acolhida fraternal.

No momento, eram apenas sentimentos, imprecisos demais para me prepararem para o pior, mas suficientemente densos para me impedirem de desfrutar aquela onda de apoio. Seria hipócrita afirmar que me deixava indiferente. Eu me sentia importante e queria merecê-la. Queria acreditar naquilo, mas me parecia impossível que dois Estados, a França e a Itália, dois governos ideologicamente próximos, ligados por interesses poderosos e detentores de recursos incalculáveis, se deixariam derrotar tão facilmente.

Por que eu?

As visitas assíduas de personalidades políticas me encorajavam. Intimidava-me ficar frente a frente com aqueles homens e mulheres, que até então eu só vira na televisão e que agora estavam sentados num sujo cubículo da *Santé*. Eu estava com as mãos úmidas, as mãos de um prisioneiro. A eminente atenção que me dispensavam me levava a crer que a operação montada para obter as nossas extradições – segundo divulgado pelo ministro – estava com menos chances de dar certo. Aquelas visitas também tinham o objetivo de me proteger de maus-tratos, mas produziam o efeito contrário. Não nos guardas do meu andar, que até se mostravam compreensivos, quando não claramente solidários. Alguns, ao voltar de um fim de semana nas suas cidades, vinham me visitar às escondidas para me entregar um recorte de jornal em que o seu vereador preferido pedia a minha libertação. Depois de lhes garantir a minha discrição, sempre perguntava qual a filiação política do vereador em questão. Não ficava surpreso ao descobrir entre eles políticos de direita.

Meus problemas vinham exclusivamente da direção. Assim, embora fosse uma obrigação constante do regulamento penitenciário, eu nunca era informado sobre a identidade dos meus visitantes. Um guarda graduado aparecia à minha porta, calado, escoltado por policiais desconhecidos. Eu perguntava quem vinha me ver e a resposta era sempre a mesma: "Cuidado com o que vai dizer. Os visitantes se vão, mas você fica".

Quando o prefeito de Saint-Denis, Patrick Braouzec, veio me ver e insistiu para visitar toda a divisão, o rosto dos homens da minha escolta era impressionante de se ver. A começar por um vice-diretor, um loiro cuidadosamente vestido e tarimbado na arte da hipocrisia, até os armários de uniforme que o acompanhavam. Com os olhos cheios de ódio, tinham dificuldade em entender por que não podiam simplesmente nos esmagar, como, tantas vezes, por muito menos, já haviam mandado que fizessem.

A direção, isso era evidente, recebera ordens do Ministério. Aquelas visitas criavam um grave problema. Eram demais, de uma vez só. Imagine se aqueles "politiqueiros" resolvessem pôr o nariz na falência da prisão? O que eles poderiam responder se um dos vereadores percebesse que a alimentação dos detentos, fornecida por empresas privadas, era metade do patamar mínimo previsto por lei? Em quantidade e em qualidade? Como poderiam explicar que os detentos, mesmo os mais empedernidos, não conseguiam comer aquela porção miserável de péssima qualidade, mesmo com risco de ficarem doentes ou subnutridos? Que os detentos eram, portanto, obrigados a comprar – das mesmas empresas – a ração mais ou menos decente que normalmente lhes caberia? Para onde ia esse dinheiro? E, dos milhões pagos pelos contribuintes para as necessidades básicas dos presos, quantos realmente chegam a seu destino, e para onde vai o resto? E posso assegurar que o regime da *Santé* não é uma exceção. Existe coisa muito pior.

Todas aquelas visitas representavam, portanto, um flagelo ameaçador para a direção, e ela me fazia pagar por isso. Eu permanecia intocável, pelo menos fisicamente, mas, quanto ao resto, nenhuma concessão. Se um guarda fosse flagrado – como era habitual com os outros detentos – conversando um segundo a mais diante da minha cela em razão de um pedido banal, no dia seguinte eu não tornava a vê-lo.

Certo dia, após a visita de François Hollande[9], e enquan-

---

[9] François Hollande (1954-), primeiro-secretário do Partido Socialista francês. Foi durante mais de vinte anos o companheiro da candidata socialista às últimas eleições presidenciais na França (2007), Ségolène Royal, com quem teve quatro filhos. (N. de T.)

to me escoltavam de volta à minha cela, presenciei um incidente bastante curioso. Na porta da frente, o subchefe de divisão, cercado por seus *pitboys*, retirava à força um dos detentos da sua cela. Só tive tempo de perceber que se tratava de um jovem magricela, que raramente descia para o banho de sol. A minha escolta mais que depressa trancou-me no meu cárcere, mas eu sabia que naquela hora não estava prevista a presença de nenhum prisioneiro no andar, nem em lugar nenhum. Só uma figura com o peso de François Hollande poderia provocar aquela exceção: era preciso evitar a todo custo que o prisioneiro magricela proclamasse suas queixas quando ele passasse.

Mais tarde, naquela noite, na hora em que o conteúdo da gamela do jantar já tinha passado pelos sanitários e só ficara naquele andar um dos vigias noturnos, abandonei a leitura da minha correspondência para prestar ouvido a umas leves batidas na minha porta. Aproximei-me cautelosamente do visor. Do outro lado, o vigia recuou o mínimo necessário para ser reconhecido. Era um cara legal. Morava numa cidadezinha do interior onde eu contava com um comitê de apoio e, na medida do possível, me mantinha informado das suas iniciativas. Mas, naquela noite, não tinha vindo para isso. Estava rindo. Depois de me fazer jurar umas dez vezes que não contaria para ninguém, colou a boca no visor, cujos vidros de proteção estavam quebrados, e me contou o que tinha acontecido pouco antes com o detento da cela em frente.

O magricela, que agora lambia as feridas na solitária, estava havia semanas pedindo uma cadeira. Era seu direito. O regulamento obrigava a que houvesse uma em cada cela. Já fazia uma eternidade que ele vinha sendo enrolado pelo subchefe de divisão. Ele se vingou, e ainda não consegui entender como aquele homem conseguiu arquitetar um revide daquele tipo. Primeiro, deu um jeito de fazer com que o subchefe subisse até aquele andar. Depois, conseguiu se masturbar e controlar a ejaculação até o instante preciso em que a porta se abriu, para finalmente cuspir seu esperma no uniforme agaloado do seu atormentador. Aquilo estava acima do meu entendimento. Para pôr em prática um plano daqueles era necessária tamanha força de vontade, tamanho desespero, que, se eu não tivesse sabido por aquele vigia, não teria acreditado.

Era motivo para boas risadas, não fossem as conseqüências que o pobre masturbador iria agüentar.

Já aconteceu de eu me lembrar daquele homem. O seu gesto, que depressa demais eu atribuíra ao desespero apenas, adquiria aos poucos um ar de performance. Há que desconfiar dos magricelas, assim como dos obesos. Por trás de uma aparência pouco favorável, escondem milagres que só as mulheres sabem detectar. Quando somos jovens e carentes, ficamos pasmos ao ver passar beldades encantadas de braço com seu magricela ou seu obeso. Ainda não entendemos. Alguma mulher devia amar aquele magricela, pois o desespero nunca causou ereção, e um subchefe de divisão muito menos. Na verdade, eu tinha inveja daquele cara que conseguira ejacular numa situação impossível. Enquanto eu, lembrança antiga do tempo em que ainda era livre, já não era capaz disso em cima de um corpo de mulher na minha cama. Quanto ao magricela, estava na solitária.

Recebi cartas de M., das minhas filhas e da mãe delas. Estavam batalhando para conseguir uma licença de visita com base nos seus direitos legítimos, mas a autorização vinha sendo repetidamente negada sob mil pretextos. A obstrução, vim a saber mais tarde, não se dava no tribunal, e sim na direção da *Santé*. Dentro de certos limites, muito difíceis de definir, o diretor podia justificar a negativa com uma ordem ministerial, alegando insuficiência de pessoal e listas de espera. Eu sabia perfeitamente que um detento em prisão preventiva tem direito a três visitas por semana e nunca, em minhas experiências presentes e pretéritas, ouvi algum prisioneiro se queixar de ter perdido uma visita por causa de uma lista de espera. Mas, aparentemente, essa rara possibilidade existia, e o ministro a utilizava amplamente.

A única visita que me concederam durante minha detenção foi a dos meus dois irmãos mais velhos. Não sei como eles se viraram, com os meus advogados, para consegui-la. Devem ter dado a entender que a imprensa se indignaria com uma enésima visita negada, desta vez aos meus irmãos que tinham vindo da Itália especialmente para isso.

Em geral, somos previamente informados das visitas. "Preparem-se para o locutório" é a frase do guarda, que nos dá tempo de fechar o saco de roupa suja para encaminhar à lavanderia. Evidentemente, não me avisaram daquela visita, inesperada. A fechadura da minha porta estalou, e segui minha escolta com o silêncio habitual. Era inútil fazer perguntas que ficariam sem resposta. É uma tática comprovada visando a manter o prisioneiro em permanente estado de apreensão. A fechadura estala, fisionomias inexpressivas o convidam a sair sem explicação, e você sai, com o coração apertado. Não sabe o que o espera atrás da próxima grade.

O trajeto foi curto, até uma cabine blindada provida de telas. Nesse local, o detento não tem o direito de dar nem um passo sequer, nem de olhar o que se passa em volta. Um vigia aciona a abertura das grades, mais ou menos depressa segundo os motivos que ele tem para deixar mofando quem está ali à espera.

Fui rapidamente empurrado para um cubículo fedorento, encardido do piso até o teto. Dois metros quadrados, duas portas, duas cadeiras no centro. Eu não tinha coragem de me sentar. Não só por causa da sujeira, mas também porque estava em alerta, tentando prever o que me esperava. Para pensar, preciso ficar de pé. Sentado, não me sinto à altura.

A espera. A prisão também é feita de esperas. Pouco importa se o guarda que nos convocou está desocupado na sala em frente. Às vezes, é possível vê-lo, se amassarmos o rosto na grade para despertar sua compaixão, mesmo que isso nunca funcione. Mas quem está ali em frente também se aborrece. Talvez até mais que o detento, que, de qualquer modo, não tem mais nada para fazer. O que irrita o sujeito ali em frente é que ele não tem o direito de fazer cara feia quando o obrigam a ficar vendo o tempo passar. Os presos por acaso acham que é divertido, para um homem livre, ficar às moscas sem fazer coisa alguma o dia inteiro? Ele não gosta nadinha daquelas trombas deploráveis coladas na grade, impacientes como se ainda fossem donas do tempo, achando que aquela espera é culpa deles, em vez de pensar um pouquinho e afinal enfiar na cabeça que tudo tem seu motivo.

Verdade é que, em geral, um prisioneiro custa a entender. No entanto, essas esperas aparentemente inúteis ocupam um lugar não desprezível na estratégia de reeducação. Esperar horas a fio dentro de dois metros quadrados, se impregnar com a insalubridade do lugar, desmoronar nessa ante-sala e, com o tempo que se eterniza, tomar consciência da própria nulidade. "És pó", é isso que a espera quer ensinar ao detento.

A porta se abriu, finalmente. O vigia primeiro lançou uma olhada suspeita para dentro do cárcere, para o caso de eu ter me multiplicado naquele meio-tempo, e então deixou entrar meus dois irmãos.

Estavam sorridentes, parecia até que estavam ali para pedir meu autógrafo num lançamento. Enquanto eu, com as mãos úmidas, não conseguia articular uma palavra. Nas minhas recordações de ex-presidiário, não costumava ser assim. Para chegar até o locutório, os parentes realizavam um percurso de combatente. Revistados, arrastados de uma sala para outra, trancados durante horas intermináveis, chegavam em pandarecos. E eu é que tinha de levantar-lhes o moral, resgatando alguma brincadeira lá do fundo da alma.

– E então, que cara é essa? Não está feliz de ver a gente?

Eles me arrancaram um sorriso. Eu estava emocionado e, ao mesmo tempo, surpreso de vê-los tão contentes. Decerto sabiam das manifestações de apoio, e isso os tranqüilizava. Entre mim e os meus irmãos, há uma diferença de dez a quinze anos. O suficiente para eles se permitirem adotar aquele ar de censura de um pai visitando o filhote no xadrez.

Rememorava o rosto sombrio deles, por trás de um vidro blindado, 25 anos antes, quando percorriam mil quilômetros para ir ver o irmãozinho numa penitenciária "especial" italiana. Os meus irmãos não compreendiam o que tinha acontecido comigo para eu acabar naqueles lugares estranhos e duros, que não eram feitos para delinqüentes, e sim para outros espécimes cujo nome eles não descobriam. Não entendiam o que se passava na Itália. Na época, suas fisionomias expressavam censura, incompreensão e medo. Hoje, encaravam meu encarceramento como um acidente de curta duração.

O medo que tinha me consumido durante a espera se dissolvia nos braços deles.

Olhavam para a salinha minúscula, cuidando para não chegar perto das paredes nojentas de sujeira.

– É neste chiqueiro que as famílias são recebidas?

– Não, os locutórios são em outro lugar. Não sei por que estamos aqui.

– Bem, não faz mal. Você não vai ficar muito tempo.

Somos uma família unida, "à italiana", como se diz. Depois de oito anos foragido no México, quando, por motivo de segurança, tive de cortar as pontes com a Europa, tornei a encontrá-los e nunca mais os perdi. Quando não eram eles que vinham me ver em Paris, eram as minhas duas irmãs, meus sobrinhos, amigos.

Meus primeiros anos na França, com minha mulher e a nossa filha de seis anos, tinham sido muito difíceis. Sem a família, não teríamos agüentado. Eles nunca nos abandonaram, sempre presentes o máximo que podiam. De pouco tempo para cá, eu estava conseguindo me virar sozinho, ao menos financeiramente. Era uma pequena vitória cultivada em família. Estava tudo tão bem quanto possível, os meus livros estavam começando a vender, até na Itália, e eu estava contente de poder afinal proporcionar a eles certa satisfação. Passar em frente a uma livraria e pensar "este livro é do nosso irmão". Agora, o "autor" estava novamente em cana. Rechaçado para um passado distante, o do conflito social.

Pensamentos que iam dando voltas na minha cabeça, enquanto meus irmãos se entregavam à alegria de me ver, certos de que a França jamais se faria cúmplice de uma tão grosseira manipulação dos fatos.

O otimismo das pessoas sinceras é contagioso. Somos camponeses. Mesmo que a vida, mais tarde, tenha nos levado para o asfalto das cidades, tenha nos feito atravessar fronteiras, nosso jeito de pensar sempre tem raiz naquela terra preta e forte da infância. Eu me desfazia das sombras tristes e partilhava com eles o que nos restava dos vinte minutos de visita.

– Isso é mais um golpe baixo da turma do Berlusconi – dizia Vincenzo, o mais velho. – Mas a justiça daqui, esse pessoal que mandou te prender, acredita mesmo que você matou alguém?

Dei de ombros. Tivesse ele perguntado duas semanas atrás, eu teria respondido sem hesitar. Atualmente, já me perdia em conjecturas. Eles não estavam nem aí se eu tinha matado ou não, eu disse para o Vincenzo. Não era essa a questão que os motivava. Ninguém iria acreditar numa repentina sede de "justiça", 25 anos depois. Não, isso estava parecendo mais uma história sórdida de políticos.

– "Assassino"! Lembra, lá em casa, ele não tinha nem coragem de torcer o pescoço do frango no domingo.

– É, se escondia para não ver. Mas, depois, não tinha nenhum problema para comer. A asa era seu pedaço preferido.

Ficavam papeando sobre lembranças com essa mescla de alegria e nostalgia dos adultos que apagaram da sua cabeça todas as misérias da infância.

– Verdade é que bobagens, você fez mesmo. Como aquela vez em que roubou o carro da minha sogra. Quando me lembro disso, ainda me dá vontade de lhe enfiar a mão.

Eu fiquei vermelho. Mesmo com os meus cinqüenta anos,

eles ainda eram meus irmãos mais velhos. As duas portas que se abriram, ao mesmo tempo, tornaram a nos mergulhar no presente maculado do encarceramento. Rígidos nos vãos das portas, os guardas nos deixaram tempo para um derradeiro abraço.
– Vai, meu garoto, não se preocupe. Com essa gente toda do teu lado, eles não podem te manter mais muito tempo aqui.
Meu garoto. Voltei para a minha cela acalentado por essas duas palavras.

Deitado na cama, eu devaneava, passando de uma recordação para outra, detendo-me numa expressão, numa palavra. Bastava um imperceptível movimento de sobrancelhas dos meus irmãos para me dar a sensação de estar suspenso num único instante de tempo, em que passado e presente se mesclavam em múltiplas combinações que em nada alteravam o fundo da história. Toda a minha vida numa só linha, num livro, que dava para começar a ler em qualquer página sem perder o fio do tempo. Chegava a me dar calafrios. Por mais que eu me agarrasse ao concreto, aos meus filhos que tinham nascido e crescido, reconstituindo com uma série de acontecimentos uma cronologia irrefutável, a sensação de ser uma mera inserção num discurso vindo de longe não se dissipava.
Batidas na parede me fizeram pular da cama. Era H.
– Você escutou o noticiário? O conselho municipal resolveu colocar você sob a proteção do município de Paris.
– "Sob proteção"? O que isso quer dizer?
– Não sei, mas deve ter uma importância enorme.
Mais tarde, dentro da minha ração de correspondência, identifiquei um envelope da Prefeitura de Frontignan. Esperava algumas palavras de solidariedade, como as que já havia

recebido de várias prefeituras francesas. Em vez disso, eu tinha em mãos um documento oficial que me nomeava "cidadão honorário".

Eu conhecia Frontignan. Havia sido convidado várias vezes pela *Soleil noir**, associação fundada por meu amigo Michel Guerguieff, que, havia muitos anos, organizava lá um festival internacional do romance policial. Era um encontro importante, em que a grande família dos autores de policiais estava toda reunida. O contato com os leitores, os debates, a *brasoucade*** de mexilhão no sábado à noite na praia. Era o Sul, o calor das pessoas, aquele mar e aquele sol que me aproximavam um pouco do meu país para onde eu não podia mais ir.

Virei o documento nas mãos e lembrei-me dos discursos do prefeito. Sem formalismo, falava de verdade e olhava as pessoas de frente. Ele tinha coisas a dizer, clara e simplesmente; gostava do que fazia por sua cidade.

Cidadão honorário de Frontignan era algo que me agradava, que continha sol. E, no entanto, aos poucos, a sombra tornava a me pegar.

Duas notícias daquelas, num mesmo dia, deveriam me tranqüilizar. Eu podia contar com apoios que superavam de longe qualquer expectativa. O que ainda seria preciso para eu apagar a luz e passar, finalmente, uma noite sem medo? Para expulsar a sombra, repetia a mim mesmo que era legalmente impossível me extraditarem. Eu já havia sido declarado não extraditável pela Corte de Apelação de Paris, a justiça já não tinha meio algum de voltar atrás sobre um julgamento definitivo. Não se

---

* "Sol negro", em referência ao *roman noir*, romance policial. (N. de T.)

** Receita de mexilhões cozidos em fogão a lenha, ou fogueira, com variados tipos de molho. (N. de T.)

pode julgar um homem duas vezes. A lei é a lei. Eles não estão nem aí, me sussurrava a sombra. Não, eu retrucava, não aqui, não na França. Eu racionalizava os fatos, abraçava aquele apoio imenso e inesperado. Mas não passava de constatações mecânicas, enquanto outro pensamento tomava forma. Por que eu?

Nos dias seguintes, comuniquei minha preocupação aos meus advogados. Eles me respondiam com um sorriso, então me falavam sobre a próxima manifestação em volta da *Santé*, ou o engajamento de tal celebridade na minha causa. Era, aliás, o que eu queria ouvir. Eu partilhava suas preocupações referentes aos demais refugiados, alguns dos quais se achavam em situações jurídicas difíceis. Ao passo que eu estava protegido pela lei francesa.

Na solidão da minha cela, já tinha me perguntado mil vezes como fazer para que aquele movimento de apoio se estendesse ao problema dos exilados italianos na França como um todo. Eu tinha uma opinião sobre isso e contava com a ajuda de alguns ex-companheiros. Se é que um dia ia conseguir chegar lá fora.

– Você não tem o que temer – repetiam os meus advogados. – Vai ser solto dentro de alguns dias. O processo sobre a extradição não vai acontecer antes de um ou dois meses, e vai ser uma mera formalidade. Juridicamente, eles não podem nada contra você. É mais preocupante para os outros.

Fazia sentido. Eu estava ficando um pouco paranóico, só isso. Nada grave, era uma reação normal. Para que mais serve a prisão?

Para refletir. Tempo não falta, mas isso não está nos interesses da direção. Pensar demais é perigoso. Esquenta a cabeça, provoca idéias ruins, reivindicações, e aí começam os problemas. Para evitá-los é que a televisão foi introduzida nas celas. No passado, conheci detentos capazes de parar de fumar para conseguir pagar o aluguel de uma telinha. Ficavam grudados nela dia e noite. Não largavam mais e, no final dos programas, continuavam olhando para o logotipo. Um câncer muito mais lento que o fumo, mas de indiscutível eficácia. Como a direção continuasse bloqueando o meu dinheiro, eu estava privado de tevê. Então pensava muito, imaginava coisas.

Com o passar dos dias, o movimento de apoio transbordou dos meios literários e se estendeu pelos campos cultural e político. Um tenor até ousou abordar a questão da anistia para os sobreviventes dos anos 1970. Segundo H., que estava constantemente à espreita de notícias, as manchetes pedindo minha libertação proliferavam por todo o país. Estavam cuidando de mim, eu podia dormir em paz. Aquilo tudo, que deveria me dar coragem, me causava o efeito contrário. Eu me sentia cada vez menor, espoliado. Aquele frio que me gelava os ossos, mesmo enrolado em meu cobertor, enquanto os outros dormiam de janela aberta, vinha de dentro. Do meu espírito, que se esvaziava aos poucos para alimentar o espetáculo externo. Era só um sentimento, para o qual eu não encontrava explicação. Era medo, e isso me envergonhava.

Eu me agarrava à idéia de que, uma vez fora dali, a minha família e os meus amigos iam tomar conta de mim, que tudo aquilo já não passaria de uma lembrança detestável da prisão. Além disso, havia os meus ex-companheiros. Estavam fazendo o maior barulho lá fora, eu sentia a proximidade deles. A solidariedade, a longa experiência deles na defesa do direito de asilo deveriam me deixar a salvo daquela estranha sensação de vazio que gelava as minhas noites na *Santé*.

4. O CERCO

E então chegou o dia D. Cedo de manhã, um vigia veio avisar que eu me aprontasse para ser transferido para o Palácio. Eu só ia comparecer ao Tribunal à tarde, mas um detento não tem que fazer perguntas. Obedece e ponto.

Esperei até o meio-dia. Enquanto isso, esgotei todos os métodos concebíveis para manter a calma. Esperando pela primeira revista, suava frio. Era só o tempo de me vestir, e começava tudo de novo com os policiais. Outra vez pelado, exigiam olhar dentro do meu ânus. Recusei. Os bascos tinham feito o mesmo. Aquele era o dia deles também. Finalmente, o aparato de homens e sirenes: transporte de terroristas. No subsolo do Palácio, terceira revista. Depois os policiais nos deixaram mofar um pouquinho, cada qual numa cela fétida e, sempre com as mãos algemadas às costas, efetuamos o percurso dos ratos para acabar emergindo naquela sala de luz branca e forte que eu conhecera 13 anos atrás. Antes de me fechar numa cabine minúscula, um jovem policial me informou que o prefeito do meu *arrondissement* – o 9º – estava postado em frente ao Palácio, com a bandeira da pátria. Eu transpirava mais e mais.

Os bascos passaram primeiro. Fiquei trancafiado ao lado da Câmara de Instrução e podia ouvi-los. Protestavam com força, na língua deles. Recusavam o intérprete espanhol.

Passado algum tempo, naqueles oitenta centímetros quadrados, sucumbi ao efeito da claustrofobia, até então desconhecido para mim. Quando chegou a minha vez e entrei na sala do Tribunal, mal restavam-me forças para parar em pé. Durante vários minutos, não enxerguei nada. Os advogados me estendiam a mão, que eu apertava mecanicamente. Fechava e abria os olhos para espantar a névoa que me impedia de discernir o que acontecia à minha volta. Só percebia a respiração dos guardas às minhas costas. O processo estava em andamento. Escutava a voz da procuradora-adjunta balbuciando não sei bem o quê para se opor à minha colocação em liberdade.

Aos poucos, consegui finalmente enxergar claro. A sala estava lotada, identifiquei os rostos, um por um. Estavam todos lá. Minhas filhas, a mãe delas, M. com sua família, os meus amigos mais próximos, tinham vindo todos. Perguntei-me que efeito teria, para cada um, me ver naquelas condições. Escondi as mãos debaixo do banco, talvez estivessem tremendo.

A mulher continuava falando, acabava de dizer "assassino". Eu quis ver de que boca saía uma palavra daquelas. Mas não havia nada para ver, só uma aparência insossa devida ao seu excesso de uniformidade. Uma olhadela na direção da Corte não me trouxe nenhum motivo de satisfação. A expressão do Presidente me lembrava uma imagem de Lázaro logo após sua ressurreição – ele não queria que aquilo se eternizasse. Todo o mundo, lá dentro e lá fora, esperando as palavras dele, ele não gostava disso.

Os advogados, por sua vez, rechaçavam os argumentos falaciosos da procuradora-adjunta. Destacavam a força das garantias que tornavam injustificável manter-me na prisão até o processo. A procuradora-adjunta bufava de sua cadeira, feito uma garota que não quer ouvir a lição. Sentado no seu banco de espinhos, o Presidente me passou a palavra. Não ouvi a minha voz, mas devo assim mesmo ter dito alguma coisa que, segundo os meus amigos presentes, viria a ter algum peso na balança. Finalmente, a Corte se retirou e voltei para a minha cabine.

Normalmente, uma decisão de colocação em liberdade provisória não leva mais que alguns minutos. A retirada da Corte é pura formalidade, as cartas já estão previamente marcadas. Os juízes só levam o tempo de tomar um cafezinho e voltam para proferir a sentença. Desta vez, estavam demorando. Os policiais que me vigiavam estavam surpresos com a demora. Eu via que eles olhavam para o relógio. Apertado na minha minúscula cabine, ocupado demais em controlar a respiração a fim de evitar outra crise, era incapaz de pensar no que vinha em seguida. Queria só sair dali, respirar. Não podia evitar amaldiçoar o sujeito que tinha inventado uma tortura daquelas. Tem que ser mesmo um doente para conceber um reduto daqueles, um semicírculo de celas-caixões colocadas na vertical.

Depois de não sei quanto tempo, ouvi um barulho de portas. Grudei a orelha no vidro. Sim, era para mim.

Com os olhos agora habituados à súbita mudança de luz, reparei na palidez dos membros da Corte assim que entrei.

Não podia ver a minha. Prensados entre as ordens recebidas e o inferno midiático que desencadeariam ao me jogar de volta à prisão, deviam ter passado um mau momento ao redor da máquina do café.

Com voz vacilante, o Presidente anunciou a decisão de minha colocação em liberdade. Sob a condição de me apresentar todo sábado na delegacia, não chegar perto de estações de trem nem de aeroportos, e não deixar a região de *Île-de-France*. Comprometi-me a comparecer espontaneamente à audiência, cuja data faltava fixar.

O público explodiu de alegria, eu e os advogados também. A um sinal do Presidente, os guardas empurraram todo o mundo para fora, enquanto os meus próprios tratavam de me tirar as algemas. Antes de deixar a sala, quis dar um último olhar àquela mulher que me chamara de "assassino". Ela estava cinzenta.

Passava das 22 horas quando, finalmente, o portão da *Santé* se fechou atrás de mim. Quem não teve a infelicidade de passar por isso não pode imaginar a emoção de um detento ao sair da prisão. É como ser bombardeado pelos mais belos sonhos de uma vida inteira. É de enlouquecer de alegria. Será que existem situações capazes de provocar sensações mais intensas? Sim, sair da prisão e ser recebido de braços abertos por uma multidão de amigos.

Dei meus primeiros passos em liberdade cercado por um grupo de CRS[*]. Eles impediam minha família e meus amigos de se acercarem, mas permitiam a uma horda de jornalistas que se

---

[*] Policiais da *Compagnie Républicaine de Sécurité*, guarda municipal que assegura a ordem pública. (N. de T.)

lançassem ao ataque. Lembro-me de um grandalhão de uniforme que baixou o meu punho erguido me dando uma cotovelada nas costas que me cortou o fôlego.

Hoje, revendo a cena, parece evidente que o grandalhão não estava ali por acaso. Tinha recebido ordens bem precisas. Vejo ainda o seu rosto marcado pela experiência, enquanto selecionava os microfones que me pregavam nos muros da *Santé*, e afastava outros.

Mas, na hora, eu não tinha condições de discernir aquilo tudo. Sob o impacto da emoção, caí direto nas armadilhas de jornalistas cuidadosamente escolhidos. Fiz declarações que, posteriormente, habilmente cortadas e editadas, dariam matéria para a minha transformação em mostro. Minhas primeiras palavras, em favor dos detentos morrendo de doenças enquanto poderosos eram soltos por um simples resfriado, foram perfeitas para ilustrar o espírito indomável de um "terrorista". O meu punho erguido num gesto de alívio e excitação, minha careta ante a luz ofuscante dos flashes, minha jaqueta de couro preta, tudo aquilo, capturado com zoom, logo viria completar o retrato previamente montado do "assassino". Ministros, embaixadores, magistrados comprometidos, "jornalistas" de plantão e aproveitadores de toda espécie, uma vez recuperados do choque que fora o inesperado movimento de apoio, iriam lançar a contra-ofensiva e falar a uma só voz para me acusar.

Depois de concluir seu trabalho de triagem da mídia, os CRS foram embora, deixando o terreno livre para a multidão de amigos, até então forçados a acompanhar o cortejo a distância. Ao final da rua, consegui finalmente abraçar minhas filhas e alguns próximos. Teria beijado todos um por um, mas isso teria nos tomado a noite toda. Eu já nem sabia onde estava, procurava por meus advogados, meus ex-companheiros, só enxergava dois ou três. Estava me perguntando por onde andavam os outros, quando meu olhar bateu em Fred Vargas. Ela abria caminho na multidão, vinha se jogar nos meus braços. Parecia que era ela quem estava saindo da prisão e que era eu a bóia de salvação.

Junto com outros autores de renome, Fred Vargas participara de um abaixo-assinado pela minha libertação. Depois de anos à margem do grande público, o sucesso desabara sobre ela, que era agora uma autora conhecida. Era surpreendente vê-la, naquele momento, me abraçar tão calorosamente.

Já tínhamos nos encontrado várias vezes em festivais. Às vezes lado a lado numa sessão de autógrafos, depois tomando uns copos na festa de encerramento. Tinha acontecido de trocarmos umas palavras, talvez até de comermos na mesma mesa. Mas mesmo numa família como esta, do romance policial, existem grupinhos por afinidade. No dia seguinte, no trem que nos trazia de volta a Paris, era cada um com o seu até a próxima feira. Agora ela estava ali, e me abraçava com força.

Eu raramente lia os romances dos autores que conhecia. De medo de não gostar e perder minha espontaneidade para com eles. Mas, seguindo os conselhos do amigo Claude, tinha lido o título que alçara Fred Vargas às estrelas. Tinha gostado, e aconselhado a leitura aos meus amigos. Era pena ela não estar mais tomando o mesmo trem que eu. Tínhamos nos perdido de vista até aquela noite, em frente à *Santé*, em que suas lágrimas se misturavam às minhas.

Fred Vargas viria posteriormente a coordenar um dos mais ativos comitês de apoio parisienses. Eu a observava atuar. Era incansável, passando do telefone para o computador, indo de um encontro marcado para outro. De onde ela tirava aquela formidável energia, eu ainda não sabia. Esmagado pelos acontecimentos inesperados que se desenrolavam diante dos meus olhos, eu mal conseguia me perguntar se merecia todo aquele esforço que a Fred, entre tantas outras pessoas, estava fazendo por mim e pela causa dos refugiados italianos.

Mas naquela noite de 3 de março, junto aos muros altos e cinzentos da *Santé*, só havia lugar para a alegria. Uma festa estava se organizando na casa da Fred, outros amigos arranjavam outras em outros lugares. Entreguei minhas sacolas cheias de correspondência para as minhas filhas e a mãe delas, e me deixei arrastar de festa em festa. Intimidado pela alegria de todas aquelas pessoas, apertei mãos, abracei gente e tomei uns tragos, pela primeira vez depois de muito tempo.

Tarde da noite, exausto, consegui me desvencilhar e voltei para casa em companhia de um dos meus irmãos. O meu apartamento é tão pequeno que basta acender uma única lâmpada para enxergar tudo. Encolhido na minha cadeira, meu gato só abriu um olho. Estava emburrado comigo.

Tinham trabalhado no meu quarto durante minha detenção. Havia pilhas de papel por todo lado, o computador ficara na espera. Passei a mão sobre ele, uma carícia ao irredutível companheiro das viagens proibidas. Então, saboreando cada um dos meus gestos, abri o sofá com colchão da espessura de uma folha. Era a minha cama.

O meu irmão me observava. Com cara de quem se pergunta, antes de apagar a luz, se ainda não faltou dizer alguma coisa importante. Pelo tempo de um sorriso, antes que o cansaço leve a melhor.

* * *

Naquela noite, sonhei com meu irmão mais velho, Giorgio. Ele batia à minha porta no meio da madrugada. Eu não queria abrir por causa da hora. Mas, de repente, encontrei-me lá fora, caminhando pelo campo ao lado dele. "Olhe" – ele dizia – "tem passarinho." Eu observava o céu, de modo distraído, e dava de ombros. Eram pássaros grandes e pretos que eu já conhecia. "Mas vem cá" – ele dizia – "não é só isso." Eu não sabia aonde ele queria chegar, parei para olhar para ele. O seu rosto estava sorridente, muito mais moço do que da última vez em que o vira. "Não" – eu respondia – "preciso dormir, ou não vou conseguir me levantar amanhã. Já são três e meia." Nesse momento, acordei. O meu relógio marcava exatamente 3h30.

Não acredito no espírito dos mortos, nem na interpretação dos sonhos, mas não consegui mais fechar os olhos. Impressionado com a coincidência da hora, fiquei vendo o tempo passar no meu relógio. Tinha medo de que Giorgio voltasse com seus pássaros pretos.

Levantei cedo, de manhã, e retomei minhas obrigações de zelador. O apartamento do segundo andar à esquerda não dava sinal de vida, e eu sabia por quê. A ocupante deixara temporariamente o local, decerto a conselho da polícia e com sua proteção. Durante anos, eu mantivera, com aquela mulher e sua família, relações amigáveis. Porque nos dávamos bem, o papel que ela aceitou fazer nesta história permanece para mim um triste mistério. Sendo um homem livre, em regra, e não extraditável, era impossível me mandar prender sem motivo. O ministério então arquitetou uma falsa queixa de vizinho – que o próprio ministro confirmou depois na televisão – permitindo que eu fosse interpelado e que se "descobrisse", graças a um falso comunicado do *Renseignements Généraux**, que eu era "extraditável". A partir dessas duas falsidades, a máquina podia entrar em movimento. Aquela mulher foi quem aceitou registrar uma queixa contra mim. As razões que a levaram a executar essa missão permanecem um mistério. Sei apenas que havia um prefeito na família dela, isso ela tinha me contado. Talvez por essa via tenha germinado e tramitado a manipulação, desde o ministério até a minha vizinha, mas ao custo de uma gafe grosseira: desde quando o departamento antiterrorista se ocupa com queixas de vizinhos?

Não tinha importância, eu agora estava livre, recebendo manifestações de solidariedade de todos os outros locatários e do bairro inteiro. Paris não me abandonara. Eu não podia andar dez metros lá fora – e isso até a minha partida – sem que viesse gente me apertar a mão e me oferecer palavras de incentivo. A tal ponto que, depois de alguns dias, comecei a fazer minhas compras um pouco mais longe, pois os comerciantes da minha rua sempre queriam deixar de graça ou então me dar um desconto.

Naquele mesmo dia, aceitei conceder uma breve entrevista para o telejornal de *France Inter*. Eu estava bem recuperado e critiquei as declarações mentirosas de um ministro da Justiça, a meu ver desqualificado por sua linguagem e atos ilícitos. Lembrei aos telespectadores as promessas solenes feitas pela França aos refugiados italianos, falei na lei pisoteada para prestar um favor ao governo italiano, cujo chefe era o melhor

---

*Serviço de Informações da Prefeitura de Polícia e da Segurança. (N. de T.)

aluno da máfia. Voltei também à sangrenta verdade dos anos 1970, à responsabilidade das autoridades da época. Pois, dos atentados a bomba perpetrados por certos departamentos de Estado, ninguém falava; as ações mortíferas da extrema direita, os golpes de Estado organizados pela famosa *Loggia P2* – de que fizeram parte o atual chefe do governo e seu ministro do Interior –, tudo isso tinha sido apagado. Parecia que os anos de chumbo se resumiam a um punhado de terroristas exaltados devastando o país sem motivo nenhum. Evoquei aquilo tudo tão bem quanto pude, acreditava nos meus esforços para restabelecer um pouco da verdade.

Alguns minutos apenas de desabafo. Depois me vi lá fora, subitamente paralisado frente a uma faixa de pedestres, olhando, imóvel, o sinal passar do verde para o vermelho. Palavras enterradas na minha memória emergiram de repente.

Fora dois anos antes, pouco antes da extradição de Persichetti. Um homem muito próximo ao governo italiano havia me aconselhado a parar com minhas declarações sobre os anos de chumbo e minhas "pretensas reconstituições históricas". "Isso vai acabar mal para você", ele dissera.

Na época, eu não dera a menor importância àquelas advertências. Eu não passava de um modesto figurante, como poderia incomodar alguém lá em cima? Além disso, o que eles podiam contra mim? Nada. A justiça francesa já havia decidido e negado minha extradição. Mandei, portanto, que fosse plantar batatas e segui meu caminho.

As palavras daquele homem, agora acompanhadas por outra melodia, bem diferente, me impediam de atravessar a rua. "Isso vai acabar mal para você."

Para expulsar aquelas negras sensações, repetia a mim

mesmo que a minha libertação era a prova de que eles não tinham por onde me agarrar. Ao mesmo tempo, encontrava nisso outras explicações, contrárias e plausíveis. Me libertar para acalmar o movimento de apoio, e depois tornar a me pegar. Eu tinha que parar de pensar, tinha que agir. Eu era, simplesmente, o primeiro de uma longa lista. Se eu caísse, outros cairiam depois. Mas o que os refugiados andavam fazendo?

O meu celular não parava de tocar, a caixa de mensagens estava cheia. Entre um compromisso e outro, eu conferia as chamadas e retornava as mais urgentes. Com tudo o que havia para fazer, eu nem encostava mais no aparelho fixo, tomado pelos jornalistas. Também desisti do correio eletrônico, impossível de acompanhar com centenas de e-mails por dia, inclusive os da extrema direita, cujos insultos e ameaças eu viria a partilhar, em breve, com o prefeito do meu *arrondissement*, o sr. Jacques Bravo, e sua equipe.

Neste momento em que escrevo, estou comovido com a personalidade desse homem. Em oposição à patifaria de alguns parasitas da indústria cultural, espertalhões bem capazes de fazer uma revolução entre duas taças de champanha, muitas vezes fiquei impressionado com reações inesperadas sobre meu caso. Falo de pessoas que tomaram posição de modo desinteressado e decidido, e mantiveram essas posições até o final. Sinto-me minúsculo quando penso na dignidade desses homens e mulheres que continuaram defendendo sem hesitar tanto o indivíduo como os princípios, numa luta perdida de antemão. Sei de onde se tira essa coragem, mas não encontro palavras para dizê-lo. Há um caminho a percorrer para se conservar a liberdade de espírito, e não é um caminho simples.

Sozinho, a gente se perde facilmente. Eu, no meu isolamento, decerto tinha me extraviado, e já não enxergava como. Em nome de que "realismo político" o prefeito do 9º *arrondissement* se insurgia em defesa de um pequeno escritor transformado, da noite para o dia, num terrorista sanguinário? Aquele homem, que eu nunca tinha visto antes, iria se expor aos insultos, colocar em jogo sua imagem pública, arriscar a confiança do seu eleitorado, resistir às pressões políticas, e não recuaria nem um passo sequer. Tudo isso em nome de uma causa que ele sabia ser perdida. Por que fazia isso?

É algo impressionante. Numa época em que a política, no sentido nobre do termo, não tem mais espaço, em que os eleitos só precisam gerir da melhor forma possível as leis do mercado e sua própria imagem, nesta sociedade que é a nossa, bem no coração de Paris, um homem continua resistindo. Só me restava ocupar o meu lugar a bordo daquele "navio dos justos", expressão que Jacques Bravo iria empregar mais tarde. Mas, na época em que saí da prisão, e no inferno que se sucedeu, eu estava bem distante desse tipo de reflexão. Perdido e intimidado, marquei uma audiência com meu prefeito. Eu não tinha o direito de sair de Paris para encontrar com outros políticos eleitos, mas tinha ao menos a possibilidade de ir apertar a mão dele. E de descobrir por quê. E o senhor prefeito tinha uma explicação, muito comovente, mas a sua melhor resposta, que tornou vã qualquer outra pergunta, eu obtive no seu olhar direto.

Durante aqueles primeiros dias de liberdade, corri de uma reunião para outra. Precisávamos nos expressar em nome de todos os refugiados italianos, não transformar a minha detenção num caso pessoal. Nem todos os grupos de apoio concordavam sempre neste ponto, mas todos iam tomando consciência do perigo coletivo e, muito em breve, ninguém mais se pronunciava em público sem evocar o problema em seu conjunto. Apesar das primeiras iniciativas de ataque na imprensa francesa, os autores policiais e companhia assumiam e avançavam. Eu corria, mas, na realidade, estava perdendo pé e logo perderia toda a energia. Mas eu ainda não sabia disso, e ia com tudo.

Os encontros com os ex-companheiros refugiados eram exaustivos. Não falo aqui do punhado de verdadeiros amigos que nunca precisou de urgências nem de causas para se encontrar. Nem da maioria dos demais, que ficavam em casa com a cabeça bem enfiada no espaguete. Na verdade, só um pequeno grupo, que vibrava ao som de algumas trombetas sem fôlego dos anos vermelhos, se movimentava em torno do meu caso. Sempre me recebiam com o ar lúgubre e conspirador de um comitê central. Ao mesmo tempo, estavam muito agitados. A súbita popularidade adquirida pela causa dos refugiados também era para eles uma oportunidade de ouro para sacudir a poeira dos seus velhos uniformes de líderes políticos e emergir do subsolo a que a História os relegara. Desde que eu tinha saído da prisão, não recebera da parte deles nem um telefonema sequer para perguntar, simplesmente, como eu estava, ou se eu e minha família precisávamos de alguma coisa. Lembro-me de uma festa em que encontrei R., uma mulher que constava na suposta lista de extraditáveis, cuja franqueza e rara pureza de alma eu apreciava bastante. É, aliás, o que prefiro lembrar sobre ela. R., depois de responder timidamente ao meu cumprimento, com a candura que lhe era própria, me perguntou:

"Por que você nunca me ligou?". Olhei para ela – ela estava sendo sincera, eu tinha que responder. "Eu é que acabei de sair da prisão. Eu é que estou correndo o risco de ser extraditado. Será que não é você que tinha que me dizer uma palavra de conforto?" R. arregalou os olhos. Ela nunca tinha considerado as coisas por esse ângulo. E R. estava longe de ser a mais tinhosa.

Quando não era para me censurar, esses ex-companheiros se dirigiam a mim para que eu lhes abrisse uma porta até então fechada. Era apenas o começo, e eu não via nisso nada de realmente hostil.

Eu queria, e adoraria, falar neles em outros termos, esfregar a casca ainda grossa para chegar à carne, mas não consigo. Verdade é que antes já nos freqüentávamos pouco, somente nos períodos em que apareciam as recorrentes ameaças de extradição. Mas não é o caráter episódico das nossas relações que impede minhas palavras de fluir. Eu poderia falar sem peias sobre o sorriso de um desconhecido, por que não desses refugiados cujo drama eu partilhava? Não sei. Cada vez que busco uma resposta mais aprofundada, depois de andar para lá e para cá pela sala, revejo sempre o mesmo grupo de pessoas deslocadas, de gestos nervosos, de fala incoerente. Experimento então um doloroso sentimento de estranheza. Como durante aqueles dias infernais em que não conseguia falar com eles, não encontrava palavras para lhes explicar aquela Paris extinta que não era mais a minha. E, no entanto, eu fazia parte deles.

A data do processo foi finalmente marcada para 30 de junho e tornada pública. Entrementes, tinha-se constituído na embaixada um núcleo de profissionais italianos, especialistas em táticas de propaganda. No dia seguinte, esse núcleo abriu fogo para reverter a opinião pública. Seus membros operaram com uma eficácia e uma força impressionantes. Tinham tido tempo suficiente para dispor seus franco-atiradores em todos os pontos estratégicos: imprensa, magistratura, lóbis políticos, associações de vítimas, arrependidos chamados de volta à ativa, todos os terrenos estavam cobertos. A campanha de intoxicação estava começando, iria prosseguir sem trégua até o veredicto.

Para a imprensa francesa, inclusive para a parte da imprensa que de início denunciara a injustiça, tornei-me da noite para o dia um impiedoso assassino. Eu agora já não aparecia nas páginas da Justiça, e sim nas do terrorismo, ao lado do próprio Bin Laden. Eu não podia acreditar. Afora umas corajosas exceções, os jornais que até então tinham me defendido estavam todos virando a casaca e me acusando. Todos com a mesma linguagem, os mesmos bordões, os mesmos termos, ou seja, a mesma fonte. Incluindo meus romances e minhas antigas declarações públicas, tudo passara no crivo. Minhas próprias palavras, tiradas do contexto, se transformavam em munição. A ficção virava realidade. Destacavam fragmentos de diálogos imaginários, que eu tinha escrito para os meus livros. Súbito, eu me transformava num perfeito monstro, pensado em seus mínimos detalhes.

Fred Vargas e meus amigos se mobilizavam feito loucos para conter a avalanche, mas seus esforços eram como uma gota d'água num mar em tempestade. Quando lhes davam oportunidade de dizer uma palavra, já que notoriedade obriga a isso, os adversários imediatamente preenchiam as páginas do mesmo jornal com suas versões fantásticas. Versões tão delirantes e incoerentes que constituíam um insulto ao bom senso do leitor, caso este pudesse dispor de algum outro meio para se informar.

Fred não esmorecia. Sua voz incomodava o núcleo da embaixada. Fizeram de tudo para que ela mudasse de lado, ou pelo menos para reduzi-la ao silêncio, através dos meios mais covardes. De início muito abertamente, abordando-a no final de um debate: "Minha senhora, escute, está enganada. Trata-se de um assassino. Ele é perigoso". Depois vieram as pressões mais pesadas. Mas eles não sabiam com quem estavam lidando. Fred conhecia profundamente o dossiê, tinha lido tudo e constatado pessoalmente o não-fundamento das acusações, a insensatez das condenações por contumácia. Fred é minuciosa, precisa saber e tocar para crer. Certamente não seria a ignorância maldosa e a vulgaridade dos capangas da embaixada italiana que iriam abalá-la.

Ela me ligava todo dia, me aconselhava a não comprar os jornais, não ouvir o noticiário. Eu estava esgotado, e ela percebeu. Mas, por mais que fechasse os olhos e os ouvidos, não podia ficar a salvo da maratona de ódio dos meus adversários. Eles tinham conseguido estraçalhar a Doutrina Mitterrand, aquele antigo compromisso da França que protegia os refugiados italianos de qualquer extradição. A palavra do antigo Presidente da República, que empenhara a honra da França, era apresentada, de forma mais ou menos velada, como a de um protetor de criminosos.

Os comitês de apoio, entretanto, não recuavam, e os adversários conseqüentemente modificaram sua estratégia. Abandonaram o campo político, deixaram de utilizar expressões como "refugiados", "extraditáveis" ou "exílio" para dirigir mais especificamente seus ataques ao homem. Já não se tratava de "palavra dada", mas de mim. Um mero assassino de direito comum cuja cabeça era pedida pela Itália.

Na ocasião, trouxeram novamente para a linha de frente aquele procurador italiano, bastante comprometido com os horrores da repressão judiciária que devastara a Itália dos anos 1980. Esse homem, que poderia dar aula aos carrascos das ditaduras sul-americanas da época, foi recebido de braços abertos pela grande imprensa francesa, que publicou fartamente os seus discursos, sem nunca assinalar o seu envolvimento pessoal nos meus processos, conduzidos em minha ausência. Nos programas de televisão, pronunciava o termo "assassino" a cada duas palavras, quantas vezes fossem necessárias para incuti-lo profundamente na cabeça dos espectadores. Fazia-se acompanhar por membros das famílias de vítimas da época. Só foi preciso um ministro italiano prometer publicamente "indenização para todas as vítimas de Cesare Battisti" para que aqueles coitados aceitassem se expor em público como fizeram. A essas famílias que falavam de mim sem me conhecer, repetindo palavras que tinham colocado em suas bocas, peço perdão pela dor e pelo luto que elas sofreram. Mesmo não tendo atirado em ninguém, sinto-me de certa forma politicamente responsável pelo que aconteceu com elas.

O nível mais ignominioso da imprensa marrom tinha sido atingido. Doravante, Cesare Battisti, o monstro, tinha feito de tudo. Eu me tornara, a uma só vez, o "ideólogo", o "fundador", o "organizador" e o "executor" de todas as ações assinadas pelo grupo dos PAC.

A martelação midiática apelava para antigos figurões do ex-PCI. Vinte e cinco anos depois, a Itália ainda queria salvar as aparências, soterrar no esquecimento suas bombas e golpes de Estado, apagar a realidade dos anos de chumbo que seus governantes ainda se negavam a admitir, qualquer que fosse a verdade da História. Os homens do ex-PCI, sempre a postos, e que tinham sido tão aplicados nos anos da repressão brutal, se irritavam com os que explicavam que um imenso conflito social havia devastado o país. Não, tratava-se apenas de um punhado de assassinos que se atreviam a desacreditar a intocável democracia italiana, fundada sobre a Resistência. Mas, pelo menos, os que estavam no poder naquela época tinham conhecido o conflito de perto. Ao passo que os de hoje, refugiados no centro-esquerda, mostravam-se mais realistas que o rei. Unida em sua submissão a Berlusconi, do antigo PCI à extrema direita, a Itália reclamava os seus antigos rebeldes como exemplo, e para que eles afinal se calassem. "A França de cima" lhe estendia a mão e, em nome da unidade nacional e da integração européia, deitava e rolava no "monstro Battisti".

Assim, o núcleo da embaixada tinha obtido apoio até do centro-esquerda, que viera juntar-se à maioria fascisto-berlusconiana. Embora ainda reste definir esse centro-esquerda italiano, que não tem nada em comum com o que se conhece na França. Em comparação, um partido francês centrista passaria por esquerda extrema. Era curioso, por sinal, escutar aqueles homens de "centro-esquerda" falando, palavra por palavra, a mesma língua do chefe da extrema direita francesa, que os parabenizava. Uma união linda de chorar, mas lágrima, só me restava uma, e essa eu guardava para as minhas filhas.

Estava na hora de o mais sério e importante jornal diário francês mudar de opinião. Esse jornal, que tinha publicado, duas semanas antes, um editorial em minha defesa, mandou intervir o seu "ombudsman", que explicou, sem nenhuma vergonha ou senso do ridículo, num outro editorial mal escrito, que era preciso desculpar o seu patrão e o seu jornal pela postura equivocada que tinham assumido em relação a mim. É que eles não sabiam que eu era um "terrorista", não conheciam direito a "Doutrina Mitterrand", e assim por diante. Em suma, eu podia ser extraditado.

Precisei reler aquele artigo várias vezes para me convencer. Eu tinha a maior dificuldade em admitir que o jornal que representava o prestígio da imprensa francesa no mundo inteiro pudesse chegar a um nível tão baixo.

Mas o que estava acontecendo com eles todos? Por que esses jornalistas não faziam mais o seu trabalho? Por que não consultavam os autos do processo para tirar as dúvidas a limpo? Por que acreditavam sem hesitar no rol de argumentos bem preparados que a embaixada italiana lhes fornecia? Cegos pela eficácia da propaganda, não vinham ter comigo para ouvir o que eu tinha a dizer. Acompanhados de um fotógrafo pronto para captar o menor sinal de ambigüidade, só me procuravam para fazer uma mesma e única pergunta: "O senhor matou?". E eu não podia responder àquela pergunta sem quebrar a linha de defesa decidida por meus advogados: uma defesa coletiva, que lutasse indiscriminadamente pela proteção de todos os refugiados italianos, quaisquer que fossem os fatos antigos, fossem eles inocentes ou não, contumazes ou não. Então eu me mantinha calado. E me perguntava por quê. Por que eles me faziam uma pergunta que nenhum magistrado ou policial jamais me fizera? O que esse pessoal da imprensa tinha a ganhar com aquela história suja?

Eu ainda estava em Paris, mas sentia o chão sumir debaixo dos meus pés.

Tudo aquilo não abalava o otimismo dos meus advogados, estritamente fundado no aspecto jurídico. Eles tinham trabalhado duro e, agora, fundamentavam-se num dossiê blindado. "Eles podem fazer toda a pressão possível", diziam, "produzir documentos falsos, modificar datas, confundir você com outro acusado, como já fizeram. Mas, na França, o direito existe. Não se preocupe. Eles não podem extraditar você." Essa era também a opinião geral à minha volta. Diziam que nossos adversários estavam exagerando e que aquela campanha incansável iria acabar prejudicando-os.

Enfim, depois de cada encontro com meus advogados, eu me sentia o pior dos egoístas. Eles me davam a entender que, em vez de me empenhar dia e noite para garantir a segurança dos outros companheiros, que corriam verdadeiro risco, eu perdia o meu tempo cuidando de mim mesmo, cuja situação jurídica era, supostamente, privilegiada! Um dos meus advogados, de fato, não media as palavras: não era eu quem estava em perigo, de modo que o melhor era ficar quieto, parar de oferecer à imprensa declarações que colocavam os outros em risco; eles que não podiam se permitir negar os fatos e nem se refugiar, como eu, por detrás da contumácia. Os apelos desse advogado iam assumindo cada vez mais esse tom. Eu agora tinha virado "vocês". Um plural que me englobava no bando de escritores que não sabiam do que estavam falando. Em suma, a culpa era nossa se o caso tinha adquirido esse aspecto pessoal.

Eu conhecia aquela conversa, aquelas frases não tinham brotado da boca dele.

Enquanto isso, morar na minha casa tinha se tornado insustentável. Eu suportava o assédio da imprensa, sobretudo dos jornalistas italianos, que ficavam à espreita até no meu sexto andar. Eu abria a porta e dava com o nariz numa câmera. Eles tinham as vozes excitadas e os modos agressivos de uma tropa enviada para o *front*. Aquilo estava me deixando maluco. Mais dia, menos dia, aquele jeito de eles me acossarem e insultarem iria acabar me tirando do sério, e era exatamente o que eles estavam querendo. No mais das vezes, eles se postavam na calçada em frente ou no café da esquina. Os comerciantes da minha rua me avisavam imediatamente e me ajudavam a escapar pela porta dos fundos de suas lojas.

No *front* da intimidação, o núcleo da embaixada italiana financiou e lançou ao ataque o Bloco Identitário. Aquele grupo de arianos fanáticos, emanação de um partido de extrema direita francês, permanecera desconhecido até aquele 14 de julho de 2002, quando um dos seus, para garantir a glória eterna, abriu fogo sobre Jacques Chirac. De lá para cá, tinham mudado de nome e achado outro alvo, muito mais fácil que o Presidente e, principalmente, muito mais lucrativo. Antes de invadir o meu bairro, já tinham atacado a prefeitura de Frontignan, assim como as livrarias que colhiam assinaturas em minha defesa. Eles colavam e distribuíam maciçamente cartazes com a minha imagem cobertos de insultos, de "Battisti assassino", de "Fora, assassino". Se aquela linguagem rudimentar não depunha em favor dos arianos, o conteúdo indicava de imediato quem estava se servindo deles.

Eles ameaçavam e atacavam todos os que me davam apoio.

Suas ações mais espetaculares eram sincronizadas com as de certos deputados da Aliança Nacional, ex-partido fascista italiano reintegrado ao governo por Berlusconi. Eu ficava alarmado de pensar que eles poderiam atingir a minha família. Soube que tinham lhes passado o endereço das minhas filhas. Estava com medo. Não disse nada para a mãe delas, para não provocar pânico. Mas ia conferir de perto na hora em que minha filha menor saía da escola. Não teria conseguido me defender contra aquele novo assédio sem a proteção física de alguns amigos da CNT, do PCF e dos Verdes.

Conversei muitas vezes sobre isso com meus ex-companheiros. Embora eles já não tivessem vinte anos e tivessem perdido o hábito daquele tipo de situação, eu esperava pelo menos algum reconforto moral. Em vez disso, me xingavam por causa de não sei que declaração pública de que não tinham gostado, e de que eu nem sequer era o autor. Estavam convencidos, na sua cabeça de comitê central, que eu detinha o controle dos grupos de apoio franceses. Dos "autores policiais" – e essa expressão, na boca deles, soava como um insulto – que se permitiam falar sem a autorização deles. Contudo, era graças a esses "autores policiais" que podíamos contar, pela primeira vez, com um apoio público daquela amplitude.

Na verdade, e sem ter consciência disso, eles me censuravam por viver num meio diferente do deles. Tinham feito do exílio sua ocupação exclusiva, eu não. E não suportavam que um dos seus pudesse construir uma vida fora do âmbito coletivo, mesmo que eu respondesse ao chamado sempre que preciso. Alguns resmungavam que nada daquilo teria acontecido se eu não tivesse me metido a brincar de escritor. Os mesmos que, até então, me davam os parabéns pelos meus romances.

Segundo eles, eu já não tinha mais direito à palavra, estava proibido de aparecer em manifestações de apoio. Eu me tornara uma mina ambulante, perigosa para a causa comum. Deram-me a ordem de permanecer confinado.

Não teria sido difícil obter isso de mim. Era preciso estar cego, como eles estavam, para não perceber que eu estava chegando ao fundo do poço. Preocupados com a defesa coletiva e influenciados por esses raciocínios, meus advogados tomavam o mesmo viés. E eu iria, de fato, acabar me confinando.

O comportamento hostil e aberrante dos meus ex-companheiros fez muito mais que me surpreender e me chocar. Foi preciso todo o distanciamento do exílio para que eu aceitasse essa realidade, admitisse a perda de uma cumplicidade que eu julgava indefectível, pelo menos por parte de um deles.

Assim, fui me afastando paulatinamente, embora continuasse a apoiar, em nome de uma solidariedade que não era recíproca, uma linha de defesa calada e suicida, apesar dos conselhos cada vez mais insistentes de muitos amigos, preocupadíssimos, que me encorajavam a falar. Sem ousar expressar isso abertamente, eu tampouco ainda estava convencido de que o veredicto de 30 de junho se ateria ao campo estritamente jurídico.

O meu gato não gostava da minha sacola vermelha. Aquela sacola era, para ele, sinônimo de abandono e, sempre que possível, urinava em cima dela. Meio escondido atrás de uma caixa de papelão, ele observava, agora com um ar ofendido, meus preparativos para a partida. Aquilo me deixava triste, mas eu já não tinha escolha. O núcleo da embaixada italiana estava aplicando a tática da queimada. Seus recursos pareciam inesgotáveis. Naquele clima de provocação constante, a minha presença no apartamento do sexto andar estava ficando insustentável. Meus advogados e amigos havia tempos vinham me aconselhando a ir morar em outro lugar. A violência da campanha de ódio desencadeada pela Itália dava brechas à idéia de que um "anjo vingador" tentasse conquistar uma medalha atirando em mim pelas costas. Eu estava ciente disso, mas achava difícil abandonar os meus livros e a escadinha de madeira gasta onde ainda ecoava a voz das minhas filhas. Eu não poderia mais adivinhar, pelo cheiro, qual era o jantar da sra. C., nem ouvir as gargalhadas do meu vizinho teatrólogo. A impressão de que, ao deixar meu apartamento, estaria dando um primeiro passo para fora de Paris até então me impedira de aceitar a oferta de Fred Vargas, que me propunha um lugar bem próximo de onde ela morava.

Era uma quitinete ajeitada numa rua anônima de Paris. Sem telefone, e ninguém sabia o endereço. O lugar ideal para se confinar. Com a apatia que havia algum tempo vinha tomando conta de mim, espalhei minha parca bagagem pelas gavetas. Um único desejo: dormir.

Fred, cujo apartamento tinha se tornado uma espécie de quartel-general dos comitês de apoio, estava preocupada com o meu estado. Apesar de um esforço imenso para tentar reunir numa mesma linha as iniciativas dispersas por toda parte, na França e fora dela, Fred e seus amigos ainda tentavam me arrancar do sono doentio em que me refugiava, naquele cômodo com cortinas que eu mantinha fechadas. Eu me forçava a assistir a algumas reuniões das quais, embora me sentindo culpado, não conseguia participar. Temendo o efeito devastador das minhas palavras, nunca dizia nada. O comportamento absurdo dos meus ex-companheiros tinha-me reduzido ao silêncio. Para os meus adversários, isso já era um ganho. Eu, que normalmente não agüentava ficar nem um dia sem escrever, já não conseguia nem sequer chegar perto de uma folha de papel.

Minha aproximação com a escrita sempre foi conflitante. A cada vez que escrevo, preciso primeiro pedir desculpas. Quer se trate de uma carta amigável, de um romance, de um roteiro, sempre começo pé ante pé, feito um ladrão. Sim, é algo um tanto banal, mas mesmo as banalidades têm sua explicação: sempre acreditei que não tivesse o direito de escrever. Só tomei consciência disso após fevereiro de 2004, naquela situação extrema. A minha prisão e todas as infâmias que se seguiram tinham me jogado 35 anos para trás. Na época em que meu pai, que nunca concluiu a escola primária, me dizia: "A gente só escreve quando tem algo importante para dizer, e não de qualquer jeito. Dá para causar muito estrago com um escrito. É melhor deixar isso para os que têm cultura e responsabilidades". Alguém dissera isso para ele, e ele repetia toda vez que eu voltava da escola com algum elogio pela minha redação. Devo aos meus oito anos de exílio mexicano a superação desse complexo. Lá, o mundo do avesso que é o México me ajudou a deixar o meu passado e, com ele, todas as fórmulas caducas que me impediam de viver.

Hoje, a mortal solidão da minha fuga é que me força a empunhar mais uma vez a pena.

Eu estava então de volta ao ponto de partida. Àquele menino que eu era e que não tinha o direito de dizer uma palavra sem levar uma bronca. Aos cinqüenta anos, porém, isso pode ser tratado. Fred me levou até seu médico. Antidepressivos, dois comprimidos por dia, um de manhã, outro de noite. Eu teria precisado de um punhado deles para levantar da cama, mas fui agüentando. Pensava na incompreensão ressentida dos refugiados, de um lado, e, de outro, na barulheira da mídia, que vinha ganhando adeptos entre os apoiadores de ontem. Alguns mandavam tirar seu nome dos abaixo-assinados, outros sumiam por um tempo e ressurgiam como arrependidos.

No teto da pequena quitinete, perto da casa da Fred, o passado se justapunha ao presente. Eu via ali outros desaparecimentos e outros arrependidos. Entre os arrependidos de ontem e os de hoje, as circunstâncias não tinham obviamente nada em comum, mas as atitudes eram suficientemente parecidas para que uma me fizesse lembrar da outra. O teto era um livro aberto. Por mais que eu fechasse os olhos, as páginas se viravam sozinhas. Cada uma contava uma história daquele passado doloroso que eu tinha enterrado sob os paralelepípedos de Paris. Vinte e cinco anos depois, por que eu?

Em 30 de junho de 2004 deveria sair o veredicto da Câmara de Instrução da Corte de Apelação de Paris. Eu tratava de partilhar o otimismo dos advogados e a esperança dos comitês de apoio, que não tinham recuado frente ao massacre da campanha da mídia, nem cedido às intimidações. Eu queria acreditar. A França não era um país em estado de emergência, como era a Itália na época. Com a popularidade alcançada por esse processo, o que poderiam fazer para contornar a lei?

Não era a confiança na justiça que ainda me dava esperança. Já tinha visto coisas demais para não desconfiar. Eu contava antes com a dificuldade do poder político em gerir uma intromissão tão flagrante na função judiciária. Além disso, mal podia imaginar a França se tornando cúmplice de um governo italiano tão criticado no mundo inteiro. Reconfortado pela idéia de que os políticos no poder optariam por uma cautela decorosa, entrei no Palácio com passo firme.

O recinto estava lotado. Passei rapidamente pelos olhares raivosos do pelotão da embaixada italiana e recebi os sorrisos francos dos amigos e parentes. "Coragem, está acabando", eles diziam.

Finalmente, entrou a Corte. Todo mundo se sentou, exceto o réu. Todos seguraram o fôlego. Um instante denso e extenso como uma pena perpétua. Então o presidente coçou a garganta. Em um minuto, sem levantar nenhuma vez os olhos para mim, com argumentos dignos de uma república das bananas, ele pronunciou seu sim à extradição. No seu canto, as hienas italianas apertavam-se as mãos. A carcaça era delas.

O caso estava encerrado. O Presidente já se levantava, juntando sua papelada. Eu não me mexia, procurava em vão o olhar dele. Um só instante, olho no olho, teria me bastado para prendê-lo para todo o sempre à sua própria covardia. Eu ouvia gritos de protesto, alguém berrando "Queimem seus títulos de eleitor!", enquanto eu, gelado, assistia ao final da farsa. Queria ver os bastidores, a máquina de café onde aqueles rostos pálidos se serviam antes de pronunciar uma pena perpétua, o momento em que despiam seus trajes teatrais, os seus suspiros de alívio, a missão cumprida.

Os advogados me sacudiam. Eu os segui, um corredor depois do outro, até o estacionamento subterrâneo. Ainda não estava acreditando. O meu pensamento, mais uma vez, tinha ficado para trás.

A sentença de 30 de junho foi uma detestável surpresa para todos, com exceção, é claro, daqueles que a tinham orquestrado. A justiça do Estado descera sua mão pesada. Tornaria a descê-la algum tempo depois, desta vez no sentido contrário. Quando aquele mesmo presidente de olhar esquivo viria a anular o processo de extradição de um homem responsável por genocídio no seu país africano. França, terra de asilo para altos dignitários, com praia particular.

Depois de comunicar a "boa notícia" ao mundo inteiro, o núcleo da embaixada se dispersou. Seus membros voltaram para as suas poltronas, com o bônus de uma brilhante carreira. Com eles eclipsou-se também o Bloco Identitário. Este ganhara dos fascistas italianos uma discreta imunidade e um aporte financeiro. A imprensa francesa ainda martelou duramente durante dois ou três dias, mas os artigos cheiravam mais a justificação laboriosa de suas posições do que outra coisa. O que eles ganharam com essa história, ainda me pergunto. Quanto a mim, voltava para a penumbra do meu quarto, debaixo de um teto que efetuava a minha contagem regressiva.

Alguns dias depois, o mais importante diário italiano publicou meia página sobre a negociação feita com a França a fim de obter minha extradição, ou pelo menos o que se sabia sobre isso. Segundo o redator, em troca de uma opinião favorável da Corte, a Itália estava assinando um acordo para a linha Lyon-Turim do TGV*, prometia uma participação na compra dos Airbus e um "sim" ao novo Tratado Constitucional Europeu. Até então, junto com a Polônia e a Espanha, a Itália vinha

---

* *Train à grande vitesse*, trem-bala. (N. de T.)

rejeitando esse tratado porque a Igreja Católica não encontrava nele o espaço que lhe convinha. Ainda mais impressionante era o tom distanciado do artigo. Seu autor não estava nem um pouco tocado pelo fato de que se pudesse comerciar de tal maneira a justiça e a vida de um homem. Para ele, isso era uma evidência. O seu ponto era tão-somente o lucro real que a Itália tirava daquele acordo concluído às pressas. Se o reconhecimento da negociação não tivesse sido escrito preto no branco, eu jamais teria ousado mencioná-lo, de tão inverossímil. Seria impossível acreditar num cinismo tão desmedido e em tamanho desvio das nossas democracias. Eu teria provocado olhares constrangidos: coitado, já era terrorista, agora está mitômano e paranóico. Seria uma reação absolutamente razoável.

Ainda mantendo alguma ilusão, esperei por uma réplica da imprensa francesa. Pelo menos da imprensa que fazia da ética profissional o seu bem mais precioso. Silêncio absoluto.

Fred e as pessoas mais chegadas não me perdiam de vista nem um dia sequer. Temiam a besteira final. Lembro-me dos seus olhares preocupados, o esforço que faziam para me distrair. Qualquer pretexto servia para convidar as minhas filhas. Tê-las perto de mim me trazia de volta à vida. Mas, assim que elas iam embora, a escuridão voltava a galope. Pensava o tempo todo na hora em que não mais as veria. Prisão perpétua significa morrer mil vezes por dia – melhor que seja de uma vez só.

Eu não teria confessado a ninguém, mas, naqueles dias, pensei seriamente em acabar com tudo de uma vez. Não era uma questão de coragem fraquejante, e sim de cansaço. Eu estava pronto. Se hoje estou aqui escrevendo, ainda capaz de amar e sofrer, devo isso à Fred e aos amigos que não me abandonaram nenhum instante.

A proteção do município de Paris consistia em me acompanhar todo sábado de manhã até a delegacia para bater o ponto. Eram quase sempre os mesmos vereadores, comunistas e verdes. Seu compromisso não se limitava àquele pequeno passeio entre a praça do *Châtelet* e o cais do *Marché Neuf.* Eram homens e mulheres que lutavam, a título pessoal, pela causa dos refugiados. Com o passar das semanas, aquelas manhãs de sábado haviam se tornado um momento de encontro agradável. Tomávamos um café, conversando sobre as manifestações de apoio que haviam se multiplicado após o veredicto. Depois, antes do meio-dia, atravessávamos o *Pont au Change* para ir à delegacia. Os policiais de plantão sempre ficavam meio surpresos com a chegada daquele grupo insólito. Mas, em geral, dava tudo certo. Eu mostrava o documento da Corte, os vereadores, suas carteirinhas cruzadas com as cores nacionais, e nos deixavam gentilmente passar. Atravessávamos o pátio nos fundos do Palácio da Justiça, onde sempre estavam aos prantos famílias de imigrantes, chorando a expulsão de um deles, e então subíamos até o segundo andar. Eu assinava, o policial de plantão carimbava o seu registro sem fazer perguntas. E pronto. Na saída, cada qual retornava aos seus afazeres.

O assédio da imprensa e dos fascistas do Bloco Identitário se encerrara, os tiras assumiam seu lugar. Depois de 30 de junho, a vigilância deles se acentuara tremendamente, eu vinha sendo constantemente seguido. Nem pensar em dar o mínimo passo sozinho. Eles me seguiam até nos toaletes dos cafés. Com o passar dos dias, sua presença se tornava cada vez mais opressiva. O ministério ostentava tamanha quantidade de homens e recursos que eu temia o pior. A ponto de, quando tomava o metrô, ficar sempre com as mãos nos bolsos, de medo que pusessem neles algum pacote de droga, pretexto para me deter sem esperar pela notificação da Corte de Cassação e do Conselho de Estado. Eu achava que eles não poderiam continuar muito tempo naquele ritmo, eu já estava custando caro demais. Minavam os meus nervos, espreitando um passo em falso, tentando provocar um erro. Eu me preocupava com a Fred, que estava me hospedando, com os amigos que cuidavam do meu *site* na internet, e me perguntava se teriam coragem de mexer com a minha família. A cada vez que eu voltava para o meu quarto, vasculhava tudo. A porta de entrada dava diretamente para a rua e seria facílimo colocar ali dentro alguma arma, ou droga. Eu estava para desabar, era exatamente o que eles queriam.

O meu médico mudou meu antidepressivo, acrescentou um ansiolítico. Mas, assim que punha a cara na rua, o inferno recomeçava. Eles estavam em toda parte. Homens, mulheres, velhos, jovenzinhos, de todas as raças, motos, carros, caminhonetes, bicicletas, *rollers*, eram morenos na ida e loiros quando passavam de volta. Carregavam, atrás de mim, sacolas repletas de perucas, bigodes, óculos, roupas. Mas não tinham espaço suficiente para mais um par de sapatos ou uma cara sobressalente, e era assim que ficava fácil identificá-los. Certo dia em que eu passeava com as minhas filhas, contamos cerca de vinte veículos e mais de vinte tiras a pé em menos de duas horas. É desgastante falar ao telefone quando se sabe que cada palavra está sendo ouvida e gravada. A situação estava insustentável, para os cofres públicos e também para os meus nervos.

Quando eu tentava falar sobre isso com os meus amigos, estacava ante o olhar incrédulo deles. Com exceção da Fred e dos mais chegados, claro, pois a nossa rua comum estava minada de carros camuflados. Aqueles, porém, que não estavam diretamente confrontados, tinham dificuldades em acreditar na existência daquelas práticas policiais, não tanto em sua realidade, mas em sua amplitude. Para eles, aquilo tudo não passava de ficção. Minhas palavras só aumentavam sua preocupação quanto ao meu equilíbrio mental. Eu tinha caído em um romance policial. Meus ex-companheiros teriam reagido de outra forma, munidos de experiência suficiente para levar aquelas medidas a sério. Mas eu não tinha mais nenhum contato com eles. Estava cansado de servir-lhes de mártir. Eu ia mudar de advogados e de linha de defesa, afirmar a minha inocência. A decisão já estava tomada. Ainda me restava o recurso em cassação, o Conselho de Estado, a Corte européia. Além das provas do meu "conhecimento dos processos", o governo italiano precisaria fornecer igualmente as provas da minha suposta culpa. Eu ainda estava longe de deixar Paris. E os departamentos de polícia sabiam disso muito bem, eles que viam e ouviam tudo. Projetavam-se à frente deles, portanto, meses de uma vigilância demasiado cara. A tentação de interrompê-la queimando etapas era forte.

A temida provocação ocorreu em 14 de agosto. Não foi um acidente, e sim um ato deliberado para me induzir a cometer uma infração.

Era um sábado de manhã, dia de ir assinar na delegacia. Como sempre, os vereadores de Paris esperavam por mim no café. Estavam em quatro ou cinco, para me acompanhar. Atravessamos o Sena conversando, mas eu sempre com um olho nos vaivéns da vigilância. Eram muitos, naquela manhã. Na presença dos vereadores, eram em geral mais discretos. Não disse nada aos demais, decerto não teriam acreditado.

O dia estava ensolarado, a luz refletida na água feria a vista. De uns tempos para cá, eu vinha aprendendo a olhar Paris como se fosse a última vez. Partilhei esse sentimento com meus acompanhantes. Eles deram risada. "Não diga isso. Você só está um pouco cansado." Dei risada com eles.

Já na recepção na delegacia, as coisas transcorreram de um jeito diferente do habitual. Acabara a gentileza. Os policiais de plantão, antes de nos deixarem passar, verificaram os documentos de cada vereador com um zelo ostensivo. O pátio estava, como sempre, lotado de famílias africanas aos prantos. Os tiras estavam tendo o maior trabalho para levar para dentro uma garota agarrada à saia da mãe, os vôos charter com imigrantes não paravam de ir e vir.

No segundo andar, entrei na salinha onde ficava o guichê. Pela primeira vez, era o único cliente. Dei uma olhada pelo vidro. O policial era novo. Dei bom-dia e passei meu documento por baixo do alçapão. Ele não respondeu, não se mexeu, continuou olhando fixo à sua frente. Pelo rosto pálido, por suas feições cansadas, imaginei que talvez tivesse sido designado por punição para aquela tarefa. Ele seguia me ignorando. Troquei um olhar com os vereadores. Ninguém ousava dizer nada. Com o nariz grudado no vidro, repeti o meu bom-dia de mansinho. Quando o seu olhar cruzou, por um instante, o meu, li dentro daqueles olhos que ele nos aguardava. Sua palidez era dessas que ressecam a boca. Nas suas feições, o excesso de adrenalina do soldado que se prepara para o ataque. Meu coração se acelerou. Súbito, como o adversário saltando para fora da trincheira, ele se levantou derrubando a cadeira e, ainda me ignorando, ordenou aos vereadores que dessem o fora. Os meus acompanhantes, então, apresentaram suas carteiras tricolores. Aquilo o deixou ainda mais furioso. Fora de si, já não conseguindo articular seus insultos, deu a volta no guichê e irrompeu feito um doido na sala de espera. Jogou-se em cima dos vereadores, empurrou-os para fora como faz um CRS que não quer saber de escutar. Em meio ao empurra-empurra, arrancava a carteira das mãos deles, teria sido capaz de comê-las. Enquanto eu, paralisado na trincheira em frente, assistia àquele corpo-a-corpo que parecia perdido de antemão.

Era a mim que ele queria, e era o que ele berrava, espumando de raiva: "O terrorista! Vocês estão defendendo um terrorista, um assassino!".

Teria então bastado uma só palavra minha, uma reação, uma mão erguida no ar, para eu ser acusado de desacato ou resistência a um oficial público. O encarceramento tão cobiçado pelo governo estava por um fio. Felizmente, as coisas tomaram um rumo diferente. O homem tinha se descontrolado de tal maneira que já não sabia como enfrentar a reprovação passiva dos vereadores. Talvez esperasse uma reação indignada, expansiva. Mas os meus acompanhantes tinham coisa melhor a fazer do que ficar gritando para o vento.

Desamparado, o policial se retirou atrás de uma porta no fundo do corredor onde, imagino, estavam colegas à espreita, esperando para intervir. Voltou instantes depois, cabisbaixo. O plano não havia funcionado. Ele estava em frangalhos.

Assinei o registro com mão trêmula. Ao descer de volta pela escada fétida, eu me sentia abençoado por um milagre.

No meio do *Pont au Change*, detive-me para olhar intensamente as fachadas de pedra, no cais em frente. Milagres jamais se repetem. Eu iria deixar Paris.

5. A EVASÃO

O momento era propício. Minhas filhas, junto com a mãe delas, tinham saído de férias, e a Fred fora passar uns dias com o filho em *La Rochelle*. Seu afastamento era uma oportunidade que eu precisava aproveitar, não queria comprometê-la com a minha evasão. Estava morando na casa dela, os meus preparativos não lhe passariam despercebidos. Sem saber exatamente o que estava fazendo, e sem me perguntar se havia uma real possibilidade de dar certo, preparei-me para partir.

Parece bobagem, naquelas circunstâncias, pensar nos bolos que ia dar nos meus amigos e editores. Pensar na roupa que ia levar: frio ou calor? Mas os moribundos não se preocupam com o lugar que vão ocupar no cemitério? Eu ainda podia ouvir minha mãe: "Encontrem para mim um lugar seco, por favor, não gosto de umidade".

Ela tinha me dito isso 12 anos antes, depois que voltei do México. Durante os meus nove anos de exílio, ela acreditara que eu estava morto. Rezara por mim as orações dos defuntos. Depois, ela, que nunca havia saído da sua região, tomara um avião para vir me abraçar uma última vez em Paris. Morreria alguns meses mais tarde.

O dia seguinte era 15 de agosto. Paris estava deserta, só os carros dos turistas impediam que se atravessassem as ruas de olhos fechados. Eu gostava do mês de agosto em Paris. Saí pela última vez. Era o meu adeus à cidade, e a um amigo enterrado no cemitério de Montparnasse.

Do meu quarto até a boca do metrô, havia um cortejo de tiras. Tentei me livrar deles, queria ter um momento de privacidade, de recolhimento. Troquei várias vezes de linha, voltei sobre os meus passos, saí de novo, a pé. Não adiantou. Entrei no cemitério e, foi só o tempo de eu encontrar a alameda certa, lá estavam eles. Dei meia-volta. O meu amigo não gostava dos tiras, eu é que não ia guiá-los até o túmulo dele.

Voltei para a quitinete, apavorado com a complexidade e o poder da máquina policial. Jamais teria condições de despistar uma vigilância daquelas. Precisava de uma idéia, alguma coisa desconcertante. Se eram tantos, é porque esperavam um plano de evasão igualmente complexo. Eu precisava, então, conceber o contrário. Aos poucos, o teto do meu quarto foi me aclarando a cabeça. A idéia de enganá-los de jeito ia tomando forma. A simplicidade, somada a um pouco de sorte, poderia produzir um segundo milagre.

No dia 17, pela manhã, saí do quarto com a minha sacolinha de sempre. Dentro, um boné e uma muda de camisa. Não precisava de mais nada para fazer o que eu pretendia. Conhecia suficientemente Paris e alguns fiapos do seu subsolo para acreditar que podia entrar por um lado e sair em outro ponto. Era uma aposta. Funcionou.

No início da tarde, naquele mesmo dia, via desfilar a paisagem pela janela do meu trem. Estava num estado alterado, sob o efeito de uma anestesia natural que me impedia de pensar nas conseqüências do meu gesto. Minhas filhas sorriam, ou então era eu que queria vê-las assim.

Quanto mais me afastava de Paris, afundando nas planícies a perder de vista, mais certeza eu tinha de que não bastava a pequenez de uns poucos políticos para fazer da França um país pequeno. Então, com a alma em pedaços, fechei os olhos e me perguntei mais uma vez, simplesmente, por que eu.

II
DIÁRIO DE UM CÃO ERRANTE

Prólogo

Esgotaram-se, na França, todos os recursos jurídicos possíveis no sentido de impedir minha extradição para a Itália. A Câmara de Instrução da Corte de Apelação de Paris, a Corte de Cassação e o Conselho de Estado apresentaram todos, sucessivamente, um parecer negativo exigido pelo poder político e, obviamente, pelos mais altos escalões do Estado. Esse processo julgado de antemão é apenas mais um exemplo da submissão da justiça a uma duvidosa razão de Estado. A transação com a Itália estava mesmo definida havia muito tempo, e ao governo francês só restava honrar seus acordos entregando a mercadoria prometida. Por mais que a gente diga que era de se esperar, por mais que a gente se prepare para o choque, já não existe raciocínio que agüente quando a coisa desaba em cima de nós. Restam apenas o corpo e o espírito, que não se interessam pela razão, e explodem na recusa da realidade.

Neste momento em que inicio esta segunda parte, já sei que não vou poder voltar para casa, abraçar minhas filhas, rever todos os meus amigos queridos que me acompanharam nesses tantos anos de exílio e depois me apoiaram sem restrição na batalha judicial e política da minha extradição. Não vou poder, a menos que haja uma decisão contrária da Corte Européia dos Direitos Humanos, retomar a vida de homem que a França tinha me dado, e depois tomou de volta.

Isso é tão doloroso para mim que não consigo prosseguir minha narrativa na primeira pessoa e em tom autobiográfico, como na primeira parte. Mas parar de escrever seria como aceitar a idéia de morrer uma morte lenta. Preciso agüentar, e continuo enchendo páginas, só que desta vez na terceira pessoa.

Tomo algum distanciamento. Anos de experiência, o corpo-a-corpo com o meu velho computador deixado em Paris, permitem que hoje eu separe o escritor do homem em fuga. Não é fácil, travo e tropeço a cada esquina, a cada mudança de humor. Mas resisto, observo avançar este personagem e, às vezes, ele também me faz rir. Quando ele pára, paro também. Quando ele está assustado e se vira de repente para conferir o que vem atrás, também me assusto e me escondo. Acontece de ele ceder à fadiga. Posso então ouvir seus pensamentos, ouvi-lo dizer que isso tudo é bobagem, que seria melhor acabar logo com isso, agora, ali mesmo, do que continuar para não chegar a lugar nenhum. Nesses momentos, recuo vários passos e me sento para escrever.

Não raro, fico tentado a escrever o que ele não tem coragem de dizer ou energia para fazer. Tenho vontade de pular subitamente em cima dele e berrar que ele não está sozinho, nem perdido, que existe um lugar de partida e outro à sua espera. Que existe um passado, um presente, uma história a defender, e que ele não é uma molécula defeituosa escapada do laboratório dos anos 1970. Mas não faço nada. Largo a caneta e o observo, com a objetividade bem relativa do fotógrafo diante da imagem a ser captada. De qualquer modo, mesmo que eu decidisse intervir, ele não me ouviria, como de hábito, como sempre ignorou, no passado, minhas censuras às suas costumeiras mancadas.

Sigo com ele, vamos ver no que dá.

1. Cláudia

Auguste alçava vôo, apertando entre as mãos o Evangelho segundo Mateus. Era um livrinho bonitinho, de capa vermelha plastificada. O que tornava ainda mais visíveis as pequenas gotas de suor que escapavam de suas mãos úmidas. Ele acabava de integrar um grupo de peregrinos.

A moça sentada ao seu lado olhava para ele, extasiada. Para aquele homem que não largara o Evangelho nem um instante sequer desde a partida. Ele lia, fechava os olhos durante uns minutos de devoção, depois retomava a leitura com paixão renovada. Seus olhos eram luminosos, e ele parecia que ia se pôr a chorar de alegria a qualquer momento.

Era uma moça que tinha o dom de ler dentro das almas. Purificar o espírito era a sua missão na terra. Ao reservar-lhe aquele assento, Deus não poderia ter-lhe oferecido cliente melhor. Aquele homem havia sido tocado pela bondade divina, os sinais estavam ali. Ele ardia de fervor, um candidato certo à santidade. Ela, por enquanto, permanecia observando. Um sorriso de incentivo, nada mais, logo reforçado por um beijo no crucifixo de madeira pendurado em seu pescoço e que, a todo instante, se insinuava em seu decote como quem não quer nada, bendizendo ao passar a generosidade dos seus seios.

Auguste, por sua vez, a observava. Toda vez que erguia os olhos para o céu, enxergava-a refletida na prateleira cromada das bagagens de mão. Era uma moreninha de rosto redondo. Seu jeito de estreitar os olhos cavava duas rugas finas em volta das maçãs do rosto, vindo ao encontro dos cantos da boca. Aquela expressão forçada, como para melhor destacar o desejo de renunciar à sua natureza feminina, lembrava-lhe Rosina. Uma vizinha da casa da sua infância, uma mulher que dedicara quarenta de seus anos à castidade cristã e a cuidar do pai enfermo.

Todo o mundo teria apostado que, no dia em que o ancião entregasse a alma a Deus, Rosina iria se enclausurar no convento vizinho. Ela era talhada para isso. Só lhe faltava o véu para consagrar sua inerente devoção. Rosina finalmente sepultou o pai e usou o lenço preto. Mas não tomava o rumo do convento. Não tomava mais nenhum rumo; aliás, continuava em casa e, para as compras, mandava Auguste à mercearia da aldeia. Um menino bonitinho que, na época, exibia com algum esforço seus quatorze anos completos. Da primeira vez, foi uma masturbadinha rápida. Quando Auguste voltou de uma compra urgente, depois de cair da bicicleta e chegar com a camisa rasgada e o corpo arranhado. Rosina desatara em prantos, examinara-o dos pés à cabeça e o masturbara de mansinho. Na vez seguinte, tinham ido diretamente para a cama. Era a primeira vez para os dois. Depois do amor, ela contou-lhe sua vida. Quarenta anos jogados ao vento, que boba que ela era. De início, realmente julgara-se escolhida por Deus e desprezava do fundo do coração qualquer vaidade feminina. Depois, por volta dos trinta, o corpo dissera basta, mas era tarde demais. Para todo o mundo, ela já era a santa Rosina. Uma mera candeia a arder sem fogo. Rosina, contudo, não era virgem. Tinha deflorado a si própria. Assim, mostrava ela, um dedo, depois dois, depois o terceiro e finalmente a mão inteira tinha entrado. Aquilo deixava o jovem Auguste louco de excitação. Ele então apoiava a cabeça no sexo quentinho de Rosina e empurrava com força. Queria entrar inteiro nela para possuí-la por dentro. Isso era o amor, um presente que Deus preservara por quarenta anos para oferecer apenas para ele.

Recordações de uma época em que era possível cair de propósito para ganhar uns arranhões. Um tombo pequeno por um grande prazer, o chão ainda não estava dez mil metros distante. Auguste tornava a olhar para as nuvens densas e brancas que percorriam o seu céu de menino, perguntando-se se poderiam suportar o peso de um homem.

A moreninha ao seu lado voava de um santo para o outro, mas não era diferente de Rosina. Um pouco de maquiagem teria feito irromper sua sensualidade mal-e-mal contida por detrás de sua postura piedosa. E talvez não fosse negligência. Muito pelo contrário, uma fina astúcia em benefício da imaginação de Auguste. Seus olhos negros ardiam do mesmo desejo que ele supostamente sorvia em seu Evangelho.

Auguste ia pensando naquilo tudo e imaginando coisas, só para não deixar o medo chegar. Sentia-se mal por detrás da máscara, que não parava de mexer. Assim que detinha o ruído das lembranças, escutava-a ranger feito um par de sapatos novos. Há que ter resistência para construir para si mesmo uma máscara firme. A dele nunca tinha tempo de secar, todo dia precisava de uma nova. Hoje, era um peregrino em meio a peregrinos, bem protegidos por detrás de suas muralhas.

Quando, no avião, iniciara-se um cântico sacro, a moça o roçara com o cotovelo para que ele se unisse à ovação. Ele erguera um olhar suplicante para os devotos e imediatamente mergulhara de volta em sua leitura febril. Sua alma ainda não estava limpa o suficiente para partilhar a alegria dos fiéis. Ela pareceu entender e brindou sua humildade com um sorriso de santa. Era uma indestrutível.

Quando uma turbulência mergulhou todo o mundo num silêncio assustado, o primeiro pensamento da moça foi para ele. Num gesto de conforto, sua mão foi se pousar sobre a de Auguste. Com a ponta dos dedos, ela acariciou as letras douradas impressas na capa do Evangelho. Uma por uma, como se as estivesse reescrevendo com a tinta ardente que extraía de Auguste. E ele fechou os olhos, convocando com ferocidade as imagens mais desagradáveis de modo a evitar o desastre de uma ereção iminente. A mão da moça era suave; seu sopro, pior que uma prece. Rosina cheirava a alho e arrancava-lhe a pele com suas unhas sujas. Nada a ver. É tão babaca comparar. E ele, o rei dos babacas, como podia se excitar numa situação daquelas? Ele, um "terrorista" em fuga, com a vida em jogo, a cara do juiz dizendo "assassino" com voz amorfa, aquela voz da morte que tinha lhe gelado o sangue. Gelado. Obrigado, senhor Presidente da Corte, pelo menos lhe devo essa desereção.

Uma vez vencido o instinto, Auguste pôde abrir os olhos. Ela afastou a mão.

– Parece estar mesmo passando muito mal – disse ela. – Permita-se um momento de paz. Pense no lugar em que vamos aterrissar. Sabe por qual outro nome é conhecido? Ilha da Felicidade. Uma meia-lua de terra no meio do oceano, que já chamava a atenção dos antigos navegadores. Parecia a porta de acesso ao paraíso. Havia de tudo nesta ilha, e sob o seu céu de pureza inigualável cresciam as plantas mais raras, cujo perfume era reservado aos anjos. Só uma coisa faltava naquele tesouro da natureza: água para a sobrevivência dos mortais. Mas Deus, em sua infinita bondade, certo dia enviou um eleito para que justiça fosse feita. Foi há muito tempo. O santo saiu de Portugal e desembarcou nesta ilha lá no fim do mundo, sem nem sequer uma gota d'água ou pedaço de pão. Contava tão-somente com sua fé para se manter. Ajoelhou-se ao pé de um monte árido e implorou ao Pai durante tanto tempo que os pássaros vieram fazer ninhos nos seus ombros machucados. Depois de quarenta dias, a terra tremeu violentamente. Já agonizante, o santo beijou o solo e, num derradeiro suspiro, pediu perdão a Deus por sua arrogância. Nisso, um fio de água fresca veio molhar seus lábios. Ele então ergueu os olhos e viu a dura rocha se abrindo para dar de beber aos pecadores. Daí o nome "Ilha da Felicidade". Vamos chegar a um lugar em que céu e terra andam de mãos dadas. O senhor deveria estar radiante – ela concluiu, com a voz saturada de emoção.

O coração esmagado por trás da máscara, Auguste não deixou transparecer a menor dúvida sobre a veracidade do conto. Justificar sua reserva para não despertar suspeitas era a sua única preocupação.

— A senhorita está certa — ele respondeu, com um profundo suspiro. — Estou tentando, acredite, estou fazendo o maior esforço para ser feliz e digno desta peregrinação. Mas algo dentro de mim me impede.

— Santa misericórdia, Nosso Senhor quer a graça dos homens e não sua flagelação.

— Eu sei. Que Ele perdoe as minhas faltas, que são muitas.

— Deus é grande, bem maior que todos os nossos pecados. Esta viagem é longa, desabafe, estou escutando, se quiser.

Droga. Eu tinha dito a primeira coisa que me passou pela cabeça e, agora, estava acuado. Aquela moça não ia engolir qualquer bobagem. Ela tinha experiência e algo mais que isso; até o padre de bordo buscava a sua aprovação com os olhos toda vez que abria a boca. Auguste aparentou um pouco de autocomiseração, um recuo de alguns segundos para pensar depressa. Voltar para o Evangelho, feito um deficiente mental — depois do negócio da mão, ela não ia acreditar nem por segundo. É humano tentar mentir para uma mulher que está escutando a gente, mas seguir mentindo depois que ela já sentiu o batimento do coração seria idiota demais. Só restava respirar fundo e mergulhar, na maior improvisação, as comportas todas abertas, arriscando inclusive alguma verdade. Até então ele tivera muita sorte. Em meio a uma horda de peregrinos, não podia durar muito.

Auguste conseguira embarcar naquele vôo fretado por uma missão católica graças à cumplicidade de um padre que votava no PCF. Tinha comprado um Evangelho, óculos falsos e um relógio com uns anjinhos indicando as horas com as asas. Chegada a hora, o padre o fizera entrar no hotel onde estavam hospedados os peregrinos. Depois disso, ele que se virasse. E azar o seu – desfechara-lhe o padre vermelho – se nunca tinha se interessado, antes, pelos benefícios celestes. Ele tinha que partir, o gato sem dono estava arriscado a ficar também sem o pêlo. Era a sua última chance.

Auguste apertou os olhos com tanta força que eles ficaram vermelhos. Antes de fechar o Evangelho, marcou a página, depois beijou as letras douradas que a moça incendiara com a ponta dos dedos. Ela esperava, sorridente.

– Desculpe, a senhorita é um amor, mas não quero perturbar o seu recolhimento.

– De jeito nenhum. Pelo contrário, vou agradecer a Deus por esta oportunidade de acolher os tormentos de um homem tão profundamente tocado pela fé.

Auguste estava impressionado. Não havia um só pedacinho da moça que não expressasse uma enorme sinceridade. Ele não estava longe de se abrir realmente, quando lembrou a piscadela do seu amigo padre na hora de lhe apertar a mão. Havia malícia em seu adeus, mas também um claro apelo à prudência. Auguste sentia dificuldade em usar sua máscara, mas, bem ou mal, tinha de aprender a lidar com ela.

– É uma história aviltante, tão confusa que eu mesmo fico perdido. Se soubesse quantas vezes tentei achar o ponto inicial disso tudo.

– Comece pelo essencial.

– Antigamente, eu era comunista.

– Meu Deus.

– Sim – ele confirmou, enquanto buscava palavras para montar uma história que ainda não conhecia. – E dos mais danados, pode acreditar. Venho de uma família muito influente, membros fundadores do Partido Comunista e que aproveitaram da sua posição privilegiada para acumular uma fortuna. Sim, na minha terra a política é assim.

— Jesus, Maria, José. O senhor tem um sotaque estranho, de onde é?

— Da Hungria.

Procurando um documento qualquer, Auguste tinha topado com um passaporte húngaro. O seu amigo padre tinha lhe garantido que não havia nenhum húngaro naquele vôo.

— Ah, entendo — disse a moça, num tom de decepção.

Ela teria preferido que tamanho crime tivesse sido perpetrado por ateus vermelhos mais próximos dela e de Deus, e não num desses países onde o diabo reina e gerencia a administração corriqueira. Fez um sinal da cruz.

— Não é de se surpreender, um povo que queima igrejas.

— Não deve falar assim, senhorita. A nossa gente sempre conservou a fé. Se não a praticava, é porque era proibido.

— Me perdoe, estava esquecendo as atrocidades de que é capaz um regime comunista. Eu me chamo Cláudia, e o senhor?

— Auguste. Muito prazer.

— É um nome de origem romana, como o meu. A cidade berço da Igreja Católica Apostólica Romana. Não é por acaso que o senhor tem este nome, Deus seja louvado. Compreendo as suas atribulações, Auguste. Eu sou francesa mas a minha família veio da Itália. Eles tiveram de deixar o país por causa do comunismo.

— Ah, é? Para nós sempre disseram que lá, o que tinha, era o fascismo.

— O fascismo — ela repetiu, meneando a cabeça. — Veja, está caindo, por sua vez, na armadilha dos políticos ateus e mentirosos. Mas, atualmente, a Itália está muito melhor. Tem finalmente um governo sólido, conduzido por um homem de fé. Um católico de princípios sadios.

– Sei. E como se chama este senhor?

– Bermafioni, o primeiro Presidente do conselho que se manteve no cargo mais de um ano, e teve a coragem de chamar as coisas pelo nome. Sinceramente, acho que é a primeira vez que aquele belo país tem um verdadeiro homem de Estado, à altura das grandes potências. Está sorrindo? Não, não sou versada em política. Mas o meu tio, que é assessor do prefeito, me dá aulas toda vez que vou visitá-lo, em Nice. Em todo caso, não se pode negar que Bermafioni tem talento de sobra. Era garçom, num bar! Mas eu o interrompi. Me diga, como veio a se aproximar de Deus?

– Ah, não sei se...

– Por favor.

Auguste olhava as cabeças acima dos assentos, esperando que uma daquelas nucas abençoadas lhe assoprasse a seqüência. Por sorte, o padre guia oportunamente entoou mais um cântico. Cláudia demorou, todos se voltaram para ela. Cláudia tinha igualmente uma voz bonita. No final dos aplausos, Auguste já tinha uma história.

– Faz mais ou menos um ano que queimei a minha carteirinha do Partido.

– Meu Deus, continuou sendo comunista depois que o Santo Padre derrubou o império do diabo?

– Sim, e mais ainda.

– Mas, por quê?

– Aí é que está, justamente, a essência do mistério. Eu estava cego, odiava mais que nunca o bem-estar dos ocidentais, a riqueza ao alcance da mão que, da noite para o dia, tornavam meu carro alemão, minha piscina, minha roupa francesa banais. A vulgarização nojenta do capitalismo, como a gente chamava. Mas, como deve saber, o país tinha virado a página, tinha se integrado à Europa. A Hungria já não passava de uma província. Eu tinha dinheiro para viajar, precisava me atualizar com os novos tempos. Assim é que um dia me vi no adro de Notre-Dame, em Paris. Contemplei a magnificência daquela igreja, a beleza nos seus mínimos detalhes, esculpida na pedra que a tornava eterna. Estava fascinado e, ao mesmo tempo, não conseguia deixar de pensar na quantidade de suor e sangue derramados para tornar possível aquela maravilha que não tinha, no fundo, nenhuma utilidade.

– Notre-Dame? Inútil?

– Não me queira mal, já disse, eu ainda estava cego. Na verdade, eu já não acreditava nas minhas antigas convicções, mas ainda não tinha consciência disso. Foi preciso que o mundo desabasse debaixo dos meus pés para que a verdade afinal iluminasse o meu espírito.

Cláudia mordia os lábios. Mesmo naquele pequeno gesto de lamento ela exalava sensualidade. Mas Auguste não percebia, ele tinha entrado na pele do seu personagem, cujas emoções a partir de agora eram suas. Ele já não procurava as palavras, elas saíam de sua boca sem passar pelo cérebro. Tinha a barriga cheia delas. Sua voz começara a vibrar.

– Esqueci de contar – ele encadeou – que, quando estava ali com o olhar fixo em Notre-Dame de Paris, eu estava doente. Uma forma grave de epilepsia me tornava escravo de um remédio muito forte. Era isso, ou a morte. Eu sempre tinha uns comprimidos comigo, três de manhã e três à noite. E, naquele dia, não tinha esquecido. Estava de costas para a igreja, meio seduzido e meio indignado com aquele desperdício quando, de repente, não vi mais ninguém ao meu redor. Um momento antes, o adro estava lotado e, súbito, fez-se o deserto. Eu via as árvores, os bancos, os prédios, os pombos, mas nenhum ser humano à vista. Eu ficara a sós com Notre-Dame. Durou apenas uns poucos segundos. Que me pareceram uma eternidade. Depois, fiquei sem ar e tudo ficou preto. Caí na inconsciência. Eu convivia com a minha doença desde a mais tenra infância. Conhecia os sintomas em todas as suas variantes, e tinha tomado os meus comprimidos. O que estava me acontecendo não se parecia com nada conhecido. Claro, podia se tratar de uma crise inédita, devida a uma possível evolução da doença. Mas de uma crise habitual não se sai com vida sem a intervenção de um especialista. No meu estado, mais um minuto poderia ser fatal. No entanto, retornei à vida. O sangue afluiu nas minhas veias, a luz expulsou a escuridão. Descobri que continuava em pé, em meio aos turistas que, como eu, olhavam para Notre-Dame. Atribuí aquilo ao cansaço, à mudança de clima, quem sabe, e, ao cair da tarde, tomei meus remédios como de costume. Passei muito mal a noite inteira. Como se a senhorita, uma pessoa saudável, tivesse injetado nas veias uma overdose de produto tóxico. No dia seguinte, não tive coragem de tomar o remédio. Fiquei de cama com um copo d'água numa mão e os três comprimidos na outra, espreitando a crise. Desde aquele dia, nunca mais tomei meus comprimidos, e estou bem.

Auguste concluiu seu relato com lágrimas nos olhos. Ele acabava de deixar Paris. Cada palavra da sua história era uma pedra, ele ia colocando uma em cima da outra e reconstruía a cidade. Caminhava pelas ruas, atravessava as pontes do Sena, demorava-se nas praças, ouvia a voz excitada de Charlène, dizendo: "Olha, papai, que alto que eu estou, o balanço vai dar a volta toda!". Ele andava, os letreiros dos cafés, as ladeiras de Montmartre, depressa, Paris é grande, precisava andar ainda mais depressa para levar o máximo possível na sua viagem sem volta. Naquele avião onde não haveria espaço nem para a metade de uma só lembrança sua, ele acabava de dizer para aquela desconhecida que estava bem.

À medida que avançava na sua ficção de ex-enfermo, Auguste penetrava num estado de semiconsciência, sozinho com aquela história que não era sua, e cujas palavras lhe eram estranhas. Em seu trabalho de escritor, ele já transpusera etapas similares mas, desta vez, ele já não era mais ele. Era impressionante, nunca experimentara tamanho nível de dissociação.

Cláudia tinha apanhado um lenço. Enxugava as lágrimas repetindo baixinho obrigada, obrigada. Auguste estava sem jeito. Ela decerto estava se dirigindo a Deus, e foi uma surpresa quando ela, de repente, se atirou em cima dele e o abraçou com força. Beijava-lhe os olhos, a testa e as faces, e dizia obrigada, obrigada. Auguste se deixava estar. As pessoas olhavam para eles como se, em vez de uma moça e um rapaz se abraçando, estivessem assistindo a uma aparição celeste. O abraço se demorava, Auguste sentia os seios de Cláudia contra o seu peito. Amaldiçoando a si mesmo, teve uma ereção.

2. Quem pára está perdido

O santuário consistia num nicho rochoso no alto de uma escada de madeira. Um fio d'água escorria por uma fenda na pedra lisa e preta, onde o santo português em baixo-relevo apontava, com a mão direita, para a fonte da vida. Espremidos uns contra os outros, os peregrinos assistiam ao sermão do seu guia espiritual, que, para a ocasião, vestira seu traje de cerimônia. Ele narrava a improvável viagem do santo até aquela ilha distante vários milhares de quilômetros do seu país.

Auguste, Evangelho na mão, não sabia em que época vivera o santo homem. Quanto mais olhava para ele, porém, menos acreditava. Aquela ilha não era um bom caminho para ninguém. Pelo menos não para ele, que imaginara que ela ficava mais a leste e vira ali uma cômoda escala de onde poderia alcançar o litoral do novo continente.

Nada disso. Assim que chegou, farejou a confusão. Estava frio, o que não era bom sinal. Conseguiu um mapa, e descobriu que aquela penosa viagem não o tinha feito avançar nem um metro sequer. Pelo contrário, afastara-se de seu itinerário e se encontrava trancado num lugar distante, distante das rotas aéreas e marítimas, sem possibilidade de volta. Com um aperto no coração, tornara a dobrar o mapa, já com a certeza de que o padre comunista nunca pusera os pés naquela ilha, e nem o santo português.

Salvo um milagre.

O padre convidou seus fiéis a se acercarem, um por um, da água benta. Auguste não se mexia. Mais uma vez mergulhado na noite escura, deixava-se empurrar pela multidão possuída. Cláudia veio em seu socorro. Pegou-lhe a mão e, arrastando-o à força, abriu caminho até a fonte. Ele era o seu miraculado, nem pensar em deixá-lo por último. Ela segurava a sua mão e, juntos, iam ganhando terreno. Quando se viram bloqueados, ela se virou para ele com um largo sorriso de incentivo. Ela sorria para aqueles olhos verdes molhados. Gostava daquele rosto desfeito, achava-o bonito. Cláudia apertou um pouco mais. Sua mão era quente, e o aperto, peremptório. Atrás do santo, urrava o oceano.

Depois da cerimônia, voltaram todos para o hotel para fazer um intervalo. Contra a vontade, Cláudia tinha de descuidar de Auguste para se ocupar dos demais.

Ela era uma figura de destaque entre os peregrinos. Seu tempo já não lhe pertencia, sua vida era consagrada às responsabilidades cristãs que a Virgem Maria lhe confiara oito anos antes, às vésperas de seu casamento. Bem a tempo. Graças a Deus, tinha escapado de se unir pelo resto da vida a um

R-emista celerado e blasfemo. Desde então, tinha visões regularmente, curava os enfermos, expulsava o demônio. No início, a Igreja a via com desconfiança e fora difícil para ela acorrer em auxílio dos necessitados. Padres equivocados não paravam de entravar o cumprimento de sua missão. Ela era então obrigada a atuar escondida, feito uma ladra. Era o preço a pagar. Mas o episcopado finalmente reconhecera a evidência des seus dons, e sua fama hoje já ultrapassava as colunas do Vaticano. Ela tinha um bocado de trabalho.

Auguste aproveitou para se informar sobre a possibilidade de sair da ilha sem refazer o trajeto inverso. Não era nada fácil.

Na hora do jantar, Cláudia esperou bastante tempo no restaurante do hotel. Escolhera uma mesa menor a um canto da sala lotada, e ficou ali vigiando a entrada. O seu prato estava esfriando, a cadeira à sua frente continuava vazia. Entre duas garfadas, os fiéis a observavam meio preocupados. Mas não ousavam se aproximar. Não se deve perturbar uma santa de sorriso crispado – ela decerto estava vendo coisas às quais eles não tinham acesso. Então comiam, e persignavam-se em silêncio.

Durante a noite, Cláudia saiu do quarto e subiu ao andar superior. Parou defronte a uma porta, bateu de mansinho. Só as batidas do seu coração quebravam o silêncio. Ela deu um passo atrás a fim de conferir o número, era mesmo o quarto de Auguste. Bateu mais forte, ficou muito tempo parada em frente à porta fechada. Sentia umas coisas que se aproximavam. Não eram coisas boas, e ela as rechaçou sacudindo as asas. Depois recitou uma breve oração, abençoou a porta e desceu indolentemente ao térreo. Existem borboletas que voam apenas um dia.

Passo por passo, Auguste andava para lá e para cá pelo pequeno porto de uma cidade vizinha. Quem não tem nada para fazer sempre olha para o relógio. E ele esperava dar meio-dia, só para matar uma hora com algo para fazer. Comer, dormir, e tornar a comer, ele não tinha outra ocupação. Mas os anjos, nos ponteiros, mal se moviam. Ia se livrar daquele relógio. Os anjos eram ridículos. Ao deixar o hotel dos peregrinos na noite anterior, tinha pensado o mesmo a propósito do Evangelho. Mas acabara por guardá-lo na sacola, bem no fundo, e depois fugira feito um ladrão rumo à rodoviária.

A estação não era propícia, era a época dos ventos contrários da monção. Mas nunca se sabe, dera-lhe a entender um pescador, sempre aparece um maluco. Um desses japoneses que nunca içam as velas, a não ser na entrada do porto. Eles têm motores potentes, podem levar o senhor a bordo. Se fizer questão.

Auguste alimentara aquela ilusão, levantando-se cedo para ir visitar o porto. Uns poucos metros de pontões, onde balançavam quatro tinas flutuantes que mal serviam para dar a volta à ilha. Teria chorado de decepção, caso o frio da manhã já não estivesse lhe arrancando lágrimas. Ficara um bom tempo fitando o turbilhão da espuma. Uma raiva desesperada no fundo dos olhos, contando as ondas que vinham se quebrar na costa rochosa. Depois voltou à estalagem para esperar pelo sol quente de um outro dia. No seu quarto, lembrou o rosto devastado da mãe. Ele a deixara cheia de vigor e tornara a encontrá-la, quinze anos depois, já com um pé na cova. A mulher idosa, que nunca na vida se aventurara além da sua região natal, pegara um avião antes de morrer para rever o filho exilado em Paris. E ela sempre dizia: "*quem pára está perdido*".

Essas palavras o impulsionaram novamente para fora, para olhar as pessoas passarem. Toda aquela gente percorrendo as ruas e se agitando, aquelas pessoas tão diferentes das do Velho Continente, e tão parecidas.

Era uma cidade pequena, cercada pelas fachadas brancas das casas que escalavam as colinas vizinhas. Na alta temporada, o lugar devia ficar lotado, mas, naquele período, a maioria dos *suk** estava fechada. Não poderia ficar muito tempo por ali sem chamar a atenção. Em algum lugar, no fim de uma viela daquelas, haveria decerto uma prisão. Elas nunca fecham.

Os anjos do relógio estavam virando um só quando ele saiu à cata de um restaurante. Havia vários para os lados do porto, com os menus expostos à porta. Lentilhas, feijões e carne de cabra com todo tipo de molho, ele não conseguia decidir. Um letreiro lhe pareceu diferente dos outros, talvez pelas cores, ou sabe-se lá por quê. Transpôs a soleira sem se perguntar mais nada.

Umas dez mesas no total, um balcão, nenhum cliente. Esperou um bocado de tempo até que uma mulher, jovem, saísse da cozinha enxugando as mãos. Pareceu surpresa ao dar com alguém na sala. Sem jeito ante aquele olhar calado, Auguste consultou novamente o relógio. Afinal, passava do meio-dia. Por fim, a mulher deu-lhe bom-dia e trouxe rapidamente o cardápio. Culinária curda, ele não esperava por isso.

Sem fome e sem sede, Auguste pediu de comer e de beber. Uma hora para matar, pelo menos isso. A mulher, aparentemente, cuidava sozinha da cozinha e da sala. Verdade que

---

* Mercado dos países islâmicos. (N. de T.)

não havia muito que fazer, de modo que ela ficava espiando o seu único cliente. Cada vez que erguia a cabeça, Auguste cruzava com seu olhar. Ela sorria e nada dizia. Ele tornava a mergulhar no prato. Não havia nem uma mosca naquele silêncio.

Em menos de meia hora, já estava no último bolinho de carne moída. Receava o momento de enfrentar novamente a rua. Só lhe restava dar um fim àquela pausa, quando ouviu a porta da entrada bater. Outro cliente. Aquela distração ia lhe propiciar mais uns minutos para tomar um chá. Era um homenzinho barrigudo de aspecto europeu, com uma pasta preta debaixo do braço. Fechou a porta com um pontapé e atravessou a sala rapidamente.

– Me sirva um – disse ele, antes de chegar ao balcão.

O álcool, obviamente, só era proibido para quem não pudesse pagar.

A sua voz era tão agitada como o seu andar, mas o tom não tinha a menor autoridade. A mulher não se mexeu. O homenzinho acompanhou a direção do olhar dela e deparou com o de Auguste. O homem estreitou os olhos e sua testa ampla se cobriu de rugas. Foi só o espaço de um instante, e ele então entregou a pasta para guardar e passou diretamente à cozinha. A mulher deu uma última olhada em Auguste, e foi atrás do tal homem.

O coração de Auguste teve um sobressalto. Garganta apertada, olhava alternadamente para a cozinha e para a saída. Fora reconhecido? Fugir sem pagar a conta? Não, deixar o total com uma boa sobra em cima da mesa e, depressa, rua. Mas ir para onde? Uma ilha. O suor encharcava o seu torso. Cláudia, os milagres, cruzar o oceano a nado, já não acompanhava o curso dos próprios pensamentos. Besteira.

Auguste já havia atravessado todas as labaredas do inferno quando o homenzinho saiu da cozinha, celular na mão. Cotovelos apoiados no balcão, contemplou Auguste com um ar divertido.

– Tenho a impressão de que temos uns amigos em comum – disse por fim, com sua voz animada.

Em francês!

Com a boca seca, Auguste engoliu o último bolinho para disfarçar a agitação.

– Pode ser. O mundo é pequeno.

– Ainda bem, senão me pergunto como você iria se safar. O que deu em você para abandonar a peregrinação desse jeito? Desde ontem estou ralando para pôr a mão em você.

Auguste engoliu o bolinho inteiro.

– Isso quer dizer?

– Quer dizer que o nosso amigo comum é um padre francês, o Vermelho. Bem, mas nós não vamos passar o dia inteiro nisso.

Auguste deu uma olhada no relógio. Os anjos tinham andado um bocado. Ele tomou o resto da cerveja e se levantou.

– Me explique um pouco essa história.

3. IGOUF ERNEST

Naquele mesmo dia, ao escurecer, faziam-se ao largo a bordo de uma casca de noz de um único mastro. Era um velho veleiro de madeira, pequeno e atarracado como eram os fabricados meio século atrás. Lento demais para cortar as ondas e, ao mesmo tempo, pesado demais para subir com elas. Mas Igouf Ernest era apegado a ele como a um filho. Igouf Ernest, o contato inesperado de Auguste, um desses homens que engana as aparências. Por detrás dos seus modos de feirante, ocultava-se um homem muito culto. Assim é que Igouf Ernest espiava o mundo, pelo qual, aliás, já tinha andado um bocado. Nunca, infelizmente, numa embarcação daquele tipo, mas esse detalhe Auguste só viria a saber ao chegar. Por enquanto, satisfeito por sair da ilha, confiava nele e assistia às manobras, cheio de admiração.

Eles eram quatro a bordo. Mulu, um garoto de dezenove anos, ficava no leme. A namorada dele viera até o cais para um último beijo. Durante os preparativos, tinha lançado olhares hostis na direção de Auguste. Depois, no último minuto, enxugando uma lágrima, aproximara-se para dizer que era uma noite boa para sair para o mar. O quarto homem era um francês. Um militar aposentado, dissera-lhe Igouf Ernest, e supostamente o navegador. Era um sujeito de olhar fugidio. Tentava, às vezes, oferecer um olhar direto, mas Auguste não tinha tempo de ler o que quer que fosse naqueles olhos claros. Tinha um arame farpado tatuado no braço esquerdo e nunca dizia nada interessante. Passava o tempo todo em frente aos seus instrumentos, bancava o experiente, mas não sabia dar uma resposta certa. Auguste desconfiava dele, flagrara-o demasiado perto da sua sacola.

Dois, três, talvez mais, ia depender da meteorologia. Ninguém a bordo saberia prever quantos dias iriam navegar. Entre eles e a costa a se alcançar cruzavam-se duas monções. Era impossível içar as velas, o mar estava muito forte, e o vento, contrário. Auguste escutava as tossidas do velho diesel, subindo, uma após a outra, nas ondas compridas que se inflavam desmedidamente, fazendo estalar a madeira do casco. A cada vez que o horizonte se apagava por trás de uma montanha d'água, ele lutava contra o medo, pensando que seria melhor morrer livre em meio aos peixes do que sozinho atrás das grades. Não passavam de negros momentos fugidios. Entre duas ondas, a luz retornava ao seu coração e ele se agarrava à vida. Olhava para os outros, espreitando o menor sinal de alarme nos seus rostos fechados. Igouf Ernest cochilava numa banqueta. Era só o que ele fazia, além de saltar, todo animado, para ir preparar outro garrafão de vodca e suco de manga. Enquanto Mulu seguia segurando o leme com ambas as mãos e fitava o céu. Será que aquele rapaz nunca dormia? O único a se mostrar nervoso era o navegador. Quando subia ao convés, Auguste o interrogava com os olhos. Mas o navegador esquivava o olhar e voltava em seguida para o seu painel.

Depois de uma segunda noite de balanceios e estalos, em que o navegador vomitara até a alma por sobre a amurada, o mar finalmente mudou, por volta de 9 horas da manhã. Auguste olhava para o céu exangue. As ondas continuavam violentas, mas estavam agora mais curtas e irregulares. O motor cantava acima delas. Todo mundo dormia, com exceção de Mulu, sempre no leme, cansado. Seus olhos pretos chegavam a brilhar, mas ele não desistia. Era a sua primeira travessia, agüentaria até o fim. Tentava, em vão, acender um cigarro sob as rajadas. Auguste se aproximou para fazer um anteparo. Desde a partida, não haviam trocado nenhuma palavra.

– Parece que está se acalmando – disse Auguste, tomando lugar ao seu lado.

– É. Agora está bem.

– Você talvez esteja acostumado. O mar é o seu lugar; já o navegador vomitou a noite inteira.

– É verdade. Eu não.

Ele respondia para Auguste sem tirar os olhos da bússola parafusada na madeira, na frente do leme. Um dia, Mulu seria marinheiro num barco de verdade.

– É bonitinha, a sua namorada. Deve ficar impaciente esperando por você.

– Ah, pois é. É só o que ela faz, esperar. Mas quando a gente se faz ao mar... As mulheres nunca vão entender.

Ele olhava para Mulu com carinho. Auguste tinha uma filha mais ou menos da mesma idade. Ela também bancava a cínica, com seu jeito revoltado, mas ele a imaginava muito bem esperando pelo seu marinheiro.

– Tem razão – disse Auguste –, o mar faz o que quer.

– E faz mesmo. Olhe, esse tempo todo, a força do mar e a do motor estavam juntas. Quase não saímos do lugar. É como se a gente tivesse navegado quinze horas para nada. Vai explicar isso para uma mulher.

– Não dá. Uma mulher teria lhe falado para não ir.

Não era verdade. As mulheres que ele deixara para trás não tinham falado nada. Mas tinham implorado com o olhar. Fuja, diziam seus olhos, não está vendo que a França não é mais a mesma? Vá, meu querido, não é o fim, é só por um tempo, vá.

Ele tinha ido embora, pelo tempo de morrer sozinho.

Durante horas, apoiado ao parapeito, Auguste olhava o caminho de espuma que a barca ia traçando na superfície da água. Agora que o mar o preocupava menos, perguntava-se, de novo, por que ele. Ele já tinha decidido nunca mais se fazer essa pergunta, mas era mais forte que ele. A cada vez que se punha a pensar no amanhã, ela escapava-lhe dos lábios e descia de volta, berrando, para o seu estômago.

Ele tinha acreditado em si mesmo e na justiça dos homens. Para isso, lutara, em vão, e como tantos outros tinha provado o gosto amargo da derrota. Com a lembrança ainda fresca dos mortos e das armas, da prisão, dos primeiros tempos no exílio, da miséria. Mas já tinha superado aqueles sombrios momentos e, afinal, nunca se sentira de fato um perdedor, já que não havia em seu combate nada a ganhar que se pudesse guardar depois. Era só uma esperança, aquela que não vale nada e na qual sempre dá para continuar acreditando. Auguste era um rebelde arrastando um comunista dentro da alma. Rebelde, aquela palavra sempre lhe arrancava um sorriso oblíquo. Ele se achava normal, o que haveria de extraordinário em rejeitar a injustiça social? Pobre pateta do Auguste, tinha dado o passo que há entre o dizer e o fazer, cedera ao peso infame das armas. E, agora, perguntava-se por que estava naquele barco, longe de casa e sem destino.

Muito tempo atrás, ele já dera um salto desse tipo, mas tinha sido para o oeste, de Paris para o México, e ele sabia então por quê. Na época, ainda trazia nos ouvidos o martelar das botas, os gritos da tortura. Ele não estava fugindo da esperança, estava só indo juntar-se aos demais. Havia outros revoltados por lá, gente normal, gente como ele, a luta ainda era planetária. Mas, então, o que havia mudado? Será que o mundo tinha se tornado mais justo a ponto de tornar caducas todas as idéias que tinham inflamado a sua geração? Ou será que tinha simplesmente sucumbido ao peso da idade, ofegante sob o fardo de valores pequeno-burgueses? Ele não queria saber, não se deve fazer uma pergunta dessas quando se está sozinho. O parapeito daquele barco é que não iria lhe dar a resposta certa. Nem aquele mar nervoso, que até os peixes desertaram. Onde estavam os golfinhos? Punhos cerrados, Auguste apertava as têmporas com força e seus dedos estavam brancos.

– Belo dia, hein?

A voz o fez sobressaltar. Olhou maquinalmente para o

céu, cuja capa de chumbo o sol pálido mal atravessava. Não gostava de ser flagrado em meio a negras idéias. Igouf Ernest estendeu-lhe um copo do seu coquetel incrementado e, acariciando a barriga, olhou para ele enquanto bebia.

– Você tem mulher?

Auguste terminou o copo num gole.

– Tenho.

– Filhos também?

– Sim.

– Ela está tomando conta deles. Não precisa se preocupar.

– Claro, mas não é a mesma mulher.

– Então, você tem duas, pode dormir sossegado – ele concluiu, com aquele seu riso que punha à mostra os dentes todos.

– Não, estou separado da mãe dos meus filhos e, a esta altura, nem sei se ainda tenho mulher.

As respostas de Auguste eram secas. Aquele assunto de mulher já era de rebentar a cabeça, não precisava ainda vir cutucar a ferida.

Igouf Ernest deixou sua barriga para lá para tornar a encher os copos. Era o estilo dele, entrar assim na conversa de forma brutal. Adorava pegar as pessoas de frente e sem rodeios. Assim, avaliava o interlocutor antes de revelar o que estava afogando nas tripas. Em outras circunstâncias, Auguste teria apreciado. Naquele momento, estava achando difícil se mostrar amigável.

Três assobios curtos chamaram a atenção deles para a popa. Era Mulu, avisando a chegada dos golfinhos. Deslizavam a toda pela superfície da água e, quando pareciam ter ido embora, reapareciam rente à quilha. Eram uns dez, filhotes pequenos também. Auguste olhava para eles sem dizer nada. Talvez fosse uma única família. Adultos e filhotes, mãe e pai, nadavam todos juntos e nunca se separavam. Auguste sentiu um aperto no coração.

Acompanharam, assim, o barco durante alguns minutos, antes de exibirem um número de saltos ornamentais e então irem embora.

– Está vendo, eles apareceram, está tudo bem. Uma travessia sem golfinhos é mau sinal.

O acontecimento tinha deixado todos a bordo excitados. Até o sorriso do navegador estava menos bobo que de costume. Auguste se sentia apaziguado. A alegria, no fundo, era algo tão simples.

No dia seguinte, Auguste acordou banhado em suor. Seus anjos indicavam 5h30 quando ele resolveu renunciar à cama e subir ao convés. Os outros todos já se encontravam lá. O ar estava incrivelmente quente. Mulu, ainda no leme, estava sem camisa e Igouf Ernest abria uma cerveja.

– Entramos numa corrente quente, a costa está próxima – ele avisou, todo animado.

Dali em diante, estavam certos de alcançar o objetivo. O humor, a bordo, favorecia a brincadeira. A bebida circulava a rodo e, quando subia demais à cabeça, um balde d'água jogado de surpresa repunha as coisas no lugar. O navegador saía mais freqüentemente da toca e, apesar do jeito deslocado, fazia o possível para participar da descontração geral. Não deixava, contudo, de observar Auguste. Numa hora em que este se isolara na proa, foi sentar-se junto dele.

– Bem, parece que conseguimos.

Falava mirando ao longe, como se o interlocutor não merecesse o seu olhar.

– Por quê? Você não tinha certeza?
– Certeza? Num xaveco desses? Está brincando! Só estamos aqui por milagre, e, depois, ainda temos que voltar. Espero que o mar esteja melhor do que na vinda.

Auguste gostaria de poder agarrá-lo pelo queixo e obrigá-lo a olhar para ele de frente. Não acreditava numa só palavra do que o outro dizia.

– Não estou entendendo – retrucou, seco. – Você não trabalha para Igouf Ernest?

– Eu? Não trabalho para ninguém. Sou autônomo. Ele me pediu, ele me paga, só isso. É a primeira vez, e a última. Uma barca dessas, imagina.

Apesar da vontade de mandar o homem às favas, Auguste não podia evitar de lembrar as ondas enormes que tinham feito a quilha estalar. Um arrepio lhe gelava a espinha. Ia se levantar, o outro segurou-lhe o braço.

– Escuta, eu não sei o que você anda aprontando mas, se estiver interessado, tenho um *site* e uma empresa registrada. Posso lavar dinheiro para você, não mais que 150 mil dólares de cada vez, a 5%.

Auguste ficou pasmo. Até ali, ninguém lhe fizera perguntas sobre aquela estranha viagem, mas ele atribuíra a discrição a uma silenciosa cumplicidade em torno de Igouf Ernest. Não imaginava que a tripulação fora reunida às pressas e ao acaso. E, pensando bem, eles estavam numa das rotas da droga! Sorriu a essa idéia. Não era mais conveniente ser confundido com um traficante do que com um "terrorista", como a imprensa o apresentava, procurado no mundo inteiro?

– E então?
– 150 mil, nada mal. E o site, é de quê?

– De puta, só tem foto de puta. Olha, pega, é o meu e-mail. É só mandar um alô que eu entro em contato.

Auguste é que ia pagar o restaurante, porque tinham deixado que ele fosse o primeiro a avistar a costa. De início, uma mancha enorme no horizonte, e depois, aos poucos, a silhueta de uma montanha, e a vegetação, e a brancura de um minarete.

Começava a escurecer. Ao contornar a península para chegar ao porto, tinham virado para bombordo, o vento estava na popa. Auguste observava Igouf Ernest carregando a barriga de uma corda para outra com inesperada flexibilidade. Também ele içava as velas à vista do porto, como os japoneses de que falara o velho pescador. Teria gostado de partilhar o entusiasmo dos companheiros de travessia, mas uma insustentável sensação de deslocamento comprimia-lhe o peito, uma *coisa* que lhe bloqueava a respiração. Deitou-se ali mesmo, no piso. A menos de um quilômetro à sua direita desfilava, lenta e inexorável, a massa rochosa da costa.

Olhos fechados, Auguste buscava explicações para a sua angústia. Imaginava o porto muito maior que aquele deixado para trás, pela quantidade de navios que para ele confluíam. O desembarque, o atordoamento de uma noite de farra e, no dia seguinte, os outros voltariam ao mar. Para casa. Ele os veria partir, escutaria até o último momento o ruído regular do velho motor a diesel se afastando na água oleosa do porto. Depois enfrentaria o país, sozinho. Um hotel barato, um destino por inventar, nada além de mais um pedaço de terra. Não queria descer do barco. A viagem, com um objetivo a alcançar, pelo menos ainda era um jeito de enxergar a vida. O resto não passava de uma execrável espera, um parêntese fora da vida repleto de autoflagelação. Gostaria de poder se grudar naquele convés. Um facho de luz veio incendiar suas pálpebras.

Auguste levantou-se de um salto. Um barco da polícia apontava para eles o projetor ofuscante, um alto-falante deu ordem para reduzirem a velocidade. Protegeu os olhos da luz. Sabendo-se observado em seus menores gestos, procurava – o coração aos pulos – adotar a pose moderadamente chocada do turista que pagou para ter tranqüilidade. Acabava de entrar num país que, desde o massacre de 11 de setembro, era considerado pelos guardas da ordem mundial como sendo muito próximo ao "eixo do mal". Drogas e terroristas, o Primeiro Mundo consumia avidamente as primeiras e fabricava astuciosamente os segundos, mas sobre os povos mais destituídos é que o Céu enviava as suas bombas. E Auguste se aproximava agora de um desses países obrigados a mostrar serviço para provar que não era um antro do diabo e garantir assim seu direito de viver em paz.

Uma embarcação veloz, com vários homens a bordo, destacara-se do navio patrulha e vinha em sua direção. Igouf Ernest aproximou-se de Auguste.

– É um controle de rotina, não se preocupe. O seu padre me falou que você tinha um passaporte. É verdade?

– É.

– E é válido?

– É, só que a foto não é minha. É emprestado.

Falavam quase sem mexer os lábios.

Igouf Ernest franziu as sobrancelhas.

– Não tem importância. Vá buscá-lo e fique lá embaixo. Eu cuido de tudo.

Auguste hesitava.

– Na sua opinião, eles têm condições de efetuar um controle mais detalhado naquele barco?

– Vá – respondeu ele, dando-lhe as costas.

Sentado na cama, Auguste escutava o barulho potente dos motores se aproximando, as vozes em árabe e, de novo, os motores se afastando. Um minuto depois, Igouf Ernest descia para a coberta.

– Tudo certo. Levaram os documentos, é normal. Vão fazer fotocópia, como pediram para eles. Depois vão trazer de volta, e pronto. Esse babaca aí em cima é que está enchendo o saco.

Auguste o escutara levantar a voz para o navegador.

– O que tem ele?

– É o que eu gostaria de saber. Está morrendo de medo, dá para ver de longe. Parece até que ele é que está sendo procurado. Você não contou nada para ele, não é?

Auguste meneou a cabeça. Sua voz estava rouca.

– A que distância estamos da costa, exatamente?

Pular do barco, ir embora a nado. Igouf Ernest recuou um passo, encarou-o um bom momento e, antes de subir, disse duramente:

– Chega de besteira. Você não sai de onde está, aqui quem manda sou eu.

Quinze minutos depois, voltaram com os documentos. O projetor ainda apontado para eles, o patrulheiro escoltou-os até a entrada do porto e seguiu seu caminho. Nesse meio-tempo, Auguste perdera pelo menos mais um quilo.

Cruzando o porto de recreio com aquela casca velha de madeira, eles chamavam a atenção da tripulação das dezenas de iates e veleiros reluzentes ancorados no cais. Acharam um lugar vago no final de um passadiço, bem ao lado de um dois-mastros todo de fibra, cuja silhueta lembrava um míssil. Igouf Ernest desembarcou de um salto.

– *Welcome, nice ship, where have you found such a tub?*[1]

Igouf Ernest terminou de amarrar antes de encarar o vizinho do barco ao lado. Era um sujeito alto, beirando os quarenta, vestido como convinha num porto daqueles, o sorriso combinando com sua indolência física.

– Fale como homem, não o compreendo – respondeu Igouf Ernest, em árabe.

– Não fala inglês?

– Por quê? Isso o surpreende? Falo cinco línguas: árabe, espanhol, francês, português e russo, e você fala uma só. Depois de tanto tempo ancorado neste porto – ele acrescentou, apontando para a camada de musgo que cobria a quilha do veleiro – ainda não percebeu que aqui não é a Inglaterra?

Sorriso congelado, o homem lançou um olhar para a madeira e o latão da nossa quilha, e desapareceu dentro do seu bagre.

Auguste ria.

– Está rindo do quê, você? Não estava tão alegre, há pouco.

– Seis.

– Seis o quê?

– Seis línguas. Você respondeu para ele em inglês.

Igouf Ernest massageou delicadamente a barriga.

– Droga, tem vezes que eu não consigo me segurar. Também, esses americanos enchem o saco!

---

[1] "Bem-vindo, lindo barco, onde encontrou um xaveco desses?"

4. Karine

Mal haviam pisado em terra, e Auguste já estava procurando um jeito de ir embora. A... era uma cidade grande, 25° no inverno, mas a temperatura podia baixar subitamente para 5°. Um porto de recreio, uma estação marítima onde reluziam, aos milhares, as luzes dos cruzadores e, ao largo, vários cargueiros aguardavam o rebocador. Nada a ver com a ilha que ele acabava de deixar. Ali estava o seu trampolim para a grande viagem, a última.

A palavra "última" ficava engasgada em sua garganta. E depois, seria a morte? Poucos dias atrás, quando ainda andava pelas ruas de Paris, sozinho feito um gato sem dono, a morte não passava de uma banal possibilidade. Talvez fosse até bem-vinda. De lá para cá, nada de realmente especial acontecera para que ele voltasse a se agarrar à vida. Com a diferença de que ele agora podia sair durante o dia, ver a luz. Não era o suficiente para trazer de volta a esperança? Ele tinha medo de chegar ao fim da viagem e, ao mesmo tempo, só pensava em partir. Toda costa era uma chegada, um termo, uma pequena morte extraviada no meio do oceano. Amanhã, iria embora dali.

Eles tinham saído do barco por volta das nove da noite. Banhados, barbeados, vestindo roupas limpas e sedentos feito marinheiros, iam abordar aquela cidade estranha que Igouf Ernest parecia conhecer de ponta a ponta. Andavam em dupla. Ele e Igouf Ernest iam na frente, Mulu e o navegador vinham poucos passos atrás. Auguste se virava de vez em quando para eles. O navegador falava quase ao ouvido de Mulu e o rapaz escutava com um ar extasiado. Auguste desconfiava daquele cara, daqueles olhinhos vazios, do sorriso que não era sorriso. Mulu era jovem demais para perceber.

Em suas leituras, Auguste formara uma idéia um tanto romântica daquele lugar lendário. Mas, uma vez ficando o porto para trás, a paisagem frustrou sua expectativa. Só umas velhas construções pré-fabricadas que datavam da "ocupação" soviética, lixo de todo tipo atulhando as calçadas. Nas ruas mal conservadas, carros passavam em alta velocidade, espalhando música árabe a todo o volume, jogando ao vento montes de sacos plásticos. O que era feito da cidade do Poeta? Percebendo a sua decepção, Igouf Ernest escarnecia em silêncio. Por fim, ele parou um táxi. Depois de pedir para desligar o som, deu o nome de uma praça para o motorista indiano.

Apesar da mesma profusão de entulhos na via pública, o bairro seguinte apaziguou Auguste. Após uma extensa descida por uma rua tortuosa, o táxi rodava agora em meio a antigos prédios de fachadas ricamente enfeitadas. Nariz colado na vidraça, Auguste via desfilarem as decorações de cores vivas, reproduzindo o sol levante ou a silhueta de um cavalo a galope. Igouf Ernest deu-lhe um tapinha no ombro.

– Está melhor, meu rapaz? Estamos no famoso C... Vamos festejar, meu velho, conheço um lugarzinho reservado aos beberrões.

O táxi os deixou numa praça lotada de turistas, que usavam óculos de marca até de noite. Num calçadão, uma mesa vaga, sentaram-se para tomar uma soda – as bebidas alcoólicas eram permitidas apenas lá dentro. Bebiam, vendo as pessoas passarem. Muitas moças, algumas com o olhar atravessando o escafandro preto, mas a maioria aproveitando a zona livre para exibir trajes ocidentais, andavam para baixo e para cima na mesma calçada. Era o local e a hora da paquera. As mais afoitas vestiam-se todas de maneira parecida, à moda dos anos 1970, calças boca-de-sino e miniblusas. Auguste contemplava aquele vaivém com ar tristonho. Ele também tinha se vestido assim, mas parecia que aquelas moças comiam mal, e demais. O navegador, em compensação, estava com os olhos exorbitados. Aquela gordura toda, apertada em roupinhas pequenas, para ele era mercadoria da boa. Vamos, mais uma voltinha, as moças andando na frente e os rapazes atrás. Auguste tinha envelhecido, simplesmente. Ao ver que o navegador consultava o cardápio, Igouf Ernest levantou-se num salto:

– Não vamos comer aqui. Deve haver coisa melhor em outro lugar.

Por uma série de ruas ascendentes, afastaram-se da praça e dos turistas. Igouf Ernest acabou parando em frente a um boteco no fim de uma viela escura. O navegador, que eles ouviam resmungar havia algum tempo, deu uma olhada na tabuleta duvidosa, depois na sala vazia e, sem dizer nada, deu meia-volta. Mulu hesitou e, desculpando-se com um sorriso, correu juntar-se a ele. Igouf Ernest caiu na gargalhada.

– Eu tinha certeza de que esse babaca não ia ficar. Ele gosta daqueles estábulos de turista, só para ficar secando as mulheres que passam. Melhor, assim a gente pode conversar com calma.

Parado à porta do boteco, Augusto olhava Mulu se afastando com o navegador.

– O que foi? Você também gosta dos pega-turista?

– Não. Estava aqui pensando que seria bom tomar conta do Mulu um pouco. Tenho impressão de que o navegador não é uma boa companhia para ele.

– Um babaca. Vi vocês conversando, há pouco. Ele pediu alguma coisa para você?

– Não, nada. Nada mesmo.

Uma mulher e um homem estavam bebendo no balcão, junto com o dono. Um ventilador girava acima das mesas vazias. Igouf Ernest pediu para jantar, o dono ofereceu-lhe um cardápio e voltou para o seu copo. Sujeito não muito loquaz, um homem alto e careca com um belo bigode branco. Igouf Ernest deu uma olhada no cardápio e fechou-o em seguida.

– O que você quer comer?

Auguste deu de ombros.

– Não sei, estou realmente sem fome.

– Espere só, depois você me diz se está ou não está com fome.

Ele se encostou no balcão também, e pediu duas cervejas com um ar de grande entendedor. Esvaziou o copo de um trago e dirigiu-se ao dono.

– Isso aqui – disse ele, apontando para o vidro de uma geladeira – não está no cardápio.

O dono do boteco se virou para olhar a geladeira; e veio até eles com olhar desconfiado.

– Não, isso não é para o cardápio. É caro.
– Você tem vinho tinto?
– Tenho, do turco.
– Perfeito. Uma garrafa, com duas dessas suas jóias, por favor. Vamos, venha se sentar – disse para Auguste, sem esperar pela resposta.

Igouf Ernest inspecionou rapidamente o seu prato quando o chefe veio servi-los.

– Sempre fresquinho, mesmo, e, principalmente, em Sana'a – disse o dono. – Se tem alguma dúvida, vá escolher seu próprio peixe no congelador.

Igouf Ernest bebia a uma velocidade impressionante. Auguste ainda estava no primeiro copo e ele já estava pedindo uma segunda garrafa. E, no entanto, nunca era visto saciado.

– Excelente, esse peixe. Nunca comi outro melhor.
– É um *samaks*, você não conhecia?
– Não.
– Eu percebi assim que entrei. O dono serve em doses homeopáticas para os melhores clientes. Esse cara é preguiçoso e idiota, venho aqui pelo menos uma vez por ano e ele continua fingindo que não me conhece.
– Em todo caso, esse troço dele me abriu o apetite.
– É uma especialidade da região, no estilo do dourado, cozido no fogo com molho picante, uma verdadeira delícia. Você está comendo aí o melhor peixe do mundo, meu chapa. E agora, o que está pensando em fazer?

– Vou devorar este aqui, e quem sabe pedir mais um.

– Fico contente de ver você um pouco mais animado, mas não era disso que eu estava falando.

Auguste até desconfiava, mas, tirando o amigo padre em comum, o que esse homem sabia sobre ele? Até ali, não fizera nenhuma pergunta sobre a sua fuga. Será que conhecia a sua verdadeira identidade? O padre podia ter contado uma história qualquer: um amigo em perigo que precisamos ajudar, nada realmente sério, umas bobagens, é só por um tempo. O tempo de morrer de dúvida – pensou, erguendo os olhos para Igouf Ernest. A impressão de que ele nunca mais poderia confiar em quem quer que fosse fez com que engolisse atravessado um pedaço de peixe.

Tossiu e sorveu uma taça de vinho antes de responder. Suas faces estavam vermelhas.

– Não sei. Vou entrar em algum outro restaurantezinho, curdo talvez, de onde outro cara me leve numa casca de noz.

Igouf Ernest exibiu todos os dentes, ele tinha um sorriso fácil.

– Muito me surpreenderia. O acaso não existe, ele se constrói e paga-se por isso. Eu fiz o que me mandaram fazer. Não tem mais nenhum curdo esperando, você agora tem que se virar sozinho. Por que não fica por aqui? Já não está longe o suficiente dos problemas?

Auguste continuava sem saber até que ponto podia confiar naquele homem, mas a necessidade de um conselho, ou até de uma palavra de estímulo, era muito grande.

– Não – ele soltou. – Só me faltava ser encontrado num país desses. Com todas as porcarias que escreveram a meu respeito, ia ser, para eles, a cereja do bolo.

Igouf Ernest bebia em goles pequenos, o olhar distante.
– Não posso fazer mais nada por você, meu pobre coitado – suspirou. – Só tem uma coisa que posso dizer: a sua foto está por toda parte, e a esta altura eles estão desconfiando de todo o mundo. Não tente um vôo de linha regular. Melhor tentar o porto. Por aqui, um bom punhado de dólares pode fazer milagre. À sua saúde – disse ele, esvaziando o copo.

A luz do dia incendiou de repente a vidraça espessa da escotilha. Auguste estava esperando por ela fazia horas. Os outros já estavam de pé. Tinham de voltar ao largo na maré baixa, e já não tinham mais muito tempo para os preparativos. Igouf Ernest dava as instruções, gasóleo, comida, gerador de reserva, cada qual com a sua tarefa. Auguste não saía da cama. Sua sacola estava pronta; ele estava esperando todos saírem para se mandar. Fitava o teto, impassível, e a agitação a bordo era um ruído distante. Auguste já não estava mais ali, nem em lugar nenhum. Voltara a ser um estrangeiro para si mesmo, só uma coisa a transportar, uma bagagem. Com o fim da viagem, as gentilezas também se encerravam, e os outros, num vaivém, passavam ao seu lado sem vê-lo. Auguste também não os via.

Por fim, ficou sozinho a bordo. Saiu da cama, saltou sobre o passadiço com sua mochila. Já nem sabia o que havia dentro dela. O sol ainda não ia muito alto, mas, no cais, o calor já estava forte. Olhos no chão, andava num passo lento e regular, com a impressão de já ter vivido aquele instante. Teria sido há um ano, uma hora, ou num sonho? O seu coração batia, seus pés avançavam um depois do outro, o céu não iria desabar sobre o mundo. Ainda não.

Escolheu ao acaso um desses albergues rudimentares em

que se dorme sobre um colchão direto no chão, num grande cômodo coletivo. Ao ver que ele propunha dobrar a tarifa habitual, o gerente trocou a desconfiança por um sorriso e desencavou para ele um minúsculo quarto individual.

Pelo equivalente a 32 dólares por dia, teve direito a um colchão detonado, um ventilador e grades na janela em forma de meia-lua que dava diretamente para o corredor. Era o mais barato. Um cartaz colado na porta avisava, em várias línguas, que a gerência não se responsabilizava pelos roubos perpetrados nos quartos. Auguste desistiu de desfazer a sacola e tirou a colcha. Os lençóis, pelo menos, pareciam limpos. Ele não tinha tomado nem sequer um chá, seu estômago se apertava à idéia de engolir o que quer que fosse. Dormir. Somente o sono poderia preencher o buraco que se instalara em sua mente. Mas, cada vez que deixava o sono chegar, sentia-se despencar no fundo de um abismo. Então tornava a abrir os olhos, olhava para o teto, para as paredes amareladas, e seus pensamentos, um após o outro, retomavam seu curso. Paris continuava ali, com suas ruas e suas fachadas de pedra, imagens mescladas de amor e inimizade que não queriam esmorecer. No seu cego desejo de voltar atrás, até mesmo a cela da *Santé* onde passara algumas semanas parecia mais acolhedora que aquele quarto que o afastava um pouco mais do mundo. As grades na janela, aliás, eram parecidas. Ele tornava a ouvir palavras, voltava a ver os rostos, assistindo a um desfile de visões fugazes. Ligamentos de vida que o mantinham, dia após dia, fora da sua nova e inaceitável existência. "Assassino", dizia o juiz da Corte de Apelação. "Assassino!", gritava-lhe o teto, carregado de ódio. "Assassino", ele repetia sem ânimo. Depois de quinze anos de refúgio, a França tinha renegado a própria palavra e lançado o seu povo inteirinho contra ele, franceses que a ignorância tornava impotentes. Assassino, assassino, dizia a imprensa. Assassino, assassino, respondiam os outros, a uma só voz. Auguste olhava para eles enquanto gritavam. A maioria nem sequer tinha nascido na época dos fatos. Quem é que lembrava, na França, dos atrozes anos 1970 na Itália? Quem é que sabia? Isso foi trinta anos antes e, no entanto, eles de repente se punham a gritar "Assassino, assassino!". Auguste ainda não conseguia acreditar. Estavam enganados, vai ver estavam gritando com outra pessoa. Um mafioso, quem sabe, ou um desses ditadores que a França, nesse meio-tempo, acolhera de braços abertos; mas não ele. Não ele, que se entregara de corpo e alma àquele país, e onde a única riqueza que ele conseguira acumular eram seus amigos e sua família. Pare de enganar a si mesmo, meu amigo – implorava-lhe uma vozinha lá em cima, no teto –, é a sua pele mesmo que eles querem. Mas por que ele. Aquilo de novo. Seria possível que a sua vidinha em Paris, com seus livros invendidos, pudesse incomodar tanto assim? Aparentemente, sim, soprava-lhe a razão. Mas a razão não vale grande coisa quando falta o coração. Auguste fechava os olhos. Dormir, sim, aceitar o desfalecimento, e que importância tinha se ele tornava ou não a subir do precipício?

Na manhã seguinte, Auguste arrumou a bagagem. Não tinha pregado o olho. Entre as dez da noite e o amanhecer, o corredor tinha virado uma rua pública em dia de feira. Optou por um hotel um pouco mais caro em outro bairro. A diferença entre os dois locais não era de saltar aos olhos, mas no segundo pelo menos os vaivéns e os clamores de vozes soltas pelo abuso de álcool eram mais discretos.

No final da tarde, ousou aventurar-se na rua. O sol ainda estava quente como num dia de verão. Cabeça baixa, esgueirou-se entre os enxames de turistas que pilhavam as lojas de suvenires. Europeus que, aos milhares, vinham acrescentar uma camada de mar ao seu bronzeado das neves. Para Auguste, não passavam de possíveis testemunhas da sua presença no país. Procurava evitá-los, tomando vielas laterais, mas, como seu objetivo era o porto de recreio, acabava voltando para o meio da multidão. Depois de vários desvios, chegou à inevitável zona ocidental do C... Havia uma grande banca de revistas bem no meio de uma praça. Auguste comprou a edição internacional de um jornal diário francês e foi sentar-se na esplanada de um restaurante. Folheou rapidamente os *faits divers* até chegar aos anúncios. Talvez achasse algo interessante relacionado ao seu embarque. O estômago subiu-lhe à garganta. Estreitando os olhos, voltou devagar para o foto da página que acabava de virar. Era ele. O rosto, deformado por uma careta captada por um zoom e que antes já dera a volta ao mundo, era mesmo o seu.

Era um artigo tapa-buraco. A Corte de Cassação, na França, acabava de rejeitar os pedidos da defesa para anulação do decreto de extradição de Auguste para a Itália. O cronista aproveitava a oportunidade para relacioná-lo com um anarquista italiano que cumpria uma de pena de cerca de cem anos numa prisão espanhola e com quem, segundo ele, o ex-"terrorista" procurado teria mantido relações epistolares. Era só um espaço a ser preenchido nas páginas centrais, mas tratava-se de um jornal de referência em vários países, e a foto, mesmo com as feições deformadas pela careta de "assassino", era mesmo a de Auguste. Quando o garçom se aproximou, ele fechou rapidamente o jornal e insistiu para pagar a conta adiantado.

Se tivesse se dado o tempo de respirar fundo, pelo menos uns segundos para pensar, se aquele fugitivo não fosse ele, teria sido capaz de dizer: não se preocupe, com essa cara nem sua mãe o reconheceria. Mas, de tanto que aquela foto terrível vinha circulando, acabara se acostumando com a careta assassina. A tal ponto que, ao se barbear, tentara várias vezes fazer uma igual, sem nunca obter um resultado satisfatório. Quando muito, chegava a uma caricatura, um trejeito de palhaço. Onde estavam aquele olhar gélido e o lábio cruelmente torcido que tinham revoltado as pessoas de bem? Ficava quase chateado por não estar à altura do original. Ele já não era mais nada, não era nem sequer capaz de imitar um monstro, agora relegado à página 10 do jornal.

Se Auguste fosse senhor dos seus gestos, teria tranqüilamente terminado o seu copo. E, por que não, tornado a provar o gosto de um cigarro, isso lhe passara pela cabeça nos últimos tempos. Em vez disso, levantou-se de um salto e, arriscando-se a derrubar um deficiente, deu no pé feito um ladrão. Subiu a rua andando rente às paredes e acabou se enfiando numa espécie de centro comercial. Entre um estande e outro, sem prestar atenção no preço ou no tamanho, substituiu suas roupas por uma bermuda chamativa, um boné, um par de sandálias em imitação de couro e óculos de grife, como todo o mundo. Menos de meia hora depois – o imperativo da segurança levando a melhor sobre o seu senso do ridículo – , estava pronto para retomar o rumo do porto. O mais difícil era arrastar os pés com aquela mescla de fleuma e nojo que ficava tão bem nos turistas.

* * *

Faltava o bronzeado. Por mais que bancasse o veranista extravagante, sempre que interpelava uma pessoa no convés de um três-mastros, esta franzia o cenho e o examinava com uma pontinha de nojo. O marinheiro estreitava os olhos, pés afastados e mãos nos quadris, feito um oficial perscrutando, do alto de uma torre, o avanço dos seus soldados. O que está querendo, na verdade? Por que o mar? Um avião é muito mais prático, não é? De barco em barco, de um passadiço para outro, Auguste andava pelo cais. Só uma mulher jovem e seu velho esposo japonês haviam demonstrado algum interesse pelos seus dólares. Precisavam de uma mãozinha a bordo, mas não levantariam âncora antes de dois meses. As monções, sabe como é... Se está com pressa, deixe um anúncio na capitania, disse-lhe o homem, a quem o tremor das mãos e o nariz vermelho confeririam a dignidade de um papa.

Quanto tempo seria necessário para ficar achocolatado igual a eles e finalmente sentir-se à vontade nos novos trajes? Dias, ou semanas. Agarrando-se a possibilidades ainda inexploradas, Auguste voltou sobre os seus passos com o moral no chinelo.

Perambulando atrás das suas negras idéias, subiu até o bairro alto da cidade. Queria ver a água de cima, percorrer com o olhar a infinitude do oceano até que o seu corpo fosse junto. Os pés inflamados seguiam avançando, cada vez mais alto, longe daqueles barcos bonitos que nunca iam para o mar – pelo menos não para o seu mar. Era só cenário, centenas de praias flutuantes, óleo de coco, óculos escuros. De repente, uma vertigem, a vista indo embora, as mãos tremendo. Os transeuntes se afastaram, um drogado, que miséria, nessa idade. Auguste cerrou os dentes, havia tempo que não punha nada na boca. Alcançou uma mureta justo antes de desmaiar. Quando tornou a abrir os olhos, o céu estava tinto de vermelho, mais um dia vinha deitar-se sobre ele.

Seu mal-estar pelo menos lhe libertara a mente, precisava encher a barriga o quanto antes. Acompanhando o fluxo de turistas, desembocou na inevitável zona ocidental, acomodou-se no primeiro lugar vago. Ali ou em qualquer outro lugar, tanto fazia, pratos e preços eram sempre os mesmos. Só difeririam a cor da toalha e as vozes brincalhonas dos garçons. O que anotou o pedido de Auguste fazia ouvir as suas dez línguas a dez mesas de distância. Estava sempre com uma piada engatilhada, citava o Profeta e Rimbaud para, finalmente, empurrar a tal *salta*, espécie de cozido esverdeado que ele não conseguira escoar ao meio-dia. Ainda devia haver uma tonelada para despachar. Auguste o decepcionou terrivelmente ao não escolher a sua incomparável delícia. Como todos os clientes estavam ouvindo, aquela recusa banal tomava ares de desfeita pública. A noite estava começando mal para o garçom filósofo. O golpe de misericórdia veio quando Auguste interrompeu seu elogio a uma bebida local para pedir meia jarra de vinho tinto de procedência duvidosa, discretamente servido, é claro, numa garrafa de soda.

Auguste não tinha a menor intenção de provocar a suscetibilidade do homem, só queria se livrar dele para pegar seu caderninho e tentar organizar o dia seguinte. Restava-lhe o porto comercial. Com todo aquele tráfego de cargueiros, havia alguma chance de encontrar um que resolvesse seu problema.

* * *

Ele já havia passado por essa experiência vinte anos antes, durante o seu exílio no México. Mas, na época, não estava com os tiras ao seu encalço, nem com a intenção de deixar o continente. Só queria acalmar uma tormenta, fugir de si mesmo enquanto aguardava a volta da mulher e da filha. Ela tinha ido embora, ocorrera uma crise. A vida no exílio é desgastante para a mãe de uma menina de cinco anos. Os deslocamentos constantes, a precariedade, a idade escolar se aproximando. Sua mulher não via mais a luz no fim do túnel e estava voltando para a França com a filha deles. Pelo tempo de reorganizar as idéias, de achar uma saída. Ela estava certa, e Auguste inclusive a incentivara a partir. Achava-se forte o suficiente para suportar a falta, sem desconfiar um só instante de que, se ainda não cedera ao desespero, era graças à sua pequena família, que caberia numa mala. De início, mergulhara na escrita, aquela era a hora, ou nunca, de experimentar suas veleidades literárias. Então a inspiração o abandonara e ele a substituíra pela cerveja. Duas semanas depois, já eram umas quinze por dia. A sua úlcera clamava por clemência, teve de achar outra maneira de preencher o vazio. Num impulso, comprou uma passagem para Veracruz. Ia embarcar, se perder por um tempo no mar. Encontrara sem dificuldade uma passagem num cargueiro grego. Um golpe de sorte, o capitão estava precisando substituir um ajudante de cozinheiro caído na desgraça. Levantariam âncora no dia seguinte, para Veracruz–San Andrés–Panamá–San Francisco, e de volta ao porto mexicano de Tampico. Trinta e cinco dias ao todo. O ideal para Auguste, suas amadas não tardariam a regressar e, no meio-tempo, haveria o mar, os portos desconhecidos, um trabalho manual, exatamente o que ele precisava para ocupar a mente. Saltou a bordo com o coração leve, feito criança. Menos de dez dias depois, desembarcou para tratar suas ilusões num hospital do Panamá. Os marinheiros, seu charme e sua alegria, que haviam alimentado seus sonhos de aventura, já não passavam de coisa de cinema. A bordo daquele navio, não escutara uma gargalhada, uma palavra que não fosse uma ordem seca. Quando não estavam a serviço, os membros da tripulação estacionavam no bar. A sala era suficientemente ampla para que pudessem ficar ali horas a fio, cada qual no seu canto com uma garrafa para esvaziar. Eram movidos a uísque, misturado no café desde as seis da manhã, e depois puro. Jamais qualquer conversa, Auguste tinha tentado. Mas o outro, sem nem sequer erguer os olhos, enchia-lhe com uísque o copo de cerveja, e era só. É longo, um dia no mar. Auguste tinha recomeçado a pensar na vida. Tinha também sua própria mesa e uma garrafa para esvaziar. Pusera-se a tomar uísque e, agora, a sua úlcera sangrava. Isso fora havia muito tempo, ele era jovem. Será que ainda o aceitariam a bordo, vinte anos depois?

Em meio ao clamor de um restaurante reservado aos infiéis, Auguste só escutava o seu próprio silêncio. Estrangeiro lá, estrangeiro aqui, atravessava feito um morto paisagens de sonho. Abriu de novo o caderninho e acrescentou um ponto de interrogação ao lado da possibilidade "cargueiro". Ele engolira a comida como se fosse remédio e estava fazendo durar o vinho tinto com gosto de laranjada. O Oriente não era o México, e os tempos também tinham mudado. Na época, ainda não existia a psicose do terrorista, do traficante, do imigrante, aquele medo do outro que hoje gerava violência e guerras. Como é que ele ia fazer para chegar até um capitão de navio?

– Boa noite, meu senhor, que tal um pouco de companhia?

Auguste se virou para aquela voz, toda de consoantes. Era uma moça de rosto pálido emoldurado por uma cabeleira morena. Os olhos eram claros e não havia vestígio de sol na sua pele leitosa. Aquele detalhe arrancou-lhe um sorriso. Eram seguramente os únicos naquela ilha a nunca terem pisado o pé na praia.

– Está sozinho?

– Estou, mas tudo bem. Prefiro assim.

A moça não se movia, não tirava os olhos dele. Já sem saber o que dizer ante aquele olhar parado, nem um pouco implorante, Auguste a observava, constrangido. À primeira vista, não parecia se tratar de uma prostituta. Estava um pouco deslocada naquele ambiente vestido à última moda, mas talvez naquela diferença residisse todo o seu charme. Uma moça dos países nórdicos acabava de desembarcar. Outra prostituta, sem dúvida, mas como elas chegavam ali? Não, obrigado, ele repetiu mecanicamente. Sem se comover, a moça afastou o olhar para conferir as outras mesas. Ia embora.

– Não, espere um pouco.

Auguste tinha falado alto, atraindo a curiosidade das mesas vizinhas e, sobretudo, a atenção do garçom que podia, finalmente, concluir que aquele cliente era um otário.

– Quer comer alguma coisa?

– Não, obrigada. Um martíni duplo – disse ela, a meia-voz.

Ela pegou o copo direto da mão do garçom, e o esvaziou num gole só.

– Mais um?

– Obrigada. Por que mudou de idéia?

– Não mudei de idéia. Convidei você para tomar alguma coisa, só isso.

— É, os homens sempre fazem de conta que não sabem o que querem.
— E eu estaria querendo o quê?
— Fazer amor, o que mais?
— Qual o seu preço?
— Cinqüenta dólares a meia hora, com preservativo e sem relação anal.
— É uma pena, a única coisa que me interessa é a relação anal.
— Está brincando.
— Por que diz isso?
— O seu relógio.
— Ah, meu relógio... Por causa dos anjos?
— O senhor não é um perverso.
— Por quê? Pagar uma mulher para um serviço tradicional lhe parece muito católico?
— Não, mas pelo menos não vai contra a natureza. Além disso, por trás dói.
— Esse, sim, é um bom motivo. Conhece a cidade?
— O suficiente para não me perder.
— O porto também?
— Principalmente o porto. Paga outra bebida para mim?
— Claro, mas não aqui. Qual é o seu nome?
— Karine.
— Então, Karine, vamos tomar um porre em outro lugar.
— Ei, espere aí. Eu tenho que trabalhar.

Auguste já estava de pé e, no embalo, tinha esquecido os bons modos.

— Duzentos dólares para esvaziar uma garrafa comigo, sem provocar os anjos, está bem?

– Duzentos e cinqüenta.

Auguste acordou sobressaltado, com a mão no interruptor. Respirou fundo. Era mesmo o seu quarto, e não havia mais ninguém na sua cama. Por um instante, teve medo da besteira, mas o cheiro de mulher que o arrancara do seu sono não passava de sonho. Na verdade, não havia nem sonho, só aquele cheiro adocicado que lhe ficara grudado nas narinas, decerto desde a ronda pelos bares na marina, na noite da véspera. Da véspera, ou hoje? Não passava das nove da manhã, e os anjos do relógio já estavam de cara feia. Quantos bares, boates, antros havia naquela rua? Não lembrava, uma legítima maratona. Felizmente, tinha se limitado à cerveja – dois comprimidos de Doliprane deveriam bastar para deixá-lo de pé. O que mais o incomodava era aquele branco na memória. Dos hangares do porto até o hotel, dava um bom caminho. Auguste buscava um detalhe que permitisse reconstituir o trajeto que ele devia ter percorrido. Mas, afora aquele perfume persistente, só o vazio. Alguém decerto o trouxera de volta num estado que ele nem sequer se atrevia a imaginar. Alguém!

Auguste levantou-se num salto, puxou o lençol e farejou, inspecionou a cama em toda a sua extensão, nenhum cabelo ou pêlo suspeito, nenhum vestígio de transa também. Se Karine ou a outra moça, a loira que o suposto capitão russo teimava em chamar de "minha sobrinha", tinham-no ajudado a voltar para o hotel, não haviam ficado muito tempo. Em todo caso, não o suficiente para descobrir o esconderijo com o dinheiro e o passaporte. Nem para lhe passar alguma doença, ele concluiu, examinando o sexo. A idéia de ter se deitado, pela primeira vez na vida, com uma profissional sem nem se dar conta fazia-o sentir-se irresponsável. Era suicídio colocar-se num estado daqueles na sua situação. Precisava realmente reconstituir passo a passo aquela noite infame. Caramba, teria dito algo que não devia? Uma chuveirada o ajudaria a refrescar a memória.

A escova de dentes caiu-lhe das mãos. Ao lado do lavabo, havia dois copos, um deles com marcas de batom. Tinha cheiro de vodca.

Sem perder nem um instante para se secar, precipitou-se para o quarto à cata de suas roupas. O céu não iria esperar para desabar sobre a terra. Um tumulto de pensamentos sombrios tornava seus gestos caóticos, incoerentes. Pegava uma coisa, largava para buscar outra, depois esquecia onde tinha colocado a primeira. Pensava em todos que o tinham ajudado em Paris, no padre que o fizera sair da França. Tinham confiado nele, e ele agradecia estragando tudo com uma bebedeira. A vergonha inchava-lhe o peito.

No hotel, era hora da faxina, ele contava ir para a rua sem chamar a atenção.

– Bom dia. O senhor está liberando o quarto? – perguntou o recepcionista, a um passo da saída.

Auguste confirmou com um sinal, tinha pago adiantado.

– Um momento, há um recado para o senhor.

– Para mim?

O homem já tinha tirado um papel do escaninho.

– O senhor estava no 311, não é? Então tome, e boa viagem.

Auguste fez sumir o papel dentro do bolso e agradeceu enquanto saía.

A temperatura havia caído, o tempo estava chuvoso. Dobrou várias esquinas, voltou sobre os seus passos, registrando qualquer movimento suspeito. Em vão. Aquele transeunte, aquelas motos todas iguais, aquele carro de vidro fumê, tudo podia ocultar um tira. Ele parou um táxi e pediu que o levasse a um hotel qualquer. O motorista o interrogou com os olhos. Aquela rua era toda de um hotel grudado no outro. Não, não gosto deste bairro, muito longe da praia, algo mais confortável, improvisou Auguste.

Um hotel moderno, 140 dólares sem café-da-manhã, e a praia a cinco pontos de ônibus. Não eram permitidas visitas no quarto. Caro para um mero depósito de bagagem, mas a senhora somali que ocupava o guichê ignorou seu passaporte e entregou-lhe uma ficha para preencher como bem entendesse.

O recado consistia num número de celular seguido de um K e de um PS em francês: "Não antes das 17 horas, gatinho". Ele destroçou o papel, amaldiçoando-se. Em francês, uma pista, e o que mais? A ponto de jogá-lo no vaso sanitário, mudou de idéia. Precisava saber até onde tinha levado a sua idiotice. Se Karine tivesse os meios e a intenção de denunciá-lo, que melhor oportunidade de apanhá-lo senão durante o seu sono? Precisava abandonar o local, rápido.

De mapa na mão e uma lista de agências de viagem no bolso, Auguste percorreu a cidade de ponta a ponta. A chuva que prometia cair a qualquer momento não passava de vento. O céu estava de novo um vapor azul, e o ar pesado, saturado de gases e eflúvios do esgoto. Entrava numa agência, saía de outra, passando do ar condicionado para o calor modorrento, alternando suor frio com suor quente e topando sempre com as mesmas respostas.

– Não, senhor. Para qualquer vôo intercontinental existe uma escala em várias capitais européias, no mínimo em R., com troca de avião. Tem de todos os preços e para todos os gostos. Para que complicar a vida com trajetos inverossímeis? Assim é mais simples e mais rápido, não é? Como? Aqueles cruzadores? É claro que fazem essa travessia.

A esta pergunta, o semblante do agente se iluminava. Outros preços, outras margens de lucro para eles.

– Ah, mas então o caso é outro, de puro prazer. Vejamos, Bombaim, Calcutá, Manila, Jacarta, com excursões pelo interior do país.

Auguste então readquiria uma certa esperança, mas nunca por muito tempo.

– Tem alguma preferência, meu caro senhor? A primeira partida, vejamos...

Folhetos, telefonemas, ida e vinda de uma sala para outra. Finalmente, que sorte, ainda tinha justamente um lugar em primeira classe a bordo de uma jóia que já acolhera certo número de princesas e ia partir dois dias mais tarde.

– Daqui a dez dias, meu senhor, vai estar conversando com os peixes dos mares do sul. Mas precisa fazer a reserva o quanto antes, é o último lugar, compreende. A passagem de avião está incluída no preço. Sim, claro, avião, a não ser que queira ir até lá a nado. O embarque é feito nos grandes portos europeus. Espere, há também um que sai de Alexandria, mas, neste caso, precisaria esperar uns quinze dias. Há dois atracados no cais? Acontece muito, eles fazem regularmente esta rota, ficam um dia aqui e vão embora de novo, mas estão sempre lotados. Não faz idéia do que são as listas de espera, não se trata de um transporte de linha, não é mesmo.

Auguste prometia voltar e, no caminho, ia consultando a lista, repetindo não é mesmo, compreende, é claro. É claro, só os gigantes da Europa ocidental podiam pôr na água um caixão pisca-piscante daqueles sem arriscar um centavo do próprio bolso. Encontravam um número suficiente de otários para pagar com antecedência, depois alugavam a máquina e a tripulação, e pronto, vá ser assaltado em outro lugar.

Às 17 horas em ponto, Auguste ligou para Karine. Não tinha nenhuma certeza de encontrá-la do outro lado da linha. As promessas alcoolizadas raramente resistem à luz do dia. Ela talvez tivesse rabiscado um número qualquer, ou então estava com um cliente, ou então... Ela atendeu. Suas consoantes continuavam enchendo sua boca, mas a voz não era hostil. Encontro daqui a uma hora no mesmo restaurante. Auguste teria tempo de mudar de suor e pensar numa aproximação inteligente.

Chegou à zona ocidental uns dez minutos antes da hora combinada. Estava agitado, ainda zangado consigo mesmo, e não pensara em nada melhor do que adiantar-se para vê-la chegar e de longe adivinhar suas intenções. Mas ela já o aguardava, fez um sinal com a mão através da vidraça. Pego de surpresa, Auguste hesitou. Não recordava que nome falso lhe dera, e nem se lhe dera algum. Sempre à espreita, o mesmo garçom escarnecia: era realmente um otário, aquele cara.

Karine estava tomando um martíni camuflado no incontornável copo de chá, e o fitava com o mesmo olhar distante de quando viera lhe propor companhia. Auguste estendeu a mão para ela. Ela a examinou por um instante, depois balançou a cadeira para a frente e deu-lhe um beijo na face.

– Está melhor? – ela perguntou, fazendo um sinal para o garçom.

– Digamos que sim.

Sorriso ostensivo, o garçom se preparava para soltar uma das suas gracinhas, mas alguma coisa no ar lhe aconselhou prudência.

– Você bebe o quê, Auguste? Ah, sim, uma cerveja para ele e o mesmo para mim – ela sussurrou, na sua língua.

– Auguste? – ele repetiu, contendo um desejo repentino por um cigarro.

– Jacques, Bernard, mas "Auguste" foi o que você disse por último. Aposto que é o verdadeiro.

As bebidas chegavam à mesa. Auguste quis pagar logo para deixar claro que não ia embarcar em mais uma noitada, mas Karine arrancou-lhe a nota da mão e expulsou o garçom com um gesto.

– Ansioso, gatinho?

– Você fala francês.

Ela riu sem, contudo, emitir nenhum som. Só dava para perceber pelo tremor dos lábios e as faces enrubescidas.

– Fiz a minha formação na França, antes de topar com o pessoal da Imigração e acabar aqui neste lugar nojento. Mas então você não se lembra de nada?

Pronto, chegamos ao ponto, pensou Auguste, ganhando tempo com um gole de cerveja.

– Bem, acontece – prosseguiu ela. – E olhe que eu disse, repeti, mas você foi direto, uma depois da outra. Você não faz idéia do que um russo é capaz de beber. E capitão, ainda por cima. A propósito, tome.

Karine lhe estendeu três cédulas de 50 dólares amassadas.

– Eu posso ser puta, mas não sou ladra. A gente combinou 250, mas você, já completamente bêbado, me passou 400. Tome, pegue. Quando quero dinheiro, eu peço.

Apesar do monte de gente que ele tinha que servir, o garçom estava sempre de olho neles. Auguste embolsou o dinheiro, enrubescendo.

– Você não teria um cigarro?

– De novo? Eu já te disse que não fumo.

– Tem razão, eu realmente perdi a cabeça ontem à noite. Nada de irreparável, espero.

– Não se preocupe. O capitão estava bêbado demais para levar você a sério e, quanto à sobrinha dele, não percebe nada além de um pinto.

– Era mesmo sobrinha dele? Ele estava de amasso com ela, disso eu me lembro.

– Virgem Maria, era brincadeira! Ele é para lá de veado. Por pouco não abria a braguilha para você e... – Ela mudou o tom. – Você teria até dado o rabo para conseguir ir embora daqui. "Eu podia te esconder na minha cama, querido, se o meu imediato não fosse tão ciumento." E você ainda propôs jogar o imediato no mar. Nada ainda?

– Deixe para lá. Então, pelo que entendi, não há como embarcar num navio?

– Não se faz mais dessas coisas. Pelo menos não num porto tão quente como este. E os marinheiros não gostam de caras como você. Nem eu – ela concluiu abaixando os olhos.

Auguste nunca tivera tanta pena de si mesmo como naquele instante. De repente, teria sido capaz de se jogar no chão e se deixar pisar como cocô de cachorro. Lembrava-se de todos os seus amigos, um por um, imaginava suas expressões surpresas, sua decepção. Tinham achado que ele era forte, e só lhe restava um fio de voz.

– Como eu?

– É, como você, droga! "Razão moral", faça-me rir! Para quem você acha que pode vir com essa? Só existe uma palavra para o seu caso: *dedo-duro*. Você denunciou seus ex-colegas, uns mafiosos, uns altos dignitários corruptos, como você diz. Mas já sabia, antes, com quem estava se metendo, não é verdade? Se pelo menos você calasse essa boca. Mas não, o senhor foge da máfia e da polícia porque se considera acima de ambas. Um reles dedo-duro, é isso que você é, e um problema para todo o mundo. Com certo charme, reconheço. Mas, Virgem Santa, você não podia ter ficado quieto? E ainda por cima... para terminar, você se jogou feito um porco em cima da porca da tal sobrinha.

Karine tinha falado num fôlego só, sem elevar a voz, mas o seu corpo estremecia de raiva. Busto inclinado para a mesa, manifestava com um olhar cortante o seu legítimo direito à crítica. Era difícil dizer se ela estava com medo ou se pensava estar vivendo um pesadelo. Provavelmente se desgastara com os acontecimentos da noite anterior.

Auguste estava desorientado. Queria falar, até abria a boca, mas não saía palavra nenhuma. Lutava contra dois sentimentos contrários. De um lado, o alívio feliz de não ter revelado seus verdadeiros problemas. De outro, o pavor. Mesmo que a culpa talvez fosse das circunstâncias, descobria que o seu inconsciente se outorgava agora essa novíssima liberdade de sair contando histórias à sua própria revelia. Aquele relato fantástico e rico de detalhes, de que Karine obviamente ainda omitira uma parte, era realmente fruto da sua imaginação. No entanto, tomava conhecimento dele pela boca de outra pessoa. Essa estranha dissociação era que o assustava, a ponto de ele não conseguir responder à pergunta não expressa de Karine. Tinha a sensação de que o seu comportamento não estava ligado a um excesso de álcool, mas que alguma coisa maquinal, mais inapreensível e insidiosa que uma garrafa, instalara-se dentro dele. O homem em fuga estava se sobrepondo a Auguste, o gato sem dono.

– Eu disse isso tudo?

– Disse. Você tem documentos, pelo menos? Espero que tenha dinheiro. Na sua situação, fugir custa caro.

Ele esquivou a pergunta. Embora aquela preocupação para com ele parecesse autêntica, cometera imprudências suficientes para não revelar mais nada a uma desconhecida sem recursos que decerto não estava em dia com a Imigração.

– Você acha que esse capitão me ouviu?

– Mitomanias, delírios desse tipo ele deve escutar em todos os portos. Eles acham engraçado, principalmente quando é bem contado. Ele não viu as suas lágrimas. A sobrinha também não, estava ocupada demais em mostrar os seios e cutucar você com o pé.

– Até parece que você está com ciúme.

O semblante de Karine endureceu.

– Eu? Não se esqueça do meu preço, gatinho.

Gelada. Uma legítima eslava – pensou Auguste.

– Obrigado por ter me levado até o hotel.

– Eu até teria deixado você embalar a garrafa na calçada, mas a sobrinha, com aquele fogo no rabo, insistiu em te acompanhar. E você vomitou no carro. Mais duas! – ela gritou, virando-se na direção do garçom para disfarçar o nojo.

– Para mim não, obrigado. Já estou indo.

– Eu disse "mais duas!" – ela repetiu. – Não é uma cerveja a mais que vai piorar a situação. Você achou um jeito de ir embora daqui?

– Não realmente. Mas tenho duas ou três propostas. Vamos ver.

– Sei, é isso aí. Conheço essas propostas. Sabe quantos clandestinos, por estas bandas, são jogados ao mar em troca de quatro tostões? Tenho uma dica para você, a solução para o seu problema, não uma vaga possibilidade.

– Ou seja?

– O meu preço é 250. O preço do contato, 750. Mais a consumação. A trepada estaria incluída, mas não faço questão absoluta, gatinho.

Na manhã seguinte, Auguste subiu pela terceira vez ao primeiro piso de um prédio deteriorado da cidade alta. Na véspera, tinha ido para a cama cedo e dormira dez horas seguidas. Uma proeza, e, após semanas de agitação constante, estava de fato precisando. Tinha deixado o hotel bem antes de abrirem os escritórios. Embalado por aquela esquecida sensação de bem-estar físico, dirigira-se a passos miúdos para o endereço indicado por Karine. Ela dissera "uma agência", "não antes das nove", e ele se dera o tempo de ler um jornal bebendo café, como em Paris. Era agradável sentir-se normal. Às onze horas, enquanto os antros dos tatuadores abriam as portas, a agência continuava fechada. Subiu, tornou a descer, mudou de bar, lutando contra a dúvida e a ansiedade. Ainda estava com o número da Karine. Entregara para ela os mil dólares, um duro golpe para as suas economias.

Nunca me ligue antes das cinco – ela dissera –, mas não é por isso que ele não ia ligar. Rejeitava a idéia de que Karine pudesse tê-lo extorquido, não suportaria isso, não da parte dela. Ia ficar batendo naquela porta até as cinco horas.

A porta continuava fechada. Releu o letreiro pela terceira vez e conferiu o que Karine tinha escrito no guardanapo do restaurante: *Mojaouir, import-export, frete, despachos alfandegários.* Ela tinha sublinhado o nome "Kathia" e acrescentado uma palavra em sua língua. Auguste bateu.

– Está aberto.

O ambiente estava mais para depósito do que agência de viagem. Andou alguns passos e parou no meio de uma sala grande, atulhada de arquivos e caixotes de papelão. Um ventilador de pás girava a toda, mandando para os ares tudo quanto podia.

– Aproxime-se, vamos.

Uma mulher, de cigarro no beiço, olhava para ele por cima dos óculos. Sua mesa era uma ampla tábua de madeira apoiada em dois tripés. Não havia cadeira para os visitantes, mas ela mesmo assim buscou uma com os olhos, antes de apanhar um documento no ar e prendê-lo sob o peso de uma xícara.

– Senhora Kathia?

– Em carne e osso.

Auguste entregou, para que ela lesse, o bilhete de Karine. Ela deu uma olhada rápida no guardanapo de papel e ergueu um olhar divertido para ele.

– Essa Karine. Não sei como ela faz para sempre achar umas confusões desse tipo.

– É só uma passagem.

A mulher por pouco não caiu na gargalhada.

– Uma passagem, é? De A... até S... em linha direta! Talvez tenha condições de fretar um *charter*?

Ela pegou um cigarro e amassou o fumo batendo-o na mesa.

– Escute, não há a menor possibilidade de encontrar um vôo assim e, pelo que estou entendendo, não dá para tentar uma escala qualquer. Esqueça isso, vamos pensar em outra coisa. Passaporte?

Auguste hesitou. Ao empurrá-lo na direção dela, seus olhos imploravam por piedade.

– Húngaro?

– Mais ou menos.

– Como assim, "mais ou menos"?

– Quer dizer – gaguejou Auguste – que eu nasci lá, mas sempre vivi em outros lugares.

– Com certeza, vamos deixar para lá. Tem um aspecto aceitável. Mas me pergunto por que veio se encurralar aqui. Teria sido muito mais discreto ir até uma capital européia qualquer, ou então bem mais ao Norte e, de lá, pegar um vôo de linha.

Havia nela algo da Karine, não fisicamente, pois a diferença de idade era grande, mas na maneira de dizer as coisas com ar de censura. Decerto era o sotaque que endurecia as vozes até deixá-las parecidas.

– Vamos deixar isso para lá, também – ele respondeu, ensaiando o mesmo tom.

Outro cigarro, que ela ficou batendo tanto tempo que acabou partindo ao meio.

– Só existe uma possibilidade. Eu disse "possibilidade". Um vôo semanal que faz uma rápida escala aqui, se abastece dessa porcaria de *khat** e, digamos, de dançarinas árabes, antes de voar para H...

---

* Folhas de *khat*, ou *qat* (*Catha edulis*, arbusto originário da Abissínia e do Yêmen), mastigadas na Arábia e África oriental em razão das substâncias alucinógenas que contêm. (N. da T.)

211

– H...?

– É o nome do aeroporto das M... Um navio faz o traslado para a capital, que fica bem perto.

Mais uma ilha, menor, mais distante, e cada vez mais perdida. Auguste sacudiu a cabeça, não tinha forças para recomeçar a busca em outra ilha. Não, chega, preferia arriscar uma escala na Europa. Ou vai ou racha. Enquanto seguia balançando a cabeça num movimento que já se tornara rítmico, pegou de volta o passaporte. A mulher deixou, ele via compaixão nos seus olhos, e isso o oprimia mais ainda.

– Faz tempo que o senhor anda arrastando essa cara de um país para outro?

Auguste não escutou. Só queria voltar para o seu quarto e dormir um ou dois dias.

– Bem, se já faz tanto tempo – ela prosseguiu – talvez pudesse ter mais um minuto de paciência. Ao menos, por educação. Ainda não terminei.

Auguste se desculpou, mas já estava com a cabeça longe.

– Pelo que pude perceber, o senhor não tem preferência pelo país de chegada, aliás, nem tem opção. Existe outro vôo semanal, que liga M... a S... Não sei qual o seu destino final, nem quero saber, mas, de lá, pode atravessar mais facilmente as fronteiras e seguir até a Sibéria por via terrestre, se o seu objetivo for congelar o traseiro. Mesma história: trata-se de uma companhia duvidosa, que vem se abastecer de traficantes filipinos que dão a volta ao mundo para chegar com esse pó chinês deles lá onde as pessoas são loucas por ele. E voltam carregados de pó colombiano e Rolex fajutos que eles repassam para os turistas das ilhas. Não faça essa cara, são rotas improváveis, pouco controladas, por isso só existe um vôo por semana. O problema é que o senhor sai daqui numa quinta e, para o outro vôo, vai ter de esperar em M... até a quarta seguinte.

– Seis dias – murmurou Auguste.

– E daí? Eu queria saber o que é que as pessoas fazem com todo o tempo que elas ganham. Uma semana de praia vai lhe fazer bem, está de uma palidez de dar medo.

Ele repôs imediatamente o passaporte em cima da mesa. O seu coração batia com força. Um minuto atrás, estava perdido, e agora, teria beijado aquela mulher na boca, se os dentes dela não fossem uma barreira de alcatrão. Tomado pela emoção, não conseguia terminar uma frase, engatava uma pergunta, respondia ele próprio e passava a outro assunto. Súbito, o mundo inteiro estava do seu lado, os amigos na França, o padre, Karine e suas censuras, gostava de todos eles e todos juntos teriam dado uma festa imensa no seu novo país de exílio.

Boquiaberta, Kathia levantava a xícara, deixando voar seus papéis. Partilhava a alegria daquele homem, via a esperança renascer em seus olhos verdes de menino, ele era a sua criação.

Auguste pediu um cigarro, ela estalou o isqueiro. Na vertigem da primeira tragada, sorriu para a sua falta de jeito, para o suor dos fracassos amargados até então.

– São uns burros – ele desabafou, aliviado. – Estive em dúzias de agências e ninguém soube me dar uma só informação que prestasse. Todos uns incompetentes.

– Calma. A maioria dos agentes não sabe nem dar um telefonema, isso é verdade. Mas, nesse caso específico, teriam dificuldade em ajudar. Eu falei em "possibilidade", não esqueça.

Auguste amassou o cigarro com força, fazendo transbordar o cinzeiro. Kathia olhou com uma careta para a cinza que levantava vôo, depois puxou uma calculadora.

– Vou explicar onde é que a coisa se complica. O vôo proveniente da África sempre sai daqui lotado. Não se iluda: este país, mesmo com suas leis proibitivas e seus profetas gritando em cada esquina, é um *suk* de vícios. O pessoal de M... que vem se abastecer aqui anda de lá para cá com passagem de ida e volta e eles retornam para casa carregados que nem mulas. É praticamente impossível encontrar um lugar, mesmo com muita antecedência. Esse prolongamento do vôo foi concebido com o único objetivo de manter esse mercado. Se houver uma volta cancelada, um passageiro morto de overdose ou caindo de amores por uma puta, já tem uma multidão de compatriotas disputando o lugar dele. Está me acompanhando?

Auguste estava acompanhando, a angústia também.

– E aí?

– Aí seria preciso achar um desses bravos comerciantes que aceitasse ceder seu lugar em troca de grana suficiente para ficar se esbaldando com um máximo de dançarinas até o próximo vôo.

– Quanto?

– Mil dólares devem dar. A Aids fica por conta dele.

– Está certo.

– Muito bem. Agora, vamos às passagens. Sempre tem que ser ida e volta, isso tranqüiliza a polícia das fronteiras. Sem contar a reserva de hotel. Houve um *tsunami*, semana passada, que devastou vários lugares da região. É melhor garantir um alojamento. Então, para o senhor, A...–M... M...–S... Na sua situação, aconselho a classe executiva. É mais caro, mas vai ganhar em discrição. Mas me dê um sumiço nessas bermudas, por favor.

– Quanto?

Normalmente, neste ponto da venda, os outros agentes gastavam meia hora com telefonemas, consulta de listas e computadores. Kathia deu uma batida na calculadora para fazê-la funcionar e digitou rapidamente os números.

– Está aqui, menos do que eu pensava. As duas passagens de ida e volta, classe executiva – ela especificou, erguendo o indicador – dão um total de 2.224 dólares. Mais os mil do futuro aidético e o hotel com pensão completa, igual a 3.724 dólares. A partida é amanhã, às dez da manhã. Pode pensar com calma, vou aproveitar para tomar um café.

Girou a cadeira e encheu a xícara numa térmica que estava ao seu lado.

– Então, húngaro, está em dúvida?

– Não, aceito. Espere por mim, volto em menos de uma hora.

– É muito, preciso agir depressa se quiser partir amanhã. Deixe um sinal.

Auguste esvaziou os bolsos e correu até o hotel.

No dia seguinte, compareceu ao guichê do aeroporto. Às nove da manhã, o local estava deserto. Com uma roupa meio extravagante e, a seu ver, adequada para a "classe executiva", Auguste atraía olhares de reprovação dos funcionários, que obviamente o confundiam com um gay indo curtir jovens machos nas ilhas. Estava ciente disso, e tinha até dado uma forcinha. A primeira impressão é a que conta quando nos aproximamos de um posto da fronteira. Uma vez criada a reação desejada, os fiscais que controlam o passaporte não irão insistir muito.

Depois de ter passado boa parte da vida às margens da lei, Auguste tinha a pretensão de conhecer a psicologia do policial típico, principalmente nos países de reputação machista. Segundo ele, a maioria era de homossexuais reprimidos, o que explicava o amor pelo cassetete e a homofobia que em geral reinava nas delegacias. Seguindo esse raciocínio, aos olhos de um policial um homem de aparência afeminada seria, portanto, lixo, sem dúvida da pior espécie, mas não um terrorista, já que não teria colhões para tanto.

Não teria posto a mão no fogo para defender essa teoria, mas era mais ou menos assim que Auguste preferia ver as coisas. Isso o tranqüilizava. Passou batido pela fiscalização.

A aeromoça que o recebera a bordo devolveu-lhe o bilhete com um sorriso de desculpas. A Companhia ainda não estava preparada para a classe executiva, talvez na volta. Até lá, ele podia escrever e seria ressarcido pela diferença o quanto antes. Ansioso por chegar ao seu assento, Auguste mal escutou. Enfiou-se no corredor lotado, pulou por cima de sacolas e caixotes e deu com seu lugar ocupado por duas cabecinhas achocolatadas que emergiam em meio a uma pilha de pacotes. Auguste conferiu o número no cartão de embarque e mostrou para a mulher, que ele supunha ser a mãe das duas crianças. Sem lhe conceder nem sequer um olhar, a mulher gritou qualquer coisa em sua língua e todo o mundo em volta caiu na gargalhada. Chamar a atenção era a última coisa que Auguste queria. Aquele imprevisto não passaria despercebido aos italianos e alemães que ele já identificara nos primeiros lugares. Cinco ou seis horas de vôo ele podia ir sentado num dos caixotes e não se fala mais nisso. Mas tratava-se de um avião, não de um ônibus. Mesmo que aquele tivesse toda a cara de um ônibus, todos tinham que estar de cinto afivelado. Por enquanto, o incidente estava circunscrito àquele grupo barulhento, mas a hora da partida se aproximava e a mulher continuava dando risada. Só restava uma coisa a fazer.

Auguste afagou a cabeça das crianças e, com gestos medidos e um sorriso indulgente, começou a livrá-las dos pacotes acomodando-os em cada cantinho desocupado. A mulher, de início, esboçou uma reação, depois deixou para lá, assumindo um ar divertido, como todos em volta. Finalmente, ele ergueu a criança menor e a depositou sobre os joelhos da mãe, e ficou com a outra em seu próprio colo. E foi assim que Auguste partiu do suposto país do "eixo do mal".

5. O TALISMÃ

Ele ainda teve direito a um enésimo mau momento quando chegou. Primeiro, errou a fila, misturando-se aos passageiros nacionais. Quase chegando ao guichê, percebeu que o garotão de pele demasiado branca que estava fazendo todo o mundo rir era ele. Para chamar a atenção, não poderia ter feito nada melhor. Mais um espasmo diante da expressão hostil do agente da alfândega. O olhar com que fitou Auguste não era mais indulgente que uma sola de sapato desabando em cima de uma barata. Pegou seu passaporte com a ponta dos dedos, como se, em vez de um documento para carimbar, tivesse um pênis para examinar. Mas o nojo cedia para a apetência e o agente não parava mais de apalpar a coisa. Desconhecendo a impaciência dos seus colegas, conferia os mínimos detalhes, com o maior prazer, até que Auguste resolveu cuspir-lhe uma cédula de cem dólares.

Ansioso por chegar ao hotel, Auguste recuperou sua sacola e deixou rapidamente o aeroporto, direção embarque. Kathia, com um sorriso entendido, aconselhara-o a evitar a capital, se não fizesse questão de torrar ao sol na companhia de uma linda húngara. Ela escolhera para ele uma ilha de nome impronunciável, mas significando algo como "banco de areia". Ele tinha gostado. Banco de areia igual a menos turistas e, portanto, pouca oportunidade de encontros desagradáveis. Seis dias lagarteando, ele não queria mais nada.

Uma horinha de navegação, foi o que informaram a bordo. Um timoneiro e um adolescente de cabelo desbotado pelo sol compunham a tripulação. Não era preciso mais que isso para conduzir uma embarcação pequena naquele mar plano e transparente. Único passageiro, Auguste deitara-se num banco e olhava para o céu pelo filtro escuro dos óculos.

– Conhece alguém lá?

O timoneiro, um homem forte cuja expressão sumia por trás das rugas, encarava-o segurando o leme entre as pernas. Auguste levantou os óculos.

– Não, ninguém.

– Gosta de lagarto?

– Não me incomodo com eles.

– Melhor assim.

E tornou a perscrutar o mar.

Lagartos, que idéia. Protegido pelos óculos, Auguste foi aos poucos se deixando invadir por um silêncio abissal. Na época, ainda não tinha certeza de que o céu fosse vazio, mas não se tratava só do céu. A terra, essa, ainda lhe pertencia.

Antes mesmo de pular para o passadiço, Auguste compreendeu o nome da ilha. Só areia branca a perder de vista.

Na beira de um caminho, única trilha que se afastava do mar, um lagarto graúdo, de cabeça pontuda, cochilava ao lado de um arbusto. Aqui e ali, detritos de metal e folhas de palmeiras meio soterradas na areia resistiam às rajadas de vento. Ninguém. Auguste deixou cair a sacola no chão e voltou correndo para o barco.

Braços cruzados no convés, o timoneiro examinava o seu jovem imediato que desfazia as amarras.

– Com licença, chefe. O Hotel Castlie's fica longe?

Os dois homens trocaram um olhar.

– Não, fica atrás desse calombo. Não faz muito tempo, teria conseguido ver daqui.

– A duna cresceu?

– Não, o hotel é que baixou, até o subsolo.

– O subsolo.

– A piscina não se mexeu nem um centímetro, o resto todo voou com o *tsunami*. O senhor não lê jornal?

Auguste não conseguia acreditar. Isso tudo parecia demais com uma piada para ser verdade.

– Mas, caramba, tem que existir outro hotel nesta maldita ilha.

– Este era o único. E você – ele se impacientou – ande logo com essas cordas em vez de ficar aí de boca aberta.

– Mas, que droga, por que não me avisou?

– Achei que gostasse de lagartos.

O timoneiro nem se deu ao trabalho de se virar. Auguste deu um último olhar à extensão de areia e à pilha de cordas caídas no convés. Era de arrebentar a cara de um homem por muito menos. Auguste já não continha mais a raiva.

– Leve-me para a capital, por favor, tenho dinheiro para pagar.

– Nem pensar. Tenho um carregamento para fazer em outra ilha e não é caminho nem um pouco.

– Mas, que droga, não vai me deixar aqui!

O timoneiro parecia decidido a fazer isso mesmo mas, apertando a maneta do acelerador, gritou para ele ir buscar a sacola e saltar a bordo. Não tinha tempo a perder.

A segunda travessia se anunciava muito mais comprida que a primeira. Havia uma carta náutica rasgada colada na cabine. Percebendo a curiosidade de Auguste, o rapaz mostrou com o dedo uma ilhazinha bem afastada do agrupamento do arquipélago. Auguste deitou-se no chão. Cabeça apoiada na sacola, queria afundar nela e apodrecer junto com a sua roupa suja. O barco balançava suavemente nas águas calmas. Prestes a cair num cochilo, abriu os olhos para o céu listrado de laranja. Em seu desespero ampliado, teve uma sensação fugaz, parecida com um sentimento de realização. Seria ele único, ao menos em sua condição?

O comandante o observava com um olhar preocupado.

– Se precisar vomitar, faça isso no mar.

Auguste levantou sem responder, e sorriu. Um sorriso breve, que não apaziguaria a sua mente, mas transtornaria a expressão desgrenhada do timoneiro. Num gesto seco, mandou o jovem substituí-lo no leme e se chegou perto de Auguste. Por um momento, não falou nada, olhou a mochila, meneou a cabeça. Quando ergueu os olhos para fitar o mar, seu rosto estava menos enrugado.

– O que veio fazer nesses lugares perdidos? – perguntou e desculpou-se com um gesto, assumindo outro tom. – Os turistas vão mais para o norte. Não há nada por aqui.

– Eu me enganei. O meu inglês é ruim.

– O seu jogo também.

O timoneiro sabia rir.

– Pode me levar para a capital, depois de carregar a mercadoria?

– Está brincando. Tenho a minha ronda para fazer, e só vou atracar naquele antro daqui a uns quinze dias. (Olhou para o relógio.) Daqui a umas três horas, desembarco o senhor.

Até então, Auguste não teria ousado tocar aquele homem, de tanto que ele se mostrava agressivo. Mas, na angústia de perder o próximo vôo, segurou-o pelo ombro e o obrigou a encará-lo.

– Preciso, de qualquer jeito, estar lá antes disso. Quanto quer pelo desvio? Quinhentos, mil?

O homem se soltou energicamente e deu um passo para trás. Seus olhos não passavam de duas fendas pretas na superfície acidentada de uma pedra marítima. Voz lamuriosa, Auguste se desculpou.

– Fique com o seu dinheiro, mister – concedeu o timoneiro, passado um instante. – Lá aonde estamos indo, vai ser mais fácil se deslocar.

– Mas, antes, o senhor falou...

– É isso mesmo. A maioria destas ilhas é inabitada, mas a ilha de O... é uma exceção. Não faz nem quinze anos, para um punhado de pescadores era um banco de areia como qualquer outro. Hoje, tem hotéis cinco estrelas, catamarãs e até aviõezinhos particulares.

O timoneiro disse isso com tamanho ar de nojo que Auguste precisou disfarçar o seu alívio.

– O que aconteceu com O....?
– E o senhor, é de que país?
– Da Hungria.
– Bem, em todo caso, não deve ser longe da Europa. Venha até o leme se quiser saber mais. Estamos nos aproximando de um baixio rochoso e esse garoto está fumando baseado feito um condenado.

O timoneiro chamava-se Jayoom e a sua idade justificava amplamente a profundidade das rugas. Ele não gostava de estrangeiros, dos que faziam barulho e consumiam "porcaria". Segundo ele, a chegada maciça de uma tribo etíope assinalara o começo do fim da ilha de O... Refugiados que precisaram deixar seu país por causa de alguma guerra, não sabia bem qual, com um país vizinho. Mas eles não perturbavam demais os costumes locais. Moravam em cabanas como todo mundo, comiam peixe e não usavam fones grudados nos ouvidos. O envenenamento teve início algum tempo depois. Brancos, e até mulatos que falavam a mesma língua dos brancos, desembarcaram na ilha e, num piscar de olhos, transformaram-na numa dessas aldeias turísticas que se vêem hoje na tevê. Os antigos pescadores então tornaram-se garçons, vendedores de quinquilharias e, nos piores casos, larvas humanas mendigando uma moeda a fim de consumir drogas que antes nunca tinham sido vistas por ali.

Jayoom tivera uma mulher em O... Antigamente, ele amarrava o barco e corria direto para a casa dela. Durante três dias e três noites eles faziam amor, com umas poucas pausas para recobrar as forças com um bom peixe grelhado. Ela agora trabalhava na agência de turismo e só falava a língua dos estrangeiros. Jayoom detestava O... e, desde então, não fazia mais perguntas sobre o real conteúdo das cargas.

A presença daqueles estrangeiros todos descritos por Jayoom arruinava o otimismo recuperado de Auguste. Tanto que agora, naquele fim de mundo, percorria o cais com a apreensão dos primeiros dias de sua fuga. Ele dissera ao timoneiro que buscava tranqüilidade e exotismo, e o homem lhe dera o nome de um hotel barato situado a boa distância da "horda de invasores". A ilha de O... era muito mais extensa que as anteriores. Vinte quilômetros, aproximadamente, separavam o porto e a cidade. Auguste saltou num táxi que se sustinha com arames e rodava a toda velocidade numa pista a ser adivinhada sob uma fina camada de areia. Nenhuma curva, nenhum cruzamento, tráfego zero. Se não fosse preciso desviar das rachaduras, daria para dirigir até o final de olhos fechados. Pelo caminho, Auguste levava o olhar longe, procurando um vestígio do tal paraíso terrestre que tinha atraído tanta gente.

O motorista ainda não pronunciara uma única palavra. De vez em quando, dirigia um olhar sombrio ao seu passageiro por um caco de espelho improvisado como retrovisor. Dava a impressão de estar sendo obrigado a efetuar seu trabalho sob a ameaça de uma arma. Só para conferir se ele não era mudo, Auguste perguntou o preço da corrida. Três vezes mais caro que a tarifa reservada aos turistas. Embora intimidado por sua situação muito pouco regular, Auguste observou que, com aqueles preços, as pessoas do lugar não deviam se deslocar com muita freqüência. Elas não se deslocam, respondeu secamente o motorista. O seu olhar estava, agora, francamente agressivo. Auguste se desculpou maquinalmente, para o caso de ter forçado a falar um homem que tivesse feito promessa de silêncio a algum santo. Além disso, já tinha uma experiência razoável com a agressividade remunerada dos autóctones para com aqueles turistas ocidentais que acham que podem tudo com o dinheiro sujo deles.

Antigamente, quando Auguste tinha morado no México tempo suficiente para aprender a imitar um cacto, acabara por partilhar naturalmente esse tipo de sentimento. De lá para cá, muita coisa havia mudado, a romântica integridade dos povos parecia ser cotada na Bolsa como valor turístico, uma garantia de autenticidade, e Auguste aprendera que não se pode nada pelos homens – o seu bem-estar só depende deles mesmos. O que não o impedia de perscrutar a alma do motorista e tentar enxergar além das aparências.

A pista desembocou numa rua pavimentada, em meio a duas fileiras de casas, que em sua maioria mais pareciam obras em andamento do que moradias. Por trás dos muros improvisados, ao abrigo do sol ardente, pessoas realizavam suas tarefas, básicas decerto, mas sem dúvida ricas em aromas. Realmente decidido a alcançar o outro lado da avenida, o imperturbável motorista mantinha a velocidade, deixando à buzina o cuidado de livrar a rua dos cachorros e das crianças. Na saída da cidade, Auguste se perguntava onde estariam os ricos hotéis cercados de palmeiras que tanto revoltavam Jayoom. De qualquer modo, tinha renunciado àquelas maravilhas de preços mirabolantes, principalmente por causa de seus nomes vagamente italianos. Era mesmo pouco provável que os italianos viessem construir hotéis naquele lugar tão distante da Bota. O clima não era ideal para fazer estoque de espaguete mas, de uns tempos para cá, Auguste tinha dificuldade em distinguir prudência de paranóia.

Finalmente, no meio de uma paisagem inchada de calombos juncados de detritos, o táxi parou defronte a uma construção amarela, aparentemente intacta. O letreiro trazia o nome do hotel. Por apenas oitenta dólares, prometiam-lhe asseio, ar condicionado e pés na água. Água do mar que, depois daquela, duvidosa, do porto, ele ainda não vislumbrara. Pelo menos, safara-se de passar o resto da vida no banco de areia do deserto, e estava tão aliviado que tudo o mais se tornava secundário.

Chegara e se instalara. Auguste mal conseguia acreditar. Desde que saíra da França, era a primeira vez que tinha a nítida impressão de estar realmente em outro lugar. Tinha ido longe. Milhares de quilômetros o separavam agora dos jornais, das patrulhas com sua foto colada no porta-luvas, e de toda aquela gente, hostil mesmo sem querer, que só se levantava de manhã para recomeçar a morrer. No fundo, pessoas infelizes, a quem Auguste não chegava a querer mal. Durante todos aqueles meses de inferno em Paris, não tinha cessado de observá-las. Via-as, de manhã, no metrô. Uma se maquiando, outra com a cara já enfiada na programação da tevê. Tornava a encontrá-las ao meio-dia, vinte minutos para engolir o prato do dia, olhar vazio. E à noite, voltando para casa. Vinham nervosas – o cansaço, a angústia, os filhos para pôr na cama e, para concluir aquela história de um dia, os programas de televisão. Sombra em meio às sombras, Auguste sentia-se tocado. Com uma vida assim, não era de surpreender que, de vez em quando, aqueles infelizes se transformassem em caçadores, e aí tanto fazia a caça, o importante era pôr para fora. Ele seguia aquela gente em toda parte, espreitando um cintilar nos seus olhos para partilhar o mesmo grito de basta, que ele continuava esperando. Sempre se sentia do lado deles, mesmo depois de se tornar sua caça. Auguste era um sonhador, um problema difícil de tratar. Às vezes, tinha uma vontade louca de gritar: "Sou eu, é a minha pele que vocês estão querendo! Peguem, mas e depois, vão fazer o que com ela?". E o que aquela gente teria feito com ela?

Muito longe dos seus sonhos, Auguste largava a sua bagagem. Conseguira. Com mão trêmula, assinou a ficha de entrada. Teria dado um beijo no recepcionista, no seu cachorro babão e até no alemão que estava no seu vôo e com quem viera topar ali. Aquele era o seu momento. Mesmo que também pertencesse a todas as pessoas que tinham desejado vê-lo longe, são e salvo, aquela alegria era só sua, dura e pesada como uma pedra de Paris.

Uma emoção de um instante. O tempo de ir ao andar de cima, abrir a porta do quarto, esvaziar a sacola e gastar o tempo necessário para guardar suas coisas num armário novo, sempre grande demais para a sua magra bagagem.

O medo retrospectivo da viagem ainda o fazia sentir-se vivo. Ele se agarrava ao último frêmito, imaginando-se turista, homem de negócios, pesquisador, aventureiro. Aceitava qualquer profissão para poder desfrutar da ilusão durante mais alguns minutos. Antes que seus ombros relaxassem e só restassem os pedaços do seu coração para recompor. Ele sozinho, com uma cama e um teto novo para refletir os rostos de todos os que tinham ficado lá e, de mansinho, as lágrimas escorrendo, molhando o travesseiro. Auguste o abraçava forte e, pouco a pouco, o sono chegava.

No final da tarde, desceu à recepção e se viu no meio de uma ciranda de moças. Todas vestidas da mesma forma. Vagavam de um lado para o outro, roçavam as mesas do restaurante com seus traseiros desenhados por um estilista. Provavelmente uma equipe de modelos para um desfile de modas, pensou. Mesmo que lhe parecesse meio estranho o mundo endinheirado da moda ter escolhido aquele hotel que, embora decente, não merecia nem duas estrelas.

Um homem estava sentado no fundo do salão. Observava, como ele, o vaivém frenético das moças. Ao avistar Auguste, dirigiu-lhe um olhar de cumplicidade, antes de perceber que era um novo cliente para o qual tinha que achar um lugar. Com segurança de proprietário, expulsou dois lindos traseiros de uma das mesas.

– A bagunça que elas fazem! Mas são bonitas, não é? Verdade é que são de M... puro-sangue, e nós temos, aqui, as mulheres mais bonitas do mundo. É a nossa equipe feminina de basquete, elas estão se preparando para o campeonato nacional. Vai poder vê-las em ação daqui a pouco. Este ano, nós vamos ganhar. Gosta de basquete?

– Muito – respondeu Auguste, o olhar grudado nas moças.

– Estou vendo, principalmente os jogos femininos. Mas, cuidado, elas estão sendo bem vigiadas.

O proprietário do hotel entabulara a conversa em italiano com muita naturalidade. Auguste ostentava um ar meio perdido e respondia em inglês.

– Uma cerveja?

— Bem fria, obrigado.

As moças espreitavam a saída do proprietário para recomeçar o joguinho de sedução, aparentemente desconhecendo o pudor. O menor gesto era nelas uma pose charmosa, uma voltinha de dança, um comentário, um canto. Pareciam passarinhos na primavera, quando eles pousam num campo exibindo todos os seus argumentos encantatórios. Seus olhares eram penetrantes, olhos negros de pássaros. Eram tão jovens e tantas que Auguste, sozinho com sua cerveja, estava intimidado feito um idoso envolvido no jogo cruel de um bando de moleques. Queriam saber as horas, queriam uma cerveja, um cigarro. Qualquer pretexto era válido para chamar a atenção do pássaro exótico que poderia levá-las para longe dali, onde o seu talento fosse mais bem apreciado. Uma moedinha para o *jukebox*, pedia uma atacante lateral. Ele dava. Seios bem encostados no seu ombro, a moça agradecia com um beijo em seu rosto e Auguste enrubescia feito adolescente. Disputavam entre si as cadeiras à sua mesa, queriam mais uma cerveja, por que ele não tinha cigarros, era estranho um europeu se privar deste prazer se podia comprá-lo às toneladas. O senhor acha que não é bom para o jogo? Risos. Não estamos nem aí para o jogo, não vale nada.

De repente, ecoou o som de um apito. Um asiático grandalhão, de cabeça raspada, irrompeu no salão. Pernas afastadas e peitorais estufados, passou em revista todo o seu pessoal com ar furioso. As moças já não ousavam respirar. A um segundo toque do apito, foram dispor-se em duas fileiras no fundo do salão. O asiático grandalhão fulminou Auguste com o olhar, antes de se virar para o seu pelotão e começar a gritar na língua local. A bronca era para valer, um legítimo sargento com seus moleques. Mas a palavra "bastardo", que aparecia sem parar nos seus insultos, dirigia-se particularmente ao estrangeiro. Sob o olhar tristonho das moças, Auguste mantinha heroicamente o seu posto, era questão de honra. Teria resistido até o fim se o grito das sirenes não tivesse desencadeado nele a instintiva reação de fuga. Vinha acontecendo havia meses, ele não conseguia mais distinguir uma ambulância de uma patrulha passando o sinal. Essa fuga sem fim tinha minado os seus nervos. Ao menor sinal de alerta, sentia náuseas.

Somente a escuridão podia fazê-lo relaxar. Era sempre ao cair da tarde que ele se sentia mais à vontade para enfrentar a rua. Isso não o deixava mais protegido, muito pelo contrário. Ele se expunha a perigos maiores, pois a noite se povoa de caçadores e caçados. Sua escolha não era racional, só mais uma muleta psicológica que ele travestia de realismo com mais uma das suas nebulosas teorias sobre o funcionamento do mundo contemporâneo.

Na sua visão, todo comportamento humano – dentro dos limites de um contexto preciso, concedia ele – era determinado pela relação mais ou menos alienada que o homem mantinha com o processo produtivo dominante. A partir desta tão inconsciente quanto discutível interpretação do jovem Karl Marx, ele muito simplesmente associava a luz do dia ao dever imposto e a escuridão da noite ao repouso e à indisciplina. Conclusão: a alma policialesca que doravante residia em todo ser humano cedia ao sair do trabalho. Ele levava a teoria até o fim, sem exceção para os períodos de lazer: durante o dia, o turista ocidental ficava ligado à engrenagem, a tal ponto que o mero ato de se bronzear servia ao processo produtivo dominante. Ele se mantinha atento, mais ainda nas férias do que em período de trabalho, pois tinha que aplacar a sensação de culpa oriunda de sua inatividade. À noite, a vigilância do turista se atenuava. Com simplificações desse tipo, Auguste tivera muita sorte de conseguir chegar tão longe. Mas, no constante estado de urgência em que ele vivia, ninguém decerto conseguiria lhe demonstrar o contrário.

O sol ainda ia alto e Auguste hesitava em frente à porta do quarto. Não tinha coragem de trancar-se à espera da noite. Até aqui, nunca tinha se aventurado na rua durante o dia sem um motivo sério, quando teve de assegurar a continuidade da sua viagem. Agora, com o próximo bilhete já no bolso, estava tentado a achar que aquela regra já não se aplicava. Estava longe de Paris, da França, dos países sob vigilância. Longe do zelo do cidadão da ordem ocidental. Tinha chegado a um outro mundo, e o comportamento surpreendente das moças era prova disso. Não havia comparação possível entre a força da sua candura e a postura morna da juventude ocidental. Auguste, enfim, queria ver o mar e ele estava logo ali. Bastava atravessar a rua e contornar os blocos de concreto empilhados, dos quais pendia, aqui e ali, o letreiro de um improvável bar ou loja.

Seguido por um cachorro de costelas à mostra e orelhas ensangüentadas, foi nessa direção. Atrás do concreto e dos montes de lixo, súbito, a praia. A brancura da areia fina feriu-lhe os olhos. Auguste não deu mais nenhum passo. Atônito, olhava para a água turquesa, sem uma ruga em sua superfície. O contraste entre a desolação da paisagem às suas costas e aquela beleza repentina era impressionante, um excesso de sensações apenas para ele. Os banhistas formavam manchas que ardiam ao sol, integrando-se ao cenário. As pessoas, as de verdade, as que ele amava, não estavam ali para partilhar com ele aquele cartão-postal dentro do qual dava para saltar e correr pelado, gritando de alegria. Só havia ele ali, sozinho, frente àquele azul claro compacto, como suas recordações que voltavam à tona pouco a pouco, cortando-lhe o fôlego.

Imagens que vinham de longe. Lugares esquecidos ao longo de outras evasões, as Caraíbas, talvez, não, o golfo de Cortes, na Baixa Califórnia. Anos 1980. Uma época em que ele ainda acreditava no legítimo dever de viver a vida da melhor maneira possível em qualquer circunstância, porque o exílio era uma provação para as pessoas de bem. Os fujões acanalhados, os mafiosos e os reis das bananas eram os outros. Mas estes sempre tiveram praias particulares. De preferência na Côte d'Azur, e duvidava muito de que seus cachorros tivessem tiques como este, que não desgrudava do seu pé. Já ele, 25 anos mais tarde, depois de acreditar por muito tempo que o mundo compreendera as razões morais dos revoltosos dos anos 1970, era incapaz de dar mais um passo e deixar sua marca naquela areia branca.

Imóvel, Auguste olhava para o mar e tentava entender. Não se sentia no direito de desfrutar de tamanha beleza enquanto o seu espírito ainda estava ferido, manchado pela impiedosa campanha de imprensa que suportara na França, um verdadeiro linchamento. Assim haviam procedido os fazedores de verdades, como ele os chamava, legitimados pelos governos da França e da Itália. Em poucos meses de obstinação, aqueles "mercenários da desinformação" tinham conseguido transformar Auguste num monstro sanguinário, num câncer a ser extirpado a fim de garantir a salvação da União Européia. Depois de mais de um quarto de século de exílio político oferecido aos italianos dos "anos de chumbo", a França de Jacques Chirac havia traído a sua palavra de Estado por alguns favores trocados entre cachorros grandes de rabo preso.

Tanta covardia muito facilmente levara Auguste a tirar a poeira das suas noções de história, na ilusão de desencavar mais uma de suas teorias, capaz de explicar de um modo diferente tudo o que ele se negava a ver. No seu refúgio, desembaraçava assim o fio das traições consumadas pelos governantes franceses ao longo dos séculos. De Francisco I a Pétain, havia pilhado a biblioteca do lugarejo. Mas isso tudo, ele sabia, não passava de manobra para ocupar suas longas noites de inverno. Ao passo que ele contava com a solidariedade de milhares de pessoas nascidas e educadas na tradição do país dos direitos humanos. Franceses, como eram também seus próprios filhos.

Auguste era assim, sempre precisava de uma boa razão adulta para justificar seus sentimentos de menino. Depois, teria admitido que, na verdade, estar sozinho com aquele mar puro e transparente era como estar com um diamante no dedo e ter que ficar com a mão no bolso. Deu meia-volta, o cachorro também.

Depois de alguns zumbidos irregulares, o aparelho de ar-condicionado deu o derradeiro suspiro, e Auguste largou o livro. Era desnecessário marcar a página, já era a mesma havia vários dias. Puxou o telefone a fim de avisar a gerência, e desligou em seguida. Pela janela, que dava para os últimos paralelepípedos da avenida, acabava de ver uma mulher negra arrastando um botijão de gás e um bebê, desafiando o calor abrasante com passo lépido e firme. Deitado na cama, telefone sobre o peito, Auguste a observava. Suas costas eretas e seu suave requebrado conferiam àquele andar tamanha graça que teria matado de inveja uma dessas modelos que ganham milhões numa passarela do Hilton. Depois que a mulher sumiu de vista, ouviu a voz impaciente do recepcionista vinda do aparelho mal desligado. Gaguejou um pedido de desculpas, e depois foi desligar da tomada o aparelho defeituoso. Com ar-condicionado, sempre acordava resfriado. Quanto ao calor, azar, teria que se acostumar.

Desde que partira, os únicos momentos que lhe pareciam realmente indispensáveis à vida eram as refeições e as horas de sono. Atos incontornáveis que não ocorreria a ninguém questionar. Na hora do jantar, voltou para o salão do térreo. O proprietário achava-se à mesa com cinco mulheres de diferentes idades. Deduziu simplesmente que se tratava de sua esposa e das quatro filhas de ambos. Adotou, portanto, uma atitude apropriada, dirigindo-se à mais velha para as questões mais sérias, dando às demais uma atenção mais desenvolta, sem suspeitar da ciumeira que suscitava. Auguste, felizmente, não era versado na arte da paquera. Teria se arrependido de suas iniciativas ao descobrir que os verdadeiros filhos do proprietário não tinham mais de dez anos de idade e não comiam à mesa com o pai e as cinco mães.

O homem pôs de volta no prato a coxa de frango que estivera mastigando. Já estava ciente da pane do ar-condicionado e deu prova de autoridade dando uma bronca nas mulheres. Depois, quase se desculpando por eventuais expectativas que Auguste pudesse ter nutrido, informou-o discretamente que a equipe das moças "boas só para mostrar o traseiro tinha perdido o jogo e, portanto, voltado para o chiqueiro".

Auguste escutava gentilmente mas, sempre alerta, respondia pela tangente quando lhe faziam uma pergunta direta. O patrão, um mestiço alto que se gabava de ser o único proprietário de hotel nativo "naquela ilha vendida", continuava falando com ele em italiano. Embora Auguste já o tivesse incentivado a se expressar em inglês e ele certamente já tivesse notado o seu passaporte húngaro, em meio aos dos três únicos clientes. Um pouco confuso com a pronúncia ruim de Auguste e, principalmente, ansioso por retomar sua coxa de frango, tratou de despachar suas melhores atenções em ambas as línguas. A um sinal imperceptível, uma mulher saiu da mesa e voltou com uma garrafa de vinho tinto australiano, decerto a fim de compensar a falta de mulheres e ar-condicionado.

Pela manhã, Auguste estava à janela, perscrutando a avenida pavimentada. Não havia muita gente para os lados do hotel, ele tinha dado sorte. A zona turística e seus bairros se estendiam ao longo da baía, longe, do outro lado da cidade. Ele só precisava andar umas poucas centenas de metros para fazer compras e conseguir um mapa da cidade. Estava tudo suficientemente tranqüilo para que ele resolvesse deixar o quarto e passar de bermuda pelos primeiros testes.

O alívio de ter finalmente chegado a um local sossegado durou pouco. Durante um rápido passeio pela avenida, descobriu o motivo do curioso sucesso da língua italiana naquele pedacinho de mundo à parte.

Ao primeiro *Ciao, come va?*, ele puxou a aba do boné, desconhecendo o jovem *black* que o cumprimentara em italiano. Era uma lojinha de suvenires, era normal eles tentarem surpreender o turista jogando algumas palavras na primeira língua que lhes ocorresse. Mas por que tinha justamente escolhido dirigir-se a ele em italiano? Auguste já tinha ouvido dizer muitas vezes que "os italianos são absolutamente inconfundíveis". Ele não gostava muito daquele clichê, demasiado norte-europeu, mas admitia a existência de certos sinais distintivos nos gestos, por vezes certa tendência à fanfarronice e, é claro, a dependência genética de massas. Enfim, isso não explicava por que, naquele local tão afastado da Bota, era interpelado em sua língua a cada dez metros. Só um adivinho reconheceria um italiano naquelas bermudas com fundilhos batendo nos joelhos. *Bongiorno signore, venga a visitare...* Auguste fazia ouvidos moucos e seguia adiante modificando um pouco o modo de andar. Mas, de um lado a outro da avenida, o fogo cruzado falava sempre a mesma língua. Umas poucas centenas de metros depois, Auguste compreendeu com uma sensação de desastre que lugar era aquele, que ele julgara ser finalmente seguro.

Os nativos de O..., assim como a colônia etíope, rejeitavam qualquer vínculo com o continente. Eles não eram asiáticos! Aceitavam expressar-se em (...) quando lhes convinha, mas faziam questão de mostrar que aquela não era a sua língua, intercalando de propósito frases num idioma que era, obviamente, uma mistura de todos os países que haviam transitado pelo local ao longo dos séculos. Local que não podia, em hipótese alguma, ser confundido com as M... . Aquele pertencimento às M... eles não suportavam. Sua ilha era uma ilha à parte, com uma cultura que precisava ser respeitada. Um orgulho singular, que perdia toda a nobreza assim que eles iniciavam uma frase em bom italiano. Auguste ostentava então uma absoluta incompreensão, para que eles recomeçassem na mistura de (...) com inglês.

Em 25 anos de exílio, ele já perdera o hábito do som da sua língua materna falada pelo comum dos mortais num contexto de vida corriqueira. Até parecia que se enganara de avião e, em vez de desembarcar nas M..., viera parar numa ilha siciliana no alto calor do verão. Chegar à Itália por acidente sempre fora o seu pesadelo. Nos seus deslocamentos de um salão literário para outro, evitava cuidadosamente os vôos nacionais que se aproximavam demasiado da fronteira franco-italiana. Preocupação não totalmente infundada desde que um avião no qual viajava uma refugiada improvisara um pouso em Milão devido a um problema técnico.

A explicação para a curiosa adoção da língua italiana num lugar tão improvável estava naquelas grandes ilhas de verdura, mais adiante, onde telhados reluziam em meio às árvores: "Os bairros italianos, *sissignore*", explicou-lhe o agente turístico com seu sotaque romano. A Itália era, de fato, o motor econômico da ilha.

– Mas por que italianos? – gaguejou Auguste.

– Existem muitas famílias mistas em (...), aqui era uma antiga colônia italiana. Uma chama a outra e, com o tempo, sabe como é.

Auguste fez o caminho de volta, mas a avenida já não era mais a mesma, e ele tampouco. Estava mais uma vez perdido, um gato sem garras flagrado pela luz do dia longe de seu refúgio. Agora que sabia onde tinha vindo parar, enxergava italianos por todos os lados. As vozes altas e as gesticulações, eram eles. Os cremes, as jóias, as cabeleiras oxigenadas, os jipes à toda – eram eles também. Só faltavam os casacos de pele e Bermafiosi em pessoa dançando *liscio*.

Ele refreava as suas pernas que queriam sair correndo, mas, para onde? Era uma ilha. Só mais uma ilha. Seis dias para agüentar naquele enclave italiano, onde em cada bar e em cada hotel circulava o *Corriere della sera* com sua foto favorita, a de Auguste assassino fazendo careta.

Havia uma esperança, contudo: os italianos não viriam correndo para o seu hotel, o único que pertencia a um nativo. Auguste tinha a pretensão de conhecer os seus modos: eles não gostavam de refeição sem massa e sem compatriota para partilhar a fanfarronice. Mas o seu comportamento de recluso pareceria suspeito. Ninguém vai para um paraíso daqueles para ficar trancado num quarto sem ar condicionado, próximo a uma piscina reduzida a cemitério de tudo que é tipo de inseto.

Naquele quarto castigado por um sol de rachar, passou as horas mais sombrias desde sua partida. Embora tivesse conscientemente optado pela fuga, mesmo improvisada, não conseguia admitir que aquilo tudo realmente tinha a ver com ele. Era decerto um jogo, brincadeira de mau gosto de algum juiz ou político. Um erro grosseiro e, decerto, mais dia menos dia, tudo ficaria bem, ele iria buscar sua filha na saída da escola. Não poderia ser diferente. Um mau momento. Em breve voltaria para o seu quartinho em Paris, para brigar com o seu computador que se negava a escrever sozinho aquelas páginas que lhe resistiam um dia inteiro. Olhos cerrados, pensava em tudo o que tinha deixado lá. Não podia ser definitivo. Por já ter vivido essa experiência, sabia que os sentimentos eram um último recurso para poder continuar a respirar. Continuar a fugir, nunca chegar ao derradeiro refúgio, correr sempre em busca da ilusão de que tudo aquilo era apenas provisório. Somente a esse preço a fuga era suportável.

    Ligar a tevê não era uma boa idéia. A cada tentativa, caía num canal italiano, com umas bonequinhas carregadas de maquiagem ou caras de políticos e cronistas que queriam a sua pele. Achava aquele sotaque cantado caricatural, nunca afinado com a realidade. Expressões surradas da *little Italy*, que ainda perseguia o velho sonho americano. Ele estava fazendo disso uma fobia, e sentia-se culpado. Era execravelmente fácil reduzir um país inteiro àquela telinha. E como esquecer que ele também havia sido italiano?

    Se em vez de se ridicularizar com seu passaporte húngaro tivesse confidenciado sua verdadeira origem à senhora Kathia, ela provavelmente o teria alertado sobre o perigo italiano naquela ilha. Mas haveria outra opção para sair daquele lugar? E como imaginar que ele se veria numa situação assim? Deixar a ilha por outra? Para ficar horas a fio num navio repleto de ex-compatriotas? Era melhor correr o risco de ficar ali até o dia da decolagem. Eram só conjecturas, que não o ajudariam a agüentar firme até a partida. Não tinha tido sorte, só isso.

    Graças à colaboração do calor e dos pernilongos, passara a noite pensando. Combinando seus conhecimentos imediatos com suas análises mais distanciadas, elaboradas em suas longas deambulações fora da Itália, aperfeiçoara uma série de dados para tratar o assunto de acordo com suas especificidades socioculturais. Antes do amanhecer, já traçara o perfil antropológico do italiano moderno, que pode se permitir férias exóticas a preços europeus. Convencido da solidez de sua novíssima teoria, estabeleceu um plano quase seguro para evitar permanecer entrincheirado no hotel e despertar suspeitas.

Para começar, sair da cama o mais tarde possível, o que é absolutamente normal para um veranista. Evitar, assim, o horário do café-da-manhã e – jamais esquecer-se da exceção à regra – um eventual encontro com algum italiano em má forma que tivesse escolhido o mesmo hotel que ele. Depois, na hora em que supunha que todos, inclusive os retardatários, estariam torrando na praia, nunca muito distantes de um estabelecimento com cheiro de café e, principalmente, bem protegido dos nativos, tomar a direção contrária na avenida pavimentada. Embrenhar-se nos terrenos baldios percorridos apenas por bandos de cães errantes e algum pedreiro transportando carretas de entulho. Vez ou outra, andar até o outro lado da ilha, onde os rochedos cortantes substituíam a areia fina, o que mantinha os turistas à distância. Programar o retorno à zona de risco para aproximadamente 13 horas. Os italianos levam a comida muito a sério. Entre 13 e 14 horas, estariam todos se empanturrando de massa com frutos do mar. Momento adequado para se aventurar na avenida e comprar o necessário para agüentar o cerco até o dia seguinte. Havia também o passeio da tarde, naturalmente efetuado à hora do jantar. Após as 21 horas, só por um azar danado toparia com um burguês italiano em férias fora de um restaurante.

Auguste pôs seu programa em prática ao pé da letra mas, mesmo assim, não se atrevia a ir muito longe. Na volta, passava inevitavelmente em frente à minúscula loja de artesanato do *black*. O jovem etíope passava o dia sentado em frente à vitrine, abrigado por uma nesga de sombra, e o cumprimentava com um largo sorriso. Não enxergando nele nenhum possível delator, Auguste respondia com um sinal de cabeça e seguia o seu caminho até o hotel, a dois passos dali. Certa tarde em que voltava com suas compras, o rapaz fez-lhe um sinal para que se aproximasse. Carregar, fuga afora, uma lembrancinha da viagem era a última coisa que Auguste queria. Recusou a oferta com seu melhor sorriso de cerimônia, mas algo nos olhos escuros do rapaz o deteve por um instante. Não era o olhar de um comerciante. Hesitou mais um pouco, e a necessidade de trocar umas palavras com alguém foi mais forte que sua resistência. A avenida estava deserta.

O jovem *black*, como todos na ilha, inclusive os policiais, entabulou a conversa em italiano. Depois, surpreso com os gestos de incompreensão de Auguste, passou para o inglês.

– Olá, amigo, sempre sozinho?

Auguste largou a sacola.

– Nem sempre – disse, deixando pairar alguns subentendidos. – Mas, às vezes, faz bem.

– Gosta da minha loja?

Auguste deu uma olhada na profusão de conchas de várias utilidades e nos tecidos que revestiam o cimento da fachada, e deu um passo para examinar de modo distraído a parte de dentro, escura. Uma réplica dos inúmeros bazares encontrados em toda parte nas praias dos mares do Sul.

– Gosto bastante. Talvez meio mal localizada.

O rapaz ria com os olhos.

– E o senhor, então, também está mal localizado?

Pronto, concluiu Auguste. Esse aí não se contenta com passar o dia espantando mosca. À noite, ele vê tevê.

– Está certo, meu amigo. Eu simplesmente não tenho muito dinheiro e este hotel é o melhor que posso me permitir.

O rapaz olhou para a casamata amarela e deu uma risada.

– Este aí diz que é o único que pratica preços possíveis para os seus irmãos nativos, mas não conheço ninguém aqui que ganhe o suficiente para se hospedar num desses quartos. É um espertalhão, dobra os preços para os estrangeiros. Está pagando quanto por dia?

A conversa estava indo longe demais, correndo o risco de levantar uma questão embaraçosa, quando as exclamações de uma moça chamaram a atenção dos dois. Era uma loirinha que tinha se aventurado até ali tentando pegar seu cachorrinho branco. O animal, rabo empinado, estava se jogando em cima de uma lixeira já cobiçada por um congênere autóctone. A comida, porém, decerto não era o motivo da fuga. A garota corria chamando Titina com olhares angustiados para um lado e para o outro, como se estivesse atravessando um território hostil.

A cena parecia divertir um bocado o rapaz. Ele piscou um olho para Auguste antes de dar dois assobios breves, intercalados com um som aspirado. Titina estacou no ato, olhou uma última vez para as costelas à mostra do seu amor vagabundo e precipitou-se para a loja. A moça ficou no meio da rua, não muito segura de ter resolvido o problema. A sua Titina encerrara a sua viagem saltando para o colo de um desconhecido. Um *black*, o que era meio suspeito. Mas o seu amor pela cadelinha a obrigou a se aproximar devagarinho.

– Boa noite, lindona – disse o rapaz. – Bonitinho, o seu cachorro.

– É uma cadela. Vem, Titina!

O animal ignorou o chamado e continuou se esfregando

no jovem *black*. A moça disfarçava o descontentamento mexendo sem parar o cabelo no seu rosto de boneca, de faces meio magras.

– Boa noite, senhorita. Na sua terra não se tem o hábito de cumprimentar? Não gosta da minha loja? A entrada é franca.

– Não. Só quero que solte a minha cadela.

– Sempre nervosas, essas italianas. Mas por quê, afinal?

Com um movimento da cabeça, a garota jogou o cabelo sobre os ombros.

– Porque há negros demais aqui. Vocês estão em toda parte, não dá para dar nem um passo sossegada.

Auguste, que queria aproveitar para se safar, ficou paralisado com o tom agressivo daquela moça de bronzeado perfeito. A quem, afinal, acabava de ser prestado um favor. Não conseguia parar de olhar para ela, tão jovem e já tão racista. Foi mais forte que ele, acabou retrucando em vez de calar a boca como deveria. E o pior é que naturalmente falou em italiano.

– Senhorita, desculpe-me, mas acho que está se esquecendo do essencial. Está bem longe de casa, e ainda não ouvi ninguém nessa ilha dizer que havia italianos demais por aí. E olhe que há mesmo.

Ele não tinha terminado de falar, e já se sentia o maior cretino do mundo. Enfiou o boné até as orelhas. Quanto tempo ainda agüentaria fugindo se a simples bobagem de uma garota o fazia perder o controle?

A moça recuperou a cadela e saiu correndo, enquanto o jovem *black* se torcia de rir.

– Venha se sentar, meu irmão. Não está com pressa, está?

Auguste olhou com ar de dúvida para a cadeira que o jovem abrira do seu lado. Não por causa dos enxames de moscas que a cercavam, já que as moscas, pelo menos, não fazem perguntas.

– Eu sabia. Mesmo com esse seu jeito estranho, você tem mesmo cara de italiano. O meu nome é Malhé.

– Fabrício.

– Quer dizer, "Fabrizio" – retrucou o outro, malicioso.

– Só tenho um bisavô de origem italiana. Já nem sei quando é que pus os pés na Itália pela última vez.

Para mudar de assunto, Auguste tirou duas latinhas de cerveja da sacola e ofereceu-lhe uma. Malhé recusou com um movimento enérgico da cabeça.

– Sou muçulmano, não bebo álcool.

– Pena – respondeu Auguste, sem pensar.

– Por quê?

– Porque os muçulmanos praticantes que eu conheço se entopem de Coca-Cola, o que não é melhor.

– Pode ser, mas não faz rodar a cabeça, como acontece muitas vezes com vocês, católicos.

Auguste tinha dificuldade com aquele tipo de virtude. Já tinha escutado demais esse tipo de conversa.

– Pode ser – respondeu – mas Coca-Cola e Nike fazem rodar os negócios de quem não é necessariamente amigo do Islã.

– Você está tenso, o que foi? Aquela moça é que te deixou nervoso? Você fala que nem o meu tio. Como esses políticos que acabam criando ditaduras na África, meu irmão. A Coca-Cola é de todo o mundo. O problema é que ela engorda, e eu gostaria de retomar a minha musculação. De tanto ficar sentado aqui, estou ficando redondo – ele concluiu, mostrando a barriga.

* * *

Uma trança de fios de couro envolvia-lhe o peito até a cintura. Berloques do mesmo estilo pendiam no seu pescoço, outros cingiam seus braços e punhos. A idéia de que também haveria algum nas partes íntimas fez Auguste sorrir. Malhé não apreciou.

– Os brancos não entendem, nossos costumes fazem vocês rir. Até os nossos, esses que chegaram aqui faz tempo, acham que podem mudar de pele adotando os costumes dos brancos. Ofendem a cultura de origem. Eu não. Não faz muito tempo que saí da minha terra para vir encontrar a minha família aqui, e sei do que estou falando. Está vendo isso aqui, meu irmão – disse, pondo a mão no peito amarrado. – Pois então, se um desses vagabundos que acha que é europeu tentar me matar, a faca dele ia se quebrar antes de entrar na minha carne.

– Um amuleto – comentou Auguste, satisfeito em desviar a conversa para longe dos seus problemas.

– Não exatamente. Na minha terra, é diferente. Vocês falam de um continente, "a África", e em duas palavras resolvem a questão. Mas quando se trata de um pedacinho de chão feito a Suíça, cada habitante merece um livro de história. Deixe para lá – disse, numa risada, ao ver que Auguste, escutando, deixava a cerveja esquentar. Não sou eu quem diz isso. Gosto de enrolar as pessoas repetindo o papo do meu tio. Na verdade, não entendo muito desse discurso. Mas até ele, com todo o conhecimento que tem, nunca teria saído de lá sem antes visitar a pessoa certa. Você, em compensação, mesmo que o seu espírito pareça ser livre, não teve uma pessoa certa capaz de esvaziar o seu coração de todas as contrições. Você é branco, meu irmão.

– Você não se incomoda se eu tomar a minha cerveja aqui?

O sol estava custando a se pôr. Um cachorro veio se sentar no meio da rua. Contorcia-se, mordendo as pulgas que conseguia alcançar e segurando firme, entre as patas, um saco plástico. Com o jantar garantido, gratificou-os com um olhar molhado. Auguste olhou para o seu focinho marcado por cicatrizes, e se sentiu tolamente próximo a ele. Próximo das suas feridas e da sua solidão, talvez, mas muito distante da sua serenidade. Que idiotice ter pensado que a felicidade estava ao alcance da inteligência dos homens.

Tomou um bom gole de cerveja e tirou o boné, revelando o cabelo cortado às pressas num estacionamento subterrâneo de Paris.

Malhé ria de mansinho.

– Puxa, nunca te vi na cidade. Você não tem dinheiro nem para pagar a entrada numa boate?

– Não sabia que os muçulmanos praticantes como você freqüentavam os antros de Satã.

– Esta loja não é minha, estou só dando uma mãozinha para o meu tio. Para ganhar uns trocados, eu toco percussão, à noite, nos hotéis italianos de lá.

Auguste olhou maquinalmente naquela direção, imaginando dezenas de pessoas gritando o nome dele pelo celular.

– Não me interessa. Se eu estivesse procurando esse tipo de diversão, a Côte d'Azur seria mais simples, e sem dúvida mais barata. Bem, acho que vou para o hotel.

Ao pegar a sacola de compras, calculou quantos dias ainda tinha para passar na ilha. Três. Não ia ser fácil.

Na noite seguinte, Malhé apresentou-lhe o tio. Auguste teria passado sem essa, mas era impossível evitar a lojinha, a não ser indo pela praia onde corria o risco de encontros piores. Malhé falara sobre ele com o tio, e o olhar do homem sondava a sua alma em busca daquele que o sobrinho descrevera. Era alto, já passado dos sessenta, ainda forte e vigoroso. Embora marcado por uma vida intensa e difícil, seu rosto era de uma rara beleza. Observaram-se em silêncio, enquanto Malhé ria de mansinho, como sempre.

– O calor hoje está de rachar – disse o tio, afinal. – Venha sentar-se à sombra.

Auguste só tinha um desejo, voltar para o seu quarto e tomar duas ou três cervejas seguidas para se furtar ao mundo. Mas faltava-lhe coragem para recusar aquele convite que tinha o tom de uma ordem. Enrijeceu, preparando-se para enfrentar o inevitável questionário. Mas o homem de olhar penetrante o impedia de se esconder atrás da máscara. Não fez perguntas. Fazia uns comentários breves, anódinos, pulando de um assunto a outro. Passado um momento, Auguste já não conseguia acompanhar. Sentia o corpo cedendo ao cansaço, grudando na cadeira. O homem não estava dizendo nada de ruim, Auguste deixou seu olhar perder-se entre céu e terra. Nunca tinha se sentido tão longe de casa.

Súbito, deu consigo sorvendo as palavras do tio. Este contava sobre sua aldeia natal, a uns cem quilômetros daquela fronteira assassina e ainda desconhecida. Um vale maravilhoso onde a água corria abundante, as crianças subiam nas árvores para colher seus frutos. Ele descrevia aquilo tudo olhando ao seu redor, e com ar tristonho, as fornalhas em construção que iriam abrigar os próximos etíopes em busca de um sonho. Ele decerto carregava na poesia, a gente enfeita as recordações quando está longe de casa. Auguste sabia bem disso, mas que importância tinha. O que o ele contava sobre o seu povo era tão concreto que até certos costumes que Auguste jamais teria suportado tornavam-se, nas suas palavras, indiscutíveis e naturais. Era a alma inteirinha da África que saía pela sua boca.

Ele falava sem olhar para Auguste, confiando piamente em sua atenção. No fim da história, ficou muito tempo parado, olhando as crianças que brincavam na poeira, cujo futuro e origem já era impossível adivinhar. Com um nó na garganta, Auguste fazia força para despistar a tristeza e não lhe contar, por sua vez, todo o seu sofrimento. Malhé parou com seus risinhos costumeiros para dizer:

– Já ele não gosta dos seus antepassados, os italianos.

– Não é verdade, eu nunca disse isso.

Auguste queria esganá-lo. Aquelas palavras tinham arrancado o tio dos seus pensamentos e, agora, ele precisava se explicar. Os grandes olhos pretos já apontavam para ele.

– Eu nunca disse isso! De onde é que você tirou isso?

– Não está certo – disse o tio, num tom severo. – Não é bom para a saúde, enfraquece o espírito. A gente sempre tem que amar os que nasceram na terra da gente, mesmo os maus.

Auguste se conteve bem a tempo. Ia mais uma vez negar ferozmente as palavras de Malhé, mas isso só teria alimentado o mal-entendido que tanto o divertia.

– Malhé está exagerando. Compreendo e concordo com o que acaba de dizer. Mas tenho tão pouco tempo para conhecer este país e as pessoas daqui que não quero gastar esse tempo me fartando de espaguete e *calcio**.

Tinha acertado em cheio. Enquanto repetiam "espaguete e *calcio*", tio e sobrinho se contorciam de rir. Auguste aproveitou para pegar uma cerveja, e também uma latinha de suco de laranja que comprara pensando em Malhé. Uma só, e Auguste não sabia para qual dos dois oferecê-la. Para sua surpresa, o tio enfiou a mão na sacola e pegou uma cerveja.

– Você quer mesmo conhecer o terreno? – disse, abrindo a cerveja. – Então venha jantar à etíope.

Auguste não respondeu. Ficou olhando-o esvaziar a latinha de um gole só.

– Traga-o depois de fechar a loja – ordenou o tio a Malhé, e foi-se embora sem se despedir.

Da janela do quarto, Auguste podia avistar a fachada da lojinha. Malhé não ia fechar enquanto houvesse uma última possibilidade de agarrar um turista perdido. Auguste o observava balançar a cabeça debaixo da lâmpada cercada por uma nuvem de insetos. Voltou a deitar-se em sua cama. Não queria ir àquele jantar. Não tinha a menor vontade de se sentar à mesa com desconhecidos que iriam cobri-lo de perguntas. Além disso, para comer o quê? Não estava com fome. Não estava nem com sede, essa noite. Só queria ficar jogado na cama até o dia seguinte, quando iria passear com os cães errantes no meio dos montes de lixo e dos calombos de areia branca e entulho.

Os cães da ilha eram todos ruivos, de orelhas ensangüentadas. Devia haver por ali um macho que fazia a lei. Mas eram

---

* Em italiano no original: futebol. (N. de T.)

bonzinhos. No início, tinham rosnado, não gostaram que se aventurassem pelo seu território. Um estrangeiro. Depois, foram deixando, e agora sempre havia um ou dois para acompanhá-lo até a ponta da ilha e voltar. Se ele parasse para pensar, os cães também paravam. Ficavam sentados, esperando Auguste seguir seu caminho, sem nunca perguntar no que ele estava pensando. Com os homens, era diferente. Os homens são curiosos, imaginam esquisitices em tudo. Até um momento de silêncio, de reflexão, logo vira mistério, tristeza, preocupação secreta, problemas.

Malhé levantava preguiçosamente do banquinho. Antes de guardar a mercadoria, deu uma olhada na direção do hotel. Auguste não iria escapar à decisão do tio.

Sempre acompanhado por aquela coisa que lhe tirava o fôlego, seguiu Malhé por um labirinto de caminhos de terra. Havia um cheiro de cabra. Esse cheiro chegava, atenuado, até a praia e ele já tinha se perguntado de onde viria. Não era desagradável, e afastava os turistas. Bem longe, atrás da avenida, o bairro dos etíopes afundava na sombra. Eles continuavam chegando, numerosos, nesta ilha que outrora fizera a fortuna dos antigos, mas que hoje já não passava para eles de uma miragem no jardim dos brancos. Auguste e Malhé andavam no escuro, mais ligeiros que o lento acender da iluminação pública. As casas, cobertas com chapas de latão e ligadas uma à outra por uma infinidade de muretas, eram ainda mais improvisadas que as dos nativos mais carentes. De vez em quando, Malhé se virava para ver se Auguste ainda o seguia. Então, a lua deixou-se engolir por uma nuvem e a escuridão se fez total.

A casa deles era uma seqüência de cômodos justapostos e

separados por toldos reciclados. Só se diferenciava das outras que tinham visto no caminho pela atividade que nela reinava. Entraram num pátio pequeno, onde cerca de dez mulheres se agitavam ao redor de um caldeirão aquecido sobre um bico de gás. O boa-noite de Auguste fez com que se erguessem algumas cabeças, mas Malhé seguiu seu caminho sem lhes dar atenção. Erguendo uma cortina depois da outra, chegaram ao cômodo mais espaçoso. Tapetes de fibra tecida cobriam o chão de terra batida. Três homens estavam sentados, de pernas cruzadas, ao redor de uma saladeira. Mal responderam à sua saudação e seguiram comendo, descarnando os pedaços com a mão. A um canto, havia uma espécie de galão. Malhé apressou-se em dar-lhe o exemplo. Primeiro, era preciso lavar as mãos, sem desperdiçar uma gota que fosse. Depois, foi buscar uma saladeira.

Auguste não seria capaz de dizer se se tratava de cabra ou de ovelha. Nunca soubera distinguir uma da outra, e perguntar não era o problema maior. A carne era dura, e separá-la do osso com uma mão só exigia certa concentração. Aparentemente, a comida era a única coisa que impedia Malhé de dar risada. Empenhava-se conscienciosamente e, quando topavam com um pedaço difícil, uniam seus esforços, puxando cada qual para o seu lado.

Os comensais se revezavam ininterruptamente. Comiam depressa e iam embora em silêncio. Aí chegavam outros, e assim por diante. Como Malhé não se mexesse, Auguste obrigou-se a ficar como ele, de pernas cruzadas, até que as formigas que pareciam andar por elas tomassem conta da sua vontade. Estava para se levantar e expressar seu agradecimento, que provavelmente ninguém escutaria, quando o tio fez sua entrada.

Os dois últimos comensais afastaram imediatamente a saladeira e o cumprimentaram em alto e bom som, em vez de sussurrar como vinham fazendo até então. Até Malhé retomou seus costumeiros risinhos. O tio estava com os olhos avermelhados e um jeito alegre, o que destoava da sua forte presença, presença de um mestre incontestável. Atrás dele vinham mais três pessoas, entre as quais um homem que já aparecera para jantar mais cedo e não pronunciara nem uma palavra sequer. Agora vinha com um sorriso até as orelhas. Já que, de repente, pareciam estar todos mais descontraídos, Auguste aproveitou para descruzar as pernas dormentes.

– E então, que tal a comida da nossa terra, gostou? Não teria trazido umas cervejas, por acaso? – ele acrescentou, em tom de censura.

O tio parecia estar se divertindo. E não só à custa de Auguste. Os muxoxos, logo desfeitos, que a palavra "cerveja" provocara no rosto dos compatriotas, pareciam excitá-lo ainda mais. Depois de se sentar no meio da sala, assumiu um tom de seriedade.

– Todos nós aqui somos muçulmanos, viemos da mesma terra. Lá também existem católicos, não é verdade, meus irmãos? Eles bebem uísque. Misturam a vida com a morte, primeiro no estômago, e depois na cabeça e na alma. Nós não. Conhecemos o rumo certo de olhos fechados. Há somente um caminho na estrada para Deus e nada se mistura. Mas isto não nos impede de abrir nosso coração a todos os que cruzam nosso caminho. Não é verdade, meus irmãos?

Os assim chamados "irmãos" responderam que sim. O tio já não parecia estar brincando de jeito nenhum e Auguste sentia o golpe baixo se aproximando. Seria inútil pedir ajuda a

Malhé, podia perceber as vibrações da sua risada interior no tapete em que estavam sentados lado a lado. Naquele momento, Auguste amaldiçoou os seus perseguidores e sua própria inabilidade, zangando-se até com os seus amigos franceses que não estavam ali para arrancá-lo daqueles delírios místicos. O católico branco estava dentro da panela preta. Mas alguma coisa não estava batendo na suposta armadilha que Auguste temia. Com exceção de Malhé, que continuava rindo, os outros também não pareciam lá muito tranqüilos.

– Mas não vamos aborrecer nosso amigo com essas complicações todas, não é verdade, meus irmãos – prosseguiu o tio. – Vamos matar a sede.

E, assim que ele gritou alguma coisa em sua língua, uma mulher entrou na sala pela primeira vez. Trazia uma espécie de bacia cheia de um suco leitoso. No meio havia outro recipiente, em forma de cilindro, com um líquido vermelho acastanhado. Aquela disposição intrigava Auguste, e aparentemente não só ele. A mulher, imponente, um tanto jovem, com cabelos envoltos num lenço laranja, depositou o conjunto diante do tio enquanto um garoto deu rapidamente a volta, distribuindo canecas aos homens. Cumprida a tarefa, mulher e garoto desapareceram por detrás da cortina.

A um sinal do tio, os homens se aproximaram um a um da bacia para se servir daquela bebida – suco de fruta misturado com água de arroz doce. Auguste retardava a sua vez. Mas, no final, todo mundo estava servido e só faltavam ele e o tio. Conformado em pegar uma disenteria, estendeu o braço para a bacia, esperando tomar o mínimo possível. Quando estava se servindo, o tio pegou firmemente no seu punho, obrigando-o a enfiar a caneca no recipiente do meio. Depois, fez o mesmo com o seu próprio. De joelhos frente ao bebedouro, Auguste tocou, com a sua, a caneca do tio, cujos olhos já não passavam de dois pontinhos de luz negra. Antes que sua mão se pusesse a tremer, Auguste levou a caneca aos lábios e esvaziou-a num gole só.

Era tinto. Medíocre, decerto um vinho de mesa de procedência duvidosa, mas seguramente alcoolizado. Olhou para o cilindro, para o tio, para os homens em volta. Era óbvio que todos sabiam perfeitamente que ele e o tio estavam tomando vinho. Não que eles aprovassem mas, sossegados pelo fato de os dois líquidos estarem incontestavelmente separados, bebiam seu suco de frutas sem receio.

Conforme o gosto de cada um, serviram-se várias vezes. Entabulara-se a conversa, de início com anedotas e piadas, depois com as recordações, as famílias lá da terra que estavam esperando para poder juntar-se a eles. Pois, mesmo com o fim da guerra, ainda era melhor aqui do que lá. "A grande África", os altivos africanos, isso tudo já não passava de um povo destinado ao exílio. Nesta ilha que deveria ser uma terra nova para todos, mas que eles tinham regateado, seus compatriotas mais abastados sujeitavam-nos às piores humilhações. Saudades do seu longínquo vale outrora fértil, hoje transformado em terra perfurada de minas, terra de ninguém.

Com a ajuda do vinho, Auguste também ia soltando a língua. Precisava se atribuir um estatuto, origens claras, inventar uma profissão, apropriar-se das lembranças de outros. Gratificou os seus ouvintes, espantado com a facilidade com que ia desfiando suas mentiras e com a credulidade deles. Mas o conto deles, do país das maravilhas, não era, por sua vez, inventado? Era bom se soltar, e isso, sim, era uma pura verdade. Pela primeira vez, desde o início da sua fuga sem fim, experimentava um sentimento de calor, de proximidade com essas pessoas vindas de outro lugar, cujos nomes nem sequer iria lembrar no dia seguinte. Exilados, diziam eles. No dia em que não houver mais cães errantes no mundo, concluiu Auguste, também não haverá mais vida.

Quando a bebida, tanto da bacia como do cilindro, estava já pela metade, o tio levantou-se num impulso. Os demais iam seguir seu exemplo, mas ele os deteve com um gesto seco do queixo, e o grupo tornou a ficar em silêncio. O tio pôs as mãos na borda do recipiente. Durante alguns segundos, ficou sem se mexer nesta posição, cabeça inclinada como se estivesse farejando o seu conteúdo. Então seus olhos reluzentes deram a volta na sala, fitando por um instante cada um dos presentes. Ele então pegou bem devagar o cilindro metálico. À medida que o erguia, o vinho ia jorrando por dezenas de furos abertos no fundo e nas laterais, e se misturava ao suco de frutas.

Enquanto todos olhavam, atônitos, para o caldo roxo que se formava na bacia, o tio ria feito criança.

– Pronto, meus irmãos, é hora de ir embora e tudo se mistura. A vida e a morte, como se diz, estão sempre lado a lado. Só se misturam quando Deus quer, e os homens também. Às vezes, acontece de elas voltarem a se separar. Todo o resto, meus irmãos, é mera questão de diferenças.

Auguste não teve tempo de ver o efeito que a cena causava nos demais. O tio prosseguiu:

– Você vai trabalhar num desses bares hoje, não é, Malhé? Leve junto esse rapaz para se distrair. Ele parece estar precisando.

Dito e feito, Malhé já o estava empurrando para fora.

* * *

Passou seus dois últimos dias na ilha sem se desviar da agenda: o passeio da manhã com os cachorros, as compras do meio-dia e o passeio à noite. Sem esquecer a laranjada para o seu novo amigo.

Deitado na cama, ou sentado nos rochedos na ponta da ilha, refletia acerca do estratagema utilizado pelo tio para o vinho não se misturar de imediato ao suco de frutas. Até podia atribuir à pressão do recipiente de encontro à bacia o fato de os furos do fundo estarem tapados. Mas permanecia o mistério dos orifícios das laterais, largos o suficiente para que passasse um cigarro por eles. Suas tentativas com Malhé para descobrir mais tinham esbarrado, todas, num longo olhar de compaixão. Jesus não teria feito diferente caso seus apóstolos tivessem pedido explicações técnicas acerca da multiplicação dos pães e dos peixes. Quando ele insistira, teimando em procurar explicações racionais, Malhé afogara as perguntas na sua risada de sempre e, no fim, Auguste ficou sem descobrir.

Afinal, aquilo deixava de ter qualquer importância. Havia, sem dúvida, uma explicação física para aquele mistério. Fora memorável, contudo, a lição do tio às suas ovelhas.

Seguindo os cachorros, descobrira um boteco que vendia cerveja gelada. Com um banco do lado de fora, de onde ainda se avistava uma nesga de mar, e aonde turista algum viria. Eram cerca de 11 horas da manhã. Sua sacola estava pronta, seu avião decolaria no meio da tarde. O tempo de um último copo, de um pensamento pelo país que estava para deixar, e de acalmar sua ansiedade ante a idéia do novo aeroporto que o esperava.

Até ali, seu passaporte emprestado agüentara firme. Mal haviam olhado para ele e os dólares fizeram o resto. Mas dessa vez ia desembarcar num país tecnologicamente mais avançado. Será que já estavam de posse de um aviso de busca em relação a ele? Criou coragem com uma segunda cerveja e fez a pergunta para os cães, que se empanturravam com seu pacote de *chips*. Então, veio o tio e sentou-se ao seu lado. Estava vestido como que para um dia de festa. Um medalhão de ouro pendia em seu pescoço, e tinha até se borrifado com um perfume adocicado. Auguste já ia pedir uma cerveja para ele, mas o tio não tinha sede. Estava passando por acaso, e parava para lhe dar até logo.

Até logo? Auguste não tinha dito para ninguém que estava indo embora, nem para o proprietário do hotel. Havia hoje um único vôo internacional, e comunicar sua partida significaria revelar seu destino. Ele ia saltar num barco rápido na última hora, em direção ao aeroporto. Auguste então perguntou ao tio, com muita naturalidade, se ele estava embarcando para uma ilha vizinha. Em vez de responder, o tio olhou para o céu, exatamente como quem vai sair para o mar e se pergunta sobre o tempo. Estava com um ar estranho, o tio, pensativo. Ficou um bom tempo observando. Sem saber o que fazer, Auguste, por sua vez, levantou os olhos para o céu, mesmo que não estivesse vendo nada de especial naquele azul homogêneo.

– Está um dia muito bonito – concluiu o tio, meneando a cabeça. – Os dias assim não são muitos. Pode acreditar.

Os cachorros tinham acabado com as batatinhas, e lambiam a embalagem. Auguste lançou mais um olhar para o céu, vai que algum detalhe tivesse lhe escapado. Mas, com exceção do sol a pique, não havia nada a assinalar. Depois de consultar o relógio, o tio apontou para Auguste um olhar solene.

– Há exatamente uma hora e meia, minha mulher deu à luz. Tenho mais um menino.

– Meus parabéns. Por isso está indo embora?

Ele respondeu apenas com um "obrigado", antes de recomeçar a examinar o céu. Ao mesmo tempo, desatou uma pulseira de couro que usava no pulso.

– Sabe, existe no nosso povo uma tradição. Quando chega um recém-nascido, oferecemos determinados objetos a três pessoas de nossa escolha. Este é para você. Me dê a sua mão direita.

Auguste hesitava. Ele dissera "determinados" olhando-o bem dentro dos olhos. Auguste não gostava daquele tipo de cerimônia. E por que ele? Sem se importar com a sua opinião, o tio já pegara na sua mão. A Auguste só restava agradecer.

– Use sempre esta pulseira, meu amigo. Assim, meu filho irá crescer feliz.

Auguste não sabia o que responder, e olhava para a pulseira pensando que não podia fazer uma promessa daquelas. Ele, que era capaz de comprar um relógio num dia e perdê-lo no dia seguinte, tendo que guardar o certificado de garantia de um recém-nascido. Felizmente, não era um desses badulaques coloridos que ele detestava. Apenas um simples cordão de couro escuro com uma concha minúscula incrustada no meio. Faria um esforço.

O tio olhava para ele com seus olhos escuros. E, percebendo que Auguste acabara aceitando o seu presente, desfiou sua risada.

Auguste adorava o jeito de ele rir. Não que fosse particularmente bonito ou musical, mas expressava uma pura alegria. Ao escutá-lo, tinha-se a sensação de que cada partícula do seu corpo era feliz. Quando o tio se levantou, Auguste repetiu seus cumprimentos e lhe estendeu a mão. O tio ignorou-o. Antes de se afastar, exclamou:

– Faça uma boa viagem, meu amigo. Um céu desses, não é todo dia. Pode acreditar.

É sempre mais fácil ir embora que chegar. O aeroporto de M... não lhe dava um frio na barriga, de medo, como na semana anterior. Sair de um país é uma libertação. Para as autoridades locais, que se livram de um problema potencial, e para quem parte, já conformado em aceitar incógnito o perigo seguinte. O suor escorria, ainda assim, pela sua maquiagem. Seu disfarce gay poderia, em parte, justificar aquela anomalia, mas o medo de chamar a atenção só vinha aumentar sua transpiração.

Havia pouquíssimos europeus no embarque. Os passageiros eram, em sua maioria, comerciantes do país ou etíopes. Isso o tranqüilizava um pouco. Ele imaginava que, no desembarque, os fiscais da alfândega prestariam menos atenção aos documentos de um europeu que parecia estar vindo direto de um desfile de moda.

Foi prender-se ao seu assento com o ar meio entediado que convém exibir quando a viagem é uma fastidiosa perda de tempo entre uma reunião e outra. Usava a sua máscara como quem usa uma luva. Nada transparecia, o turbilhão da fuga estava bem encapsulado em sua mente. Mesmo que o sentimento daquela *coisa*, daquela evasão sem fim que ele ainda não conseguia aceitar, continuasse a lhe cortar o fôlego toda vez que algum olhar pousasse sobre ele. Na sua cabeça, as perguntas se amontoavam. Não sabia nem sequer se iria aterrissar numa cidade grande ou num desses aeroportos isolados no meio de lugar nenhum. Já tinha visto uns assim em certos países, onde se constrói primeiro a pista, depois a igreja. Depois, os botecos brotavam sozinhos. Mas esses pensamentos, ninguém via.

Se a sua fuga tivesse sido organizada, como afirmavam as autoridades, teria sabido exatamente onde iria desembarcar. Não precisaria ter feito perguntas idiotas para a mulher negra que ocupava o assento ao lado do seu. No começo, ela se negou a conversar. Os africanos desconfiam dos homens cuja identidade sexual não é segura. Mas o seu tom de voz, e alguma outra coisa que só uma mulher pode perceber, acabaram por tranqüilizá-la.

Era uma mulher bonita, ou pelo menos assim lhe parecia. Depois daquele tempo todo de solidão forçada, achava bonito tudo o que ele podia abordar sem medo. Os olhos escuros denotavam ampla capacidade de reflexão. Era um olhar maduro, amigo.

Ele era um turista perdido entre um vôo e outro, desejava saber se não tinha, mais uma vez, subido no avião errado. Não, ela o despreocupou, S... era uma cidade grande. Sim, seria um desvio danado para ele voltar para casa, mas a cidade era maravilhosa e quem sabe Deus, em sua imensa benevolência, não estava querendo que ele conhecesse aquele lugar. Talvez encontrasse lá o que sempre estivera buscando. A vida é uma eterna surpresa, ela concluiu, com uma pontinha de malícia.

Ele aprovou com um gesto de cabeça. Então ela se pôs a refletir e, para tanto, apoiou os dois polegares no lábio superior. Um gesto que sua amiga Fred também fazia, toda vez que buscava uma palavra frente ao computador. Fred. Aquele pensamento o arrancou da sua poltrona e o jogou de volta na ruazinha do 14º *arrondissement* de Paris, onde ele passara seus últimos dias de homem livre. Naquele exato momento, talvez Fred estivesse se perguntando se Auguste estava confinado numa rua vizinha ou perdido nos confins do mundo.

Só mulheres com coragem de chorar em público é que usam maquiagem que escorre.

Insciente do seu sofrimento, a mulher contava-lhe sua própria vida. Falava de suas viagens para S..., uma vez por mês, para comprar mercadorias que ela revendia numa butique bem localizada na capital do seu país. Sua filha cuidava de tudo durante as viagens. Uma moça de vinte anos que ela não podia entregar como esposa a um desses malandros que giravam à volta dela. Vinte anos, a idade de Tina, sua filha mais velha. Auguste virou a cabeça para o outro lado e apertou os olhos com força. Não queria mais ouvir a voz da mulher, doce e dilacerante como suas lembranças.

Era o último pouso internacional daquele final de tarde. A esperança de contar com o cansaço do pessoal em serviço durou pouco. Ele estava no meio da fila de espera, diante da uma fileira de cubículos envidraçados onde um passageiro, por vez era chamado para controle de identidade. Podia ver os fiscais cumprindo minuciosamente sua tarefa. Olhavam atentamente para o passaporte, examinavam a foto e o passageiro e, o que lhe gelava principalmente a espinha era aquela máquina ligada a uma tela de computador, pela qual passavam cada documento. Dissimulando seus movimentos, pegou no bolso um quarto de Lexomil, pôs na boca e deixou derreter debaixo da língua para acelerar o efeito. Se existisse um Deus para quem rezar, teria rezado sem vergonha nenhuma.

Chegada a sua vez, o fiscal mal olhou para o seu rosto, só abriu o passaporte e o passou diretamente pela máquina. Repetiu a operação várias vezes e, com ar desolado, disse:

– O seu passaporte está sem código de barras, ou então está com defeito.

Seu coração disparou. Num sussurro, deu a entender que não compreendia a língua. O fiscal cuspiu umas palavras no telefone e uma moça foi até o cubículo. Seu passaporte passou de mão em mão, a moça pediu-lhe que a acompanhasse. Antes de sumir num elevador, ela fez sinal que esperasse. Dali, podia ver os olhares intrigados dos passageiros que continuavam na fila. Perguntou-se quantos, entre eles, usavam um mesmo passaporte, revezando de irmão para primo, e passando sem problema nenhum, ao passo que ele, o branco excêntrico vindo da rica Europa, estava frito feito o último dos babacas. Pensava também nas leis locais, nos acordos de extradição que esse país teria assinado com a França e com a Itália. Pensava, sobretudo, que ainda estava em zona internacional e que tudo era possível. Apegou-se ao bom senso das autoridades locais, ao endereço da Liga dos Direitos Humanos que trazia no bolso. Buscava, enlouquecido, uma solução, mas era tudo sonho. Como a França, terra de asilo.

A moça voltou minutos depois, com seu passaporte em mãos e o primeiro sorriso do país. Entregou-lhe um tíquete que validava oficialmente o seu passaporte.

– O senhor guarde este tíquete, e apresente em cada fiscalização, certo? Bem-vindo a S...

Não aprendi a dizer adeus

Auguste tinha chegado. Não poderia desejar nada melhor que aquele país, maior que um continente inteiro. Da janela do hotel, via o mar. Do outro lado do mar, o sol se punha sobre a Europa. O seu mundo, agora, estava bem ali na frente. Era impossível ir mais longe. Mais longe, não havia nada, ou havia pior. Chegara finalmente a este país onde, a princípio, poderia contar com um novo processo de extradição antes de ser mandado para a Itália. Era o máximo que podia exigir da sua fuga. Ele conseguira. Tinha que se alegrar, festejar, sair na rua e respirar a plenos pulmões a terra de promissão. É o que deveria fazer, mas não conseguia, dividido entre alívio e desespero. Nunca experimentara sensações tão opostas, descargas emocionais tão contrárias e justapostas num mesmo sentimento. Tinha chegado, para fazer o quê?

Já não havia o pretexto da fuga, agora precisava reaprender a viver. Levantar da cama de manhã, preencher um dia inteiro e se deitar à noite, como todo o mundo. Mas, para isso, tinha que se instalar, pensar e agir como se não houvesse mais volta possível. Será que teria de mandar para os ares a ponte que o ligava a tudo que lhe era mais caro? O momento de tomar esta decisão estava agora muito próximo e o torturava a ponto de ele até sentir falta dos momentos mais difíceis da fuga.

Hoje, estava com o mar à sua frente, e os perseguidores, bem lá atrás. Tinha chegado, mas ainda não estava ali. A ponte era demasiado firme para ele lidar com ela sozinho. Só quando parasse de imaginar as costas mediterrâneas é que estaria, de fato, num outro lugar. E estar em outro lugar significa ter plantado no mínimo uma semente e ficar ali esperando que ela um dia se transforme em árvore.

Auguste sempre agira sob o impulso da paixão, em meio à correria, e nunca havia compreendido o amor. Para isso, há que parar, e perceber. Há que amar as pessoas para compreendê-las, ele não havia compreendido o seu país. Hoje, ele sabia. Aos cinqüenta anos, à janela daquele hotel de frente para o oceano, Auguste tinha certeza de estar pronto para amar. Mas, para começar, precisava parar de correr. A correria ideológica, literária, o frêmito sublimado da fuga. Parar, enfim, para amar. Com a testa grudada na vidraça que dava para o outro mundo, tudo aquilo lhe trazia um medo imenso. O medo. Não era, decerto, o mesmo medo que o levava a sorrir nos tempos da insurreição, como se a vitória estivesse ali para vê-lo, e que se tratasse de uma verdadeira vitória. Como se todas as palavras abarcassem um sentido. Uma sociedade justa, ele sorria e cerrava os punhos, disposto a morrer para se deixar convencer. Era estranho sentir tudo isso agora, com a febre dos começos. Por que essa vocação para a correria?

No instante seguinte, tinha de admitir que não escolhera grande coisa até ali. Alguém o colocara na linha de partida e ele começara a correr, até estacar de súbito frente à vidraça daquela janela. O que ele sabia sobre aquele país, aquela gente e seus costumes? E a comida? O que eles comiam aqui?

Calçadas com mesas lotadas nos restaurantes à beira-mar. "Um cheiro de país tropical, 29° às 22h30", anunciava um *outdoor*. Auguste se misturava às peles de outra cor, sorvendo aqueles semblantes descontraídos que pareciam nunca ter experimentado nada além da satisfação de existir. O que havia do outro lado do mar não era problema deles. Um asiático entre os asiáticos, era isso que ele tinha que virar.

– Peixe, por favor. E vinho, também, vocês têm?

Sim, eles tinham. Branco, tinto, seco, suave, alegre como aquele sorriso que nenhum preço e nenhum bom salário poderiam colocar na boca daquele garçom. Para se tornar igual, pensava Auguste, precisaria mudar de cara. Até o peixe era estrangeiro, corpulento o bastante para transbordar do prato, e dotado de uma cabecinha minúscula. Era melhor começar pela cauda, ele jamais conseguiria comer tudo.

– Boa noite, deseja companhia?

Por dentro, todos os peixes se parecem, todos têm espinhas. Há que segurar bem as pontas, não tem outro jeito. Mesmo que mude a forma e que a língua não seja a mesma, o princípio é universal. Karine era universal. Estava aí algo reconfortante para Auguste, nunca estamos muito distantes de nós mesmos.

A moça tinha passado a cabeça pelo cercado da calçada reservada, um olho preocupado espreitando o garçom, o outro suplicando por Auguste. Sem saber se o sorriso sonhador do estrangeiro significava um sim ou um não.

– Deseja um pouco de companhia? – ela repetiu, numa mescla de inglês.

– Não, obrigado.

Mesma resposta, mesma voz. Como antes, a moça se afastaria e, meio decepcionada, se tanto, faria a mesma pergunta a um outro turista solitário. Mas, desta vez, Auguste não a chamaria de volta. Já não havia A... com sua zona ocidental, também já não havia a angústia da viagem. Ele tinha chegado e aquele rostinho preso entre as varas de bambu não podia nada por ele. Isso quase o incomodava.

– Por favor – resmungou a moça, assustada com a chegada de um vigia. – Não sou o que está pensando, quer dizer, só estou com fome, não comi nada desde ontem.

Ela fez uma pausa, antes de acrescentar, olhos baixos:

– Depois, se quiser, vou me deitar com o senhor, mas sem pagar, prometo, nunca aceito dinheiro. É só para comer, moço.

Auguste olhava para a garota e escutava o ruído de fundo dos que jantavam à sua volta. Não, a voz que falava do outro lado da cerca não era a mesma. Karine não tinha aquele olhar fixado no seu prato. Súbito, sentiu-se bem naquele local e, enquanto ficasse sentado ali, não sentiria necessidade de ir para outro lugar. Aquele peixe, no seu prato, era enorme.

– Venha. Quem sabe, em dois, a gente dê conta.

– A gente dá conta, sim, espere só. Diga àquele gorila para me deixar passar e, depois, vai ver como vou deixar esse seu peixe menor! É italiano, não é? Claro, os italianos não gostam de comer sozinhos. O meu irmão menor pode vir também? Arroz, para ele, está bom. Ele gosta de arroz.

A poucos metros dali, brincava o mar. Cantava em outra língua, mas a melodia ainda era a mesma.

Posfácio
Fred Vargas

Tem sido um longo caminho, o "Caso Battisti": para Cesare, uma provação indescritível, e, para todos os que vêm seguindo esta estrada, uma andança difícil, pontuada de esforços e desilusões. Um caminho impopular, também, em que a incompreensão e a crítica têm criado tantos obstáculos e tanta tristeza. Este caminho, porém, não é só isso. É também revelador, um lugar de extraordinários encontros. Já que o caráter urgente e arriscado do caso não deixa tempo para aproximações usuais, foi preciso testar e sentir, em poucos dias, poucas horas às vezes, a lealdade e exatidão do outro. Associou-se, não raro, apenas o meu nome à defesa de Cesare Battisti, e nada poderia ser mais injusto: algumas centenas de mulheres e homens, do "homem da sombra" ao "midiático", vêm acompanhando sem fraquejar, travando um combate por justiça sem receber nada em troca e nenhum deles, nenhuma delas, abandonou a estrada. Sem eles, não haveria esperança, não haveria coragem, não haveria caminho. Sem eles – e assim escreve Cesare – a vida de Battisti estaria certamente perdida. Em cada um deles, cada uma delas, descobri belezas de cortar o fôlego, belezas com que a gente sonha deparar um dia para seguir, apesar dos pesares, acreditando na graça dos homens.

Não posso citar todos eles aqui, mas hei de fazê-lo um dia, quando o navio tiver chegado ao porto.

Cinco homens assumiram, juntos, a decisão de publicar e lançar este livro, com plena consciência das dificuldades desta tarefa, da sua ousadia, e dos golpes que viriam.

Bernard-Henri Lévy, cuja mão estendida jamais se esquivou nesses dois últimos anos, cuja firmeza jamais sucumbiu à crítica, e que prefacia aqui a voz de Battisti.

Jean-François Lamunière, presidente das edições Payot & Rivages, François Guérif, diretor das edições Rivages Noir, Olivier Nora, presidente do diretório das edições Grasset, François Samuelson, diretor da agência Intertalent, que uniram seus esforços a fim de levar a cabo esta delicada publicação.

Eles cinco permitiram que as palavras de Cesare, que nos chegaram qual garrafa jogada ao mar, fossem ouvidas na França. Na esperança de que a verdade que elas trazem venha a abalar um pouco as muralhas do exílio.

* * *

É, provavelmente, o espírito minucioso do romance policial – fornecendo ao leitor os "elementos necessários para a compreensão do drama" – que me leva a completar a narrativa de Cesare. Contribuindo com o meu testemunho sobre o seu silêncio do ano passado, detalhando os quatro homicídios e as acusações do "arrependido" Pietro Mutti, contando, enfim, de que maneira a justiça francesa se baseou nas três "cartas de Battisti" para extraditá-lo: esses três documentos são falsificações. Como essa descoberta só sobreveio cinco meses após sua fuga, Cesare não tinha como sabê-lo, e esse elemento decisivo ficou faltando na sua narrativa. Essas cartas são um pouco para o caso Battisti o que o foi o "borderô azul", de tão célebre memória, para o caso Dreyfus.

À pergunta tantas vezes formulada: "Por que Battisti não se defendeu?" quando a mídia o apontava com o dedo, Cesare traz aqui sua resposta. Mutismo "suicida", escreve ele, com razão, já que seu silêncio obstinado só veio confirmar sua culpa perante uma opinião pública já hostil. A sua própria declaração me devolve a liberdade de falar sobre esse ponto, que foi tão crucial.

Cesare nunca fez segredo da sua inocência diante de parentes e amigos. Mas, justo quando suas palavras teriam sido mais necessárias, ele se calou. Confrontei-me muitas vezes com ele a esse respeito. Enquanto assolava a tempestade midiática, a publicar dia após dia suas torrentes de fúria, eu o exortava sem parar a declarar sua inocência antes que fosse tarde demais, enquanto ele recusava com obstinação. Nossas discussões sobre o assunto não raro acabaram em brigas de lavadeiras, pontuadas por portas batendo. Conheço à exaustão, portanto, os motivos do seu silêncio. E não pude, até este dia, dizer que motivos eram esses.

A estratégia dos advogados de Battisti, encarregados da defesa da maioria dos demais refugiados italianos, era lógica e bastante compreensível: todos os exilados dos anos de chumbo se beneficiavam da proteção da "Doutrina Mitterrand", mas nem todos eram contumazes, e nem todos eram inocentes. Destacar a inocência de Battisti quebraria, portanto, a linha solidária de uma defesa coletiva. O escudo tinha de convir para todos, não só para ele. Tal estratégia exigia que nunca fosse evocada a sua inocência, e que se ativessem tão somente aos argumentos da palavra de Estado, da autoridade da coisa julgada, e da lei sobre a contumácia. Um pequeno grupo de refugiados exercia uma dura pressão nesse sentido, impondo a Cesare o silêncio.

Eu tinha, sobre esse tópico, uma idéia bem distinta: estava convencida de que o governo francês já decidira entregar Battisti à Itália, quaisquer que fossem os obstáculos legais. De que a sua extradição abriria uma brecha, acarretando a de todos os demais refugiados na seqüência. De que, se conseguíssemos salvar Battisti, a França não arriscaria um segundo escândalo daquela amplitude e o caso assinalaria o fim das acusações.

Cesare achava-se, portanto, confrontado com um legítimo dilema corneliano: salvar a própria vida explicando sua inocência transformava-o num "traidor" da causa coletiva, num "sacana" se dessolidarizando para, sozinho, se safar. Calar-se o expunha ao risco da prisão perpétua. Mas a defesa assegurava-lhe o tempo todo que ele não estava ameaçado. A vitória era certa, para que colocar os outros em perigo? Falar seria inútil, e repreensível.

A pressão foi forte, também passei por ela. Recebi várias injunções no sentido de silenciar sobre a inocência de Battisti.

Assim, para citar um exemplo entre cem outros, eu não podia escrever "condenado por quatro homicídios que ele não cometeu", e, sim, "condenado por quatro homicídios", sem nenhuma palavra mais. Os defensores de Cesare ficaram seriamente divididos sobre esse ponto crucial. Muito mais numerosos e influentes foram os que optaram pelo silêncio. Quanto a Cesare, rejeitava – o que compreendo – a idéia de "dar uma de cavaleiro solitário", ao mesmo tempo em que acreditava, pelo menos de início, na confiabilidade da justiça francesa. Segundo ele, "na França, a lei significa alguma coisa". Ele tinha fé. Eu não. Ele então optou por se calar, curvando-se sem revidar às acusações da imprensa.

Ele não podia, porém, endossar crimes que não cometera. De modo que ficava numa situação bastante duvidosa quando um jornalista perguntava "O senhor matou?". Encontrou uma formulação que lhe permitia não dizer nem sim nem não: "Não reconheço esses fatos. Mas assumo uma responsabilidade coletiva", respondia continuamente, feito um autômato ranzinza. Da mesma forma, optou por escrever no *Le Monde*: "Este homem, este assassino, eu não o conheço", tentando dar a entender sua inocência sem declará-la abertamente. A ambigüidade dessas formulações prejudicou-o, seu jeito de eludir o assunto só veio confirmar as suspeitas. "Se ele fosse inocente", comentava-se, "bastava dizer, simplesmente." Mas ninguém sabia que tabu de chumbo a obrigação de ser solidário fazia então pesar sobre ele e, sobretudo, dentro dele.

Cesare só chegou a avaliar a amplitude do desastre na tarde do veredicto de 30 de junho. Decidiu então modificar sua defesa, e sua declaração foi publicada no *Journal du Dimanche* de 8 de agosto: "Eu nunca matei e posso afirmar isso, olhos nos olhos, aos parentes das vítimas, aos magistrados". Passou despercebida, não acreditaram. Era tarde demais.

Pelo mesmo motivo, Battisti nunca pôde se explicar a respeito dos homicídios que lhe atribuíam, e só agora, depois da sua fuga, neste livro, é que ele pode contar livremente como vivenciou esses quatro atentados. Pode revelar a data do seu "adeus às armas", 9 de maio de 1978, dia fatal do assassinato de Aldo Moro, dia em que foi definitivamente virada, para ele, a página da luta armada. Pode evocar a personalidade do "arrependido" Pietro Mutti, expor os motivos que levaram o chefe dos PAC a imputar ao seu antigo companheiro os quatro atentados que Battisti não cometera e nem organizara.

Gostaria de acrescentar alguns detalhes sobre esses homicídios e sobre as declarações de Pietro Mutti.

Battisti ainda pertence aos PAC quando sobrevém o assassinato do guarda penitenciário Antonio Santoro, em junho de 1978. Esse atentado, essa tragédia "que não podia ter acontecido", põe fim às suas ilusões quanto à eficácia da palavra de ordem dos PAC: "Não aos atentados que acarretassem morte humana", e Battisti entra em dissidência. Suas tentativas de dissolver o grupo fracassam ante a determinação do radicalíssimo Pietro Mutti. Ele deixa a organização lá pelo final do ano 1978 e começa a sua vida de clandestino inativo num apartamento em Milão. Sua saída, anterior aos três outros assassinatos reivindicados pelos PAC, firma a sua ruptura com a nova linha combatente do grupo residual.

Neste apartamento é que ele vem a ser preso numa *blitz*, em 26 de junho de 1979. Nem uma única vez, durante os interrogatórios que se seguiram, e durante o processo de 1981, a polícia ou os juízes cogitam sua participação nas quatro ações homicidas dos PAC. Seu nome, aliás, nunca aparece nas investigações conduzidas após cada um dos atentados. Quando de sua fuga, em outubro de 1981, Battisti estava preso apenas por pertencer ao grupo armado. Sua condenação posterior, à pena perpétua, deve-se exclusivamente à declaração tardia de Pietro Mutti, detido com todos os seus companheiros dos COLP em 1982.

Acusado de homicídios e ameaçado de prisão perpétua, Mutti se mostrou, como acontece comumente, tão extremado em sua nova postura de "arrependido" como havia sido na luta armada. Segundo o sistema então em vigor, quanto mais nomes um arrependido fornecia, permitindo que o tribunal solucionasse seus casos, mais reduzida era a sua pena. A colaboração de Pietro Mutti foi tanta que os principais artigos da acusação contra ele foram apagados e ele obteve sua liberdade depois de nove anos a serviço da justiça. A quantidade e a extravagância das suas declarações acabaram transformando-o, junto com Barbone, num dos mais "famosos" arrependidos da jurisdição de Milão. Em seguida, ele sumiu. É o único responsável pela avalanche de acusações que foi paulatinamente soterrando Battisti. Nem uma única testemunha ocular, nem uma única prova material, nem um único princípio de indício vem reforçar essas acusações. O próprio Pietro Mutti, aliás, explicou que estava acusando Cesare por ser ele jovem e estar são e salvo no estrangeiro. Outras declarações vêm confirmar o dizer de Mutti: as de outros arrependidos e "dissociados" – versão *light* do arrependido –, todos eles companheiros de Mutti que negociaram reduções de pena corroborando as declarações do antigo chefe.

Pietro Mutti manteve sem variações um sistema de acusação simples e quase obsessivo, transferindo simplesmente sua pena perpétua para os ombros do antigo companheiro ausente. Suas declarações mentirosas, nas quais ele próprio se confunde, mais de uma vez o conduziram à contradição ou ao disparate, como quando acusa formalmente Battisti de ter atirado no açougueiro Sabbadin, sendo depois obrigado a admitir que era Giocomin o autor, ou quando o acusa de assaltos no lugar dos seus amigos Masala ou Falcone. Mutti não pára de fornecer um nome em lugar de outro e, muito mais tarde, o próprio tribunal de Milão reconhece, em seu decreto de 31 de março de 1993: "Esse arrependido é afeito a 'jogos de prestidigitação' entre seus diferentes cúmplices, como quando introduz Battisti no assalto de Viale Fulvio Testi a fim de salvar Falcone, ou Battisti e Sebastiano Masala no lugar de Bitti e Marco Masala no assalto ao arsenal "Tuttosport", ou ainda Lavazza ou Bergamin no lugar de Marco Masala nos dois assaltos veroneses".

Mutti, entre outras coisas, era acusado por dois departamentos de polícia – *La Digos* de Milão e os *CC* de Udine (carabineiros) – de ter atirado em Antonio Santoro, no dia 6 de junho de 1978, em Milão, com a cumplicidade de Giacomin. Mutti acusou Battisti em seu lugar, e só manteve para si uma acusação de cumplicidade. No entanto, foi exatamente a morte de Santoro que determinou o rompimento de Battisti com seu grupo, seguido de sua saída dos PAC, juntamente com outros companheiros contrários aos crimes de sangue.

Vários meses depois de Battisti ter saído dos PAC, sobrevém o duplo assassinato de 16 de fevereiro de 1979: o joalheiro Pierluigi Torregiani é morto em Milão, e o açougueiro Lino Sabbadin, do partido neofascista MSI, é abatido no mesmo dia no Vêneto, em Caltana Santa Maria de Sala – e não posso escrever este nome sem lembrar de Cesare, largando o jornal e exclamando "Mas eu nem sei onde é que fica a [...] dessa aldeia!".

Dois homens entraram no açougue de Sabbadin, e um deles atirou. Pietro Mutti, de início, negou sua participação e acusou Battisti de ter executado o comerciante. Mas o seu amigo Giacomin – chefe da ala vêneta dos PAC – constituiu-se dissociado e confessou ter atirado em Sabbadin. Mutti foi então obrigado a voltar atrás e admitir sua própria presença no local. Transformou Battisti em cúmplice. Nesta data, contudo, Battisti já não fazia mais parte dos PAC.

Na época das declarações de Mutti, o assassinato de Torregiani já fora elucidado e os quatro homens do comando – Sebastiano Massala, Sante Fatone, Gabriele Grimaldi e Giuseppe Memeo – haviam sido identificados e condenados. A acusação de cumplicidade moral que pesa sobre Battisti, neste caso, fundamenta-se exclusivamente nas afirmações de Pietro Mutti, que declarou ter seu ex-companheiro participado de uma reunião com vistas à organização do atentado. Outros arrependidos e dissociados sustentaram sua versão. Na verdade, uma dessas reuniões tivera lugar na própria residência de Mutti. Mutti, ainda assim, foi inocentado deste homicídio, e Battisti, implicado. Embora a não-participação de Battisti no atentado Sabbadin supusesse, de fato, sua não-participação no atentado contra Torregiani.

Quero voltar mais detidamente a esta trágica fuzilada, pois foi ela que mais contribuiu para transformar Battisti num "monstro" perante a opinião pública durante a ofensiva midiática de 2004. Graças à habilidade da propaganda, franceses e italianos ficaram realmente persuadidos de que Battisti era o seu autor, convencidos de que ele havia atirado no filho de Torregiani, um menino que ficou paraplégico, ao passo que a própria Corte italiana jamais o acusou disso. Além de o tribunal ter admitido que Battisti não constava entre os agressores, o exame de balística provou que o filho de Torregiani foi atingido por uma bala perdida do seu próprio pai.

Battisti soube da notícia e do ferimento do menino através da imprensa. Completo aqui o seu relato com este depoimento, gravado em julho de 2004: "Acho que a pior lembrança que tenho de ações que me dizem diretamente respeito, que dizem diretamente respeito ao meu grupo, foi quando li nos jornais que o filho de Torregiani, um garoto de doze ou treze anos, não lembro, tinha sido ferido e ficado paraplégico. Paralisado. Foi uma coisa muito forte. Foi uma coisa que... que realmente me impressionou muito na época, que impressionou muita gente. [...] Mesmo o menino não tendo sido ferido pelo núcleo que organizou o atentado... porque hoje se sabe que foi o próprio pai que... Uma bala perdida. Que ele foi ferido por uma bala perdida do pai. Mesmo assim, é resultado de uma ação. De modo que, foi uma coisa que me... que nos arrasou, na verdade. Nos deixou num estado... Mesmo não sendo responsáveis, mesmo sendo contra a ação, mesmo que a coisa toda tenha sido uma ação decidida de maneira autônoma por um grupo de bairro".

Num texto curto redigido em julho de 2004, ele observa: "Algum tempo depois, juntou-se a nós [na prisão] um grupo acusado do atentado que custara a vida a Pierluigi Torregiani [...]. Eram jovens de bairro que, como tantos outros, aliás, se utilizaram da sigla dos PAC. Eu conhecia um ou outro de vista, sabia que as nossas idéias nunca haviam sido muito próximas.

Mas, porque a sigla dos PAC nos unia, mesmo sendo acusados por motivos muito diferentes, acabamos no mesmo banco dos réus no tribunal. Parece desnecessário repetir aqui as torturas que os jovens ligados a este grupo sofreram, jovens de bairro inocentados posteriormente. Digo isso porque fui condenado alguns anos mais tarde por este mesmo assassinato, sobre o qual nenhum deles, mesmo sob tortura, havia pronunciado o meu nome".

O quarto homicídio reivindicado pelos PAC foi cometido no dia 19 de abril de 1979 em Milão, na pessoa do policial Andrea Campagna, acusado pelos PAC de ter participado das torturas infligidas aos acusados do caso Torregiani. Os PAC estavam então dissolvidos, e o atentado foi cometido por um grupo derivado. Mutti incluía-se neste derradeiro núcleo resistente que recusara a dissolução. Giuseppe Memeo, participante identificado no assassinato de Campagna e membro do comando Torregiani, deixou claro que a arma que matara Campagna era a mesma que matara Torregiani. Este fato foi confirmado pelo exame de balística. Os dois atentados estavam ligados, tanto por sua motivação como pelas armas utilizadas. O agressor, avistado por uma testemunha, era um barbudo de cabelos "loiros", alta estatura, beirando 1,90 m. Battisti tem cabelo preto e mede cerca de 1,70 m. Mutti, contudo, mais uma vez declarou que fora Battisti o executor, cúmplice de Memeo. Battisti não só não estava implicado no atentado contra Torregiani, do qual decorria o atentado contra Campagna, como já tinha, nesta época, renunciado à luta havia mais de um ano. As armas encontradas no apartamento que ele dividia com outros clandestinos inativos foram todas reconhecidas como virgens.

Mutti e seus companheiros arrependidos e dissociados conseguiram, deste modo, transferir o máximo de acusações para o ausente Battisti, que constituía para eles um bode expiatório ideal. Foram recompensados: de todos os membros dos PAC, Battisti foi o único condenado à prisão perpétua. As sentenças proferidas contra os cinco protagonistas mais iminentes do grupo foram bem menos pesadas, sendo de 8 anos para Fatone, 9 para Mutti, e 15 a 28 anos para os outros, conforme estivessem, ou não, foragidos.

A Corte de Apelação de Paris declarou, em 2004, a despeito de todas as evidências, que não tinha motivo para suspeitar das declarações dos arrependidos e associados. Pouco antes, contudo, a justiça italiana havia inocentado os ativistas de extrema-direita, autores presumidos do célebre atentado a bomba da Piazza Fontana em 1969, pelo motivo de a acusação contra eles ser exclusivamente baseada em declarações de arrependidos.

O outro elemento de peso do dossiê Battisti é ele ter sido condenado na Itália durante sua ausência. De acordo com a lei francesa, ele deveria, portanto, beneficiar-se de um novo processo com sua presença e, portanto, não poderia ser diretamente despachado para uma prisão italiana, muito menos para uma pena perpétua. Mas a Corte de Apelação de Paris conseguiu contornar este obstáculo, considerando que Battisti não era um "verdadeiro contumaz": afirma que ele foi informado dos seus processos por homicídio, que se comunicou com seu advogado italiano durante o exílio no México, e renunciou voluntariamente, portanto, a comparecer perante seus juízes, o que lhe tirava o direito a um novo processo.

Somente através do memorial encaminhado ao Conselho

de Estado é que foi possível saber, em detalhes, em que documentos se baseava o Ministro da Justiça, D. Perben, para sustentar a acusação: tratava-se de três cartas assinadas por Battisti, datadas de maio de 1982, julho de 1982 e fevereiro de 1990, por meio das quais ele encarregava seu advogado italiano da sua defesa. O ministro comenta extensamente essas cartas em seu memorial, a fim de demonstrar que Battisti estava em contato direto com seus defensores, que ele havia fugido da justiça e que, de acordo com as datas de postagem, aquelas cartas se referiam de fato aos seus processos por homicídio.

A defesa submeteu as cartas a um perito em grafologia ligado à Corte, o qual provou que os três documentos eram falsos. Antes de deixar a Itália em 1981, Battisti deixara com antigos companheiros assinaturas em branco e procurações gerais para garantir sua defesa no caso de ser processado por sua fuga, ou em caso de apelação. Todos os fugitivos faziam isso. Battisti assinou essas folhas uma após a outra, no mesmo dia.

De fato, a perícia comprovou "sem a menor dúvida" que as assinaturas constantes das três cartas, absolutamente idênticas, foram feitas na mesma hora (outubro de 1981), e não num intervalo de oito anos (1982, 1982, 1990) como afirmava a justiça. Quanto às datas, suposta prova de que Battisti tinha conhecimento do processo, eram falsas, ou estão faltando: a data de "10 de maio de 1982" não é do punho de Battisti, não corresponde nem ao ritmo, nem aos algarismos de sua caligrafia. Além disso, está "como acrescentada", embaixo e à esquerda do papel. A de "julho de 1982" não consta em lugar nenhum, foi deduzida pela justiça com base tão somente no carimbo postal do envelope. Mas o endereço que consta neste envelope está, curiosamente, datilografado, e nada permite que se ligue o envelope à carta. O outro endereço está grafado em maiúsculas, é reconhecidamente "suspeito" e não corresponde à caligrafia da carta.

Tivesse Battisti desejado mandatar seus advogados assinando ele próprio suas cartas, não teria tido o menor motivo para disfarçar a caligrafia dos envelopes. Em compensação, a pessoa, ou as pessoas que preencheram os papéis assinados em branco ou completaram as procurações, incapazes de imitar a letra de Battisti, tinham todo interesse em camuflar a sua própria através de maiúsculas ou máquina de escrever.

Quanto à carta pretensamente postada no México em fevereiro de 1990, é integralmente datilografada. O texto foi batido por cima de uma assinatura de Battisti, autêntica, mas antiga de nove anos. O envelope que deveria acompanhá-la, provando que era proveniente do México, está faltando.

Sobre essas três cartas, e *nenhum outro elemento*, foi fundamentada a "prova" do "contato" entre Battisti e o seu advogado italiano. Foi *nelas tão-somente* que a justiça francesa se baseou para pronunciar a sua extradição. Acrescento, tendo visto essas cartas, que seu aspecto falsificado saltaria aos olhos de um simples amador.

Que Cesare Battisti era um verdadeiro condenado por contumácia, não ciente dos processos movidos contra ele e, desse modo, não passível de extradição, era um fato provado, portanto, desde janeiro de 2005. A perícia grafológica foi encaminhada ao Conselho de Estado. Parecia então impossível que essa Corte, a mais alta instância jurídica francesa, contornasse um obstáculo tão patente. Ela o contornou, ignorando-o, nem sequer mencionando a perícia grafológica em sua sentença. O que é pior: reafirmou que as três cartas de Battisti eram a prova de que ele estava ciente dos processos. E assim é que o caso foi purgado na França.

É detestável a justiça francesa ter adotado, neste caso, um tom, tão preocupante, de exceção. E é desastroso tê-la visto submeter-se, corte após corte, às ordens do poder político.

Cabe ao Estado francês – que estava ciente do dossiê, das graves anomalias dos antigos processos italianos, do estatuto de arrependidos e dissociados de Mutti e seus amigos, da falta de provas materiais, da não-informação do condenado, e do caráter falsificado das três "cartas de Battisti" – assumir o fato, gravíssimo num país de direito, de que conduziu friamente essa operação.

A verdade, escrevia Cesare no ano passado, é transparente como uma gota d'água sobre um fio, cair é só o que ela quer.

Há de cair, um dia.

F. V.

1ª EDIÇÃO Dezembro de 2007

DIAGRAMAÇÃO Negrito Produção Editorial

FORMATO 14 x 21 cm

TIPOLOGIA New Baskerville

PAPEL Offset Alta Alvura

IMPRESSÃO E ACABAMENTO Yangraf Gráfica e Editora Ltda.